WORLD TEACHER 4
異世界式教育特務

ネコ光一　Illustration：Nardack

U0013426

艾米莉亞 Emilia
久等了。你們期待已久的蛋糕來囉。
天狼星 Sirius

雷烏斯 Reus
莉絲 Wreath
大哥，我快等不及啦！
哇……好像在作夢。
與弟子們共度的蛋糕派對

「衝擊」連射！
先讓我見識一下你的本事吧。
羅德威爾 Lordvel

4
ネコ光一
Illustration
Nardack
WORLD
異世界式教育特務
TEACHER

CONTENTS

Illust：Nardack

《序章》

得知莉絲是王族之女，婚期儀式的數日後……艾琉席恩舉辦了豐穰祭，莉絲從那天開始搬到鑽石莊跟我們一起住。

為了方便王家操弄情報，暫時跟學校請假的莉絲，祭典結束後就能回去上學了，我們的日常生活順利回歸。

莉絲搬到鑽石莊住的第一天……

「小、小女子不才，還請多多指教！」

如今她跟我們住在同一個屋簷下，我能理解她會緊張，可是講這種像要嫁過來的臺詞實在怪怪的。

我隨口告訴她不必緊張，結果被有點生氣的艾米莉亞罵了。

「天狼星少爺！對女孩子來說住在同一個屋簷下就是這麼重要！」

天真純潔的莉絲不太可能有心情享受墜入愛河的滋味，現在應該在為剛萌芽的感情感到困惑吧。

這個年紀的孩子比較敏感，我得多加留意跟兩位少女說話時的遣詞用字。

「抱歉。我會小心去房間找妳們的時候，不要在妳們換衣服或是不方便的時候進去。」

「不，天狼星少爺無須顧慮。還有，這是我們的房間鑰匙。」

「……給我幹麼？我有主鑰匙啊。」

我算是鑽石莊的管理員，主鑰匙當然在我這邊。

所以她把鑰匙給我也沒意義……

「那個……如果您要夜襲，我隨時恭候您的到來。」

艾米莉亞講完這句話，紅著臉跑走了。

我很感謝媽媽教了艾米莉亞許多知識，不過真希望她保守一點。我覺得艾米莉亞這方面的知識有點太豐富喔。

順帶一提，我絲毫不打算去夜襲，因此鑰匙我慎重歸還了。

現在跟以前不一樣，弟子們都跟我住在一起，所以早上有比較多的時間可以利用。

尤其是艾米莉亞，不但負擔減輕了，能跟我一起住也讓她心情變好，每天的生活和訓練都越來越有幹勁，還學會新魔法，狀況絕佳。

我跟雷烏斯的模擬戰最近也換了新花樣，測試他能不能抵擋用不同方式使出的攻擊。

敵人不一定會正面進攻，因此我利用上輩子磨練出的戰鬥法，讓雷烏斯累積各式各樣的戰鬥經驗。

莉絲常常一跟我四目相交就滿臉通紅，僵在原地，但她都會認真做訓練，實力正在不斷提升。

她笑著跟我們說「是很辛苦沒錯，可是每天都充實又愉快」的時候，我非常高興。

「今天也加油吧。」

「「是！」」

今天，我依然從一早就和弟子們一起訓練。

《革命》

我們已經在學校度過三年的時光。

今年學校也有新生加入，種族五花八門的新生穿著嶄新長袍，在講堂前面集合。

看到懷著各種心情入學的新生，我不禁緬懷起過去。明明才過了三年，是因為我內心是個老人嗎？

然而，有時候卻會有人打擾我觀察新生。

「初次見面。不好意思這麼突然，陪我打一場吧。」

「聽說你是無能？不曉得你用了什麼卑鄙的手段進來的，無能就給我乖乖被人踩在底下吧。」

「這種無能竟然如此有名，學校也墮落了啊。」

沒錯……就是想要以下犯上的新生。

他們應該知道我是無色，為什麼要來找我宣戰？

那是因為我被人說是這所學校最強的存在。

儘管我剛入學就因為莉絲的事大鬧一場，除了這件事以外，我應該沒在其他人面前展現過實力才對。

雷烏斯有個小弟是情報通，他說關於我的傳聞似乎是自己傳開的。

首先是我的徒弟艾米莉亞和雷烏斯，這對銀狼族姊弟相當引人注目。

艾米莉亞在校內是數一數二的美女，擅長魔法，身體能力也高。外加言行舉止都很有氣質，令人著迷，人人都稱讚她是完美的女性，她的人氣不僅不分種族，還不分男女。

至於雷烏斯，他在把來找他切磋的人擊退的過程中，幾乎將校內的強者統統打倒了，被說是全校劍術最強的人。

大家便開始好奇，明明是無色卻光明正大在這所學校念書，還是這對姊弟的主人的我，究竟是何許人物……

姊弟倆說他們之所以這麼強，都是拜我所賜，這句話便傳了開來，還被人加油添醋，內容變來變去……結果就變成我是全校最強的人了。

「只要打倒我就能站上全校的頂點」這種詭異謠言也開始傳出，去年連續好幾個月都有源源不絕的新生來找我打架。

今年也有聽見傳聞來找我較量的新生，不過……

「等一下。別以為沒過我這關就能動大哥喔？」

「對天狼星少爺出手的人，要好好處罰。」

用不著我開口，艾米莉亞和雷烏斯就會站出來代替我應付人家。

雷烏斯會當場把向我宣戰的新生帶去訓練所，迅速打倒對方。

魔法戰則是由艾米莉亞出場，用一發「風彈」解決。

因為有他們兩個在，我完全不用動手，導致謠言的可信度與日俱增。

判斷直接來找我沒用的新生，會試圖趁我一個人的時候偷襲，這種情況我會把對方引到沒有人的地方，偷偷讓他失去戰鬥能力。

我都是瞬間打昏他們，讓他們搞不清楚是誰做的，因此那些人會感到害怕，再也不敢靠近我。

婚期儀式事件過後，莉絲變得會乖乖把自己的想法說出來，過著和我不一樣的平靜生活。

莉絲不只是優秀的水魔法師，還擁有會自然而然吸引他人的神奇魅力，以及溫柔文靜的性格，默默累積著人氣，所以沒人會找她麻煩。

總覺得只有我周圍殺氣騰騰的，但會來找碴的其實只有一部分，大多數的新生都純粹把我們當學長姊對待。

特別是姊弟倆，他們雖然是全校首屈一指的強者，卻完全不會擺架子，不僅如此還很照顧人，其他人都十分仰慕他們。不過雷烏斯打敗的人一個個變成他的小弟，結成奇怪的黨派，害我有點傷腦筋。

由於我是這對姊弟的主人，其他人好像覺得我是難以接近的存在，不過他們並沒有對我做什麼，我想我應該沒有被討厭。

當然也有看我們不順眼的人。

大多是看重家世的貴族，尤其是本來在古雷葛里門下的學生。

在走廊擦身而過時，那些人會瞪過來，仔細一聽可以聽見他們在罵我們無能或亞人。

我早就習慣了，可以把那些話當耳邊風，但艾米莉亞跟雷烏斯無法允許別人侮辱我，所以我很希望他們不要再罵我。體諒一下每次都要摸頭安撫兩姊弟，或是抓住他們的衣領阻止他們的我有多辛苦好嗎。

除了言語攻擊外，那些人並不會對我們怎麼樣，可是他們看我們的眼神不太正常。

狠狠瞪過來的視線，讓我有種他們在策劃什麼的感覺。

學校表面上與平常無異，有些人卻散發著危險氣息。

「……就是這樣，學校的狀況有沒有不太對勁的地方？」

今天我沒有帶蛋糕，而是換成布丁帶給校長當見面禮，不過校長吃著布丁，好像有點不滿意。

「布丁雖然也很好吃，我還是比較喜歡蛋糕。」

「我是怕您吃膩。比起這個，我剛才問的問題……」

「嗯，如你所說。貴族學生……尤其是古雷葛里的學生不太對勁對吧？其實我也有接獲幾個麻煩的報告。」

代替古雷葛里上課的老師說，最近學生們莫名其妙變得很不認真。

「我們在入學典禮那天讓那些人輸得一敗塗地，我能理解他們看我們不順眼……可是最近他們開始積極活動了對不對？」

三年前……我們在以莉絲為賭注的交換戰上讓他們顏面掃地，不過除了當時跟我對戰的阿爾斯托羅外，其他人馬上就安分下來了。

外加古雷葛里變成通緝犯銷聲匿跡是他自作自受，沒證據證明這事與我有關，那些人應該沒理由瞪我。

「這次恐怕是因為艾米莉亞和雷烏斯。因為他們都是人族至上主義，不肯認同獸人。」

部分人族與獸人之間存在深深的隔閡，大概是因為以前發生了很多事吧。

艾琉席恩雖然對獸人挺包容的，自尊心高的貴族中有許多人會在意這點也是事實。

順帶一提，我被瞪的原因除了我是兩姊弟的主人外，還是因為我是無屬性卻敢大搖大擺走在路上，那些人覺得我很傲慢。

「因為前幾天雷烏斯打倒了討厭獸人的強者。他們無法接受獸人立於高位，貿然動手又會遭到回擊，所以只能瞪著你們看。真是……人族與獸人的差異，明明只是微不足道的小事。」

以前好像還有人提倡把獸人全趕出去，讓人族統一艾琉席恩。

然而，莉絲的父親卡帝亞斯國王不可能允許這種事發生。

聽說他把那些人違法的證據查個水落石出，徹底擊潰他們，或是將他們趕到遙遠的領地。

儘管我只看過他溺愛女兒的一面，卡帝亞斯這個國王倒是當得非常好。

歧視獸人的人是減少了沒錯，但並沒有完全消失，古雷葛里似乎也名列其中。

「歧視獸人的人裡面，古雷葛里對獸人的厭惡特別明顯，思考比其他人偏激許多。他班上的學生都是他親自選出來的，所以很多學生的想法與他相近。」

「所以才會有那麼多人瞪我們嗎？雖然不知道他們會不會對我們動手，我會叫雷烏斯和艾米莉亞小心一點。」

「麻煩你了。還有，本來他們換老師後還是會認真上課，最近好像開始抱怨不想在有獸人的學校上課了。」

「不是有通知他們的家長嗎？」

「雖然有些學生因為這樣變得比較安分，但那種學生的家長很多是討厭獸人的人，反而會對他們的小孩表示認同。這麼多把自己的價值觀強加在子女身上的家長，真的很讓人困擾。」

「……這件事不好處理呢。」

如果是獸人對當事者做了什麼，我可以理解他們討厭獸人，然而那些人卻是因為家人討厭獸人才跟著討厭。

要改變深植在心底的觀念並不簡單。

不過思想已經固定的家人也就算了，我認為還是小孩子的學生可以視情況而定，讓他們改變。

在我思考時，我發現前一刻還在傷腦筋的校長，臉上轉為信心十足的表情。

「其實我正在制定能改變那些學生想法的計畫。手段有點偏激，但足以讓他們的觀念從根本上改變喔。」

校長的外表和言行舉止，給人一種溫文儒雅的印象，可是他也擁有若有必要，會毫不猶豫處理掉鮮血之龍那種殺人鬼的冷酷一面。

這種人所說的偏激手段，讓我有種事情會鬧得很大的感覺。

就算我問他詳細內容，我也不覺得校長會乖乖回答，因此我提出之前就想過的問題。

「我想問一下，古雷葛里為何那麼討厭獸人？不，比起『討厭』，更接近『憎恨』。」

「……照理說我不該跟別人講這件事，不過身為被害者的你們，應該有權知道吧。雖然古雷葛里本來就是厭惡獸人的人族主義者，決定性的事件發生在數年前。他的父親被某位獸人和無屬性的人殺掉了。」

「是基於怨恨嗎……我不是不能理解，可是只因為種族相同就把怒氣發洩在毫不相干的人身上，這並不合理。」

「正是如此，不過他的怨恨也將告一段落了。其實前幾天我掌握了情報，古雷葛里潛伏在離這裡有段距離的城內。」

用不著看地圖，我光聽那座城市的名字就知道在哪裡。坐馬車的話差不多要花一天的時間。

「這是校方監督不周造成的，這次由我親手為這件事劃下休止符。」

「是啊，他可是會把殺人鬼帶進城裡的人，不能放任不管。」

校長面帶笑容，魔力卻正在凝聚，看來他相當憤怒。

身為校長必須為這件事負責，外加他被古雷葛里害得那麼慘，看來這次校長決定親自出馬。

「有很多準備工作要做，所以我預計後天再過去。我和麥格那會有兩天左右不在學校，有件事想麻煩你。」

「如果在我的能力範圍內，我樂意幫忙。」

「請幫我做可以久放的蛋糕。」

「結果又是要甜點！吃餅乾不就得了？」

「不行，我要蛋糕！」

「……我明白了。」

總之我做了類似冰箱的魔導具，把蛋糕放在裡面交給校長。

放學後，我們去賈爾岡商會買完東西才回到鑽石莊，在客廳度過晚餐後的悠閒時光。

雷烏斯和莉絲在玩棋盤遊戲，比賽誰比較厲害，艾米莉亞一面織東西一面看他們玩，我則坐在桌子前面把魔法陣刻在魔石上。

我用專用道具在魔石上刻出溝來，這是非常精細的作業，所以難度挺高的。我已經挑戰了好幾次，卻常常辛辛苦苦刻好才發現魔法陣有缺陷，從來沒有做出過滿意的成品。

今天也一樣……

「……失敗了。」

我在刻的魔法陣是我自創的魔法「傳訊」……又失敗了。

要用也不是不可以，可是這顆魔石擁有致命的缺陷。

唉，這是第幾顆魔石了？儘管我現在不愁沒錢，這些魔石累積起來的金額還挺龐大的，所以我有點沮喪。

弟子們看到我默默垂下肩膀，停下自己在做的事走到我旁邊。

「天狼星少爺，請您不要難過。要不要喝點東西轉換心情？」

「嗯，麻煩妳了。要創造新的魔法陣還真難。」

「天狼星前輩，這已經超越『難』的等級了唷？如果你創造出新的魔法陣，得到其他人的認同，這可是足以名留青史的功績。」

「大哥一定沒問題的！對了大哥，你之前刻的是超強的『衝擊』的魔法陣，這次你在刻什麼？」

「是『傳訊』。利用它就能跟我的『傳訊』一樣，把你們的聲音傳到我這邊。」

「真的嗎!?」

聽到可以雙向通話，泡好紅茶的艾米莉亞第一個有反應。

她安靜地放下茶杯，緊盯著我手中的魔石。

「天狼星少爺！只要有這個，無論在哪都能把我的聲音傳給您嗎？」

「對、對啊……這顆魔石不至於不能用，可是不僅功能變了，還有嚴重的缺陷……」

「如果不會有危險，可以把它給我用嗎？」

艾米莉亞的魄力不同於往常，害我下意識把魔石遞給她。

她珍惜地把我給她的魔石抱在懷裡，我跟她解釋完用法後，她便回到聽不見我說話的地方——自己的房間。

順帶一提，使用方法是一邊說話，一邊把魔力注入魔石。

我理想中的功能是發動時會自動吸收大氣中的魔力，可是以我現在的技術還做不到。

總之現在只能反覆實驗，實際使用後慢慢調整。

因此艾米莉亞能幫忙實驗，對我非常有幫助。

我算準艾米莉亞回到房間的時機，發動「傳訊」。

「艾米莉亞，聽得見嗎？」

『……好，可以了。是，我聽得見，天狼星少爺！』

「咦？姊姊？」

「艾米莉亞的聲音……從哪裡傳來的？」

「艾米莉亞，我聽得見妳的聲音。妳待在那裡試試看只對我說話。」

『瞭解。天狼星少爺，今晚請讓我到您房間陪您一起——』

艾米莉亞大膽的告白講到一半就突然中斷。

我望向旁邊，雷烏斯納悶地歪著頭，莉絲則有點臉紅。

「欸，大哥。我剛才好像聽見姊姊說話耶？」

「我也是。艾米莉亞真大膽。不過，我是不是也像她一樣主動比較好？」

「果然不行嗎……」

本來想設計成只有指定對象能聽見自己說話，最後卻變成一定範圍內的人統統聽得見，不曉得哪裡弄錯了。

範圍大概到鑽石莊的庭院吧，簡直像一般的擴音器。

至於那個重大缺陷，就是魔力消耗得很快……

「天狼星少爺……」

我徵得莉絲的許可進房間查看，艾米莉亞因為魔力枯竭倒在床上。

從小受過訓練的艾米莉亞都會累成這樣。

風魔法「風響」不但擁有同樣的效果，又比較不耗魔力，因此這東西完全是失敗作品。

比起那個失敗作品，現在得先照顧艾米莉亞。

「艾米莉亞，沒事吧？來，放鬆身體。」

「唔唔……天狼星少爺……呵呵呵……」

拿回魔石後，我讓清醒過來的艾米莉亞躺在我大腿上。這是她協助我做實驗的獎勵。

魔力枯竭害她不太舒服的樣子，但艾米莉亞好像很高興我讓她躺大腿，樂得尾巴搖來搖去。就這樣讓她躺一下好了。

「……好好喔。天狼星前輩，我也來幫你做實驗。」

「大哥，我早就習慣昏倒了！」

「不要以會昏倒為前提好嗎……」

新魔法陣的研究雖然不太順利，我們仍在鑽石莊過著一如往常的平凡生活。

兩天後，校長帶著麥格那老師離開學校。

目的是逮住古雷葛里，但為了避免引起騷動，表面上的理由是要去開拓新的訓練場。

校長和麥格那老師雖然不在，學校還是一樣照常上課。我們班沒什麼特別大的變化，只有來了別的老師代替麥格那老師上課。

「就像這樣，上級魔法擁有改變戰況的力量，另一方面——」

代課老師在上上級魔法課時，走廊上突然傳來無數的腳步聲。

與此同時，我感覺到全校散發出緊繃的氣息，坐在旁邊的兩姊弟也察覺到了異樣感。

「……大哥，我怎麼覺得不太對勁？」

「我也是。有好幾個陌生的味道……我有股非常不好的預感。」

「嗯，我也感覺到了。不曉得會發生什麼事，在遇到危險前別擅自行動喔。」

因為目前連對方是敵是友都還不知道，更重要的是如果我們擅自大鬧一場，說不定連其他學生都會受傷。

我加強警戒，用「探查」偵測這一帶的情況，發現學校到處都是明顯不是學生的反應，有些教室還正在戰鬥。

在那個反應接近教室前面時……

「不准動！」

數名男人像要把教室的門踹破般用力開門，蜂擁而入。

明白當下情況的老師立刻用初級魔法將附近的男人轟飛，另一個男人卻趁機從旁繞到他後面，拿小刀抵住他的喉嚨。

此外，另一名男性抓了附近的學生當人質，因此不只是老師，連我們的行動都被封住了。

對手只有四個人，從那冒險者風的服裝和讓我忍不住心生佩服的俐落動作來看，推測是以戰鬥維生的傭兵。

疑似傭兵的男人們分散在教室的四個角落時，第五個男人從外面走進來，站到講臺前面。

他身上的衣服看起來非常高級，這男人似乎不是傭兵，而是貴族。

「好了，就讓我告訴無法理解狀況的你們發生了什麼事吧。此刻，這所學校被我們的首領古雷葛里閣下占領了。」

男人說的話讓一部分的學生燃起怒火，但由於老師被抓去當人質，他們什麼都做不了。

「所以給我安分點，不要做無謂的抵抗。要是你們敢亂動也沒什麼，就只是這男人會變成屍體，再抓一個人代替他罷了。」

話雖如此，這些學生畢竟還跟小孩子差不多，又會使用魔法，怎麼可能乖乖聽話。

由於學生們遲遲沒有安靜下來，貴族男性開始不耐煩了，這時馬克站起來對其他人說：

「各位冷靜點。我們在這邊鬧也於事無補，先聽聽他們的要求吧。」

「哦，看來還有冷靜的人嘛。不過我最討厭你這種裝大人的小孩了。」

「真巧，我也最討厭你這種大人了。包括身為高貴的貴族卻做這種蠢事這點。」

貴族男性發自內心唾棄馬克，馬克卻毫不畏懼，反而冷靜陳述自己的意見。我認為這才是高貴的貴族應有的姿態。

大概是被馬克感染了吧，其他學生也跟著站起來，彷彿要發洩累積已久的怒氣。

「對啊對啊！你們以為國王會允許你們占領學校嗎！」

「竟敢造反！國王可不會坐視不管！」

「閉嘴！像你們這種忘記貴族驕傲的小鬼怎麼可能會懂。這不是造反，是革命……這場革命將成為我等崇高目的的基石！」

……沒救了。這類型的人講什麼都沒用。

因為他的眼神是被上頭說的好聽話操弄，深信自己的所作所為沒錯……深信自己的所作所為符合正義的眼神。

那強硬的態度讓學生們有點嚇到，貴族男性沉浸在自己所說的話中，再度宣言：

「仔細聽好！古雷葛里閣下提倡將愚蠢的獸人全都趕走，讓艾琉席恩成為只有人族統治的真正樂園。你們可是負責見證的證人喔？感到榮幸吧！」

這已經不只是嚇到的程度，反而讓人覺得傻眼。

愚蠢的獸人……真正的樂園？

我只能說無聊。

而且一個國家成立不是光憑人族的力量，也要靠獸人的能力，怎麼可能建立他所說的樂園。就算真的成真好了，這種偏激的國家過沒多久就會出問題吧。

跟要任性的小孩一樣。

他說我們是小鬼，真不知道誰才是。

仔細一看，四散的傭兵們也傻在那邊，一眼就看得出他們對革命毫無興趣，只是用錢雇來的。

「看來各位明白我們的想法了。時間到了上頭會給下一個指示，在那之前給我乖乖坐好。」

貴族男性看到我們統統愣住，以為我們是無言反駁，滿足地點點頭，坐到附近的椅子上。

四周的傭兵也只是在監視我們，稍微整理一下情報好了。

以前賈爾岡商會的札克告訴我的傳聞裡，有提到「革命」這個詞……恐怕就是現在這個狀況吧。

他們之所以盯上學校，可能是想拿貴族之子占多數的學生當人質。

可是這所學校的校長是連天崩地裂都能引發的魔法大師，除此之外還有擅長魔法的教師們，以及學過魔法的眾多學生。

正常情況下不可能以學校為目標。要這麼做的話，潛入學校宿舍一個個抓人出來更加確實。

即使如此，他們仍然選擇入侵學校……是因為知道校長不在嗎？

校長離開艾琉席恩過了半天，在這麼巧的時機進攻也很可疑。

也就是說，古雷葛里的目擊情報極有可能是故意洩漏出來的，計畫得比我想像的還要周到。

雖然我認為眼前這名貴族只是個白痴，他所說的首領古雷葛里可是能逃好幾年不被校長抓到的聰明人。不可大意。

外加這群人好像雇了許多傭兵，校內各個地方都偵測得到戰鬥反應。

應該是像衝進這間教室時一樣，正在發動奇襲吧。整體來看，學校的人似乎居於劣勢。

再等下去也不會有新情報，差不多該採取行動了。

當下，教室裡的敵人總共有……五人。

數量雖少，慣於戰鬥的傭兵卻分散在教室各處，要同時收拾掉他們有點麻煩。

而且對方還拿老師當人質，綁住他的手腳，要是我們擅自行動，他們可能會對學生下手。

「艾米莉亞……雷烏斯。」

我遮住嘴角，壓低聲音說話，兩姊弟轉頭看過來。

我在桌子底下用手勢告訴他們目標，兩人用尾巴碰觸我的身體，表示理解。好了……他叫我們不要做無謂的抵抗，反過來說，只要不是無謂的抵抗就沒問題了吧？

我舉起手吸引其他人的注意力，貴族男性發現我有動作，發自內心露出嫌麻煩的表情。

「不好意思，可不可以打擾一下？」

「幹麼？沒聽見我叫你們坐好？」

「其實我肚子痛，方便讓我去廁所嗎？」

「說什麼屁話！你覺得我會答應？」

「拜託了！我真的……很不舒服。」

我按著肚子站起來，像要尋求協助般走向貴族男子。看到我完全不會察言觀色，貴族對附近的傭兵怒吼道：

「這、這小鬼是怎樣!?快點抓住他！」

「真是，麻煩死了。喂，小鬼。我懂你的心情，不過給我乖乖坐下。」

我身邊的傭兵從旁伸出手，想要制止我，但我假裝站不穩，閃過他的手，走近貴族男子。

這次傭兵從背後伸出手，我彎下腰躲開後，故意絆到自己的腳往前摔，倒在被綁住的老師和傭兵腳邊。

「這傢伙在幹麼？」

「我怎麼知道。喂，你要在地上躺到什麼時候？快點站起來。」

負責監視人質的傭兵嘖了一聲，用腳戳我的頭，我在抬起頭的同時抓住傭兵的腳……

「嗯，我馬上站起來。因為……這個位置剛剛好！」

用力一拽。

突然倒向後方的傭兵用手肘和手臂撐住身體，避免後腦勺撞到地面，可是我接下來使出的肘擊，他就躲不掉了。

包含我體重的肘擊完美命中傭兵的腹部，他口吐白沫，翻著白眼一動也不動。

先解決一個……

「你、你這傢伙！」

站在附近的傭兵拿劍朝我揮下來，我衝到他身前閃過攻擊，賞了他的下巴一記上勾拳。這一擊令他大腦受到重創，哀號著倒在地上。

「臭小鬼！你不怕人質——」

「人質？哪來的人質？」

前一刻還是人質的老師被我保護好了。

至於剩下的傭兵……

「天狼星少爺。結束了。」

「大哥，我這邊也解決咧。」

兩姊弟趁這些人的注意力被我吸引住時，成功讓他們失去戰鬥能力。

僅僅數秒就逆轉局勢，不只是同學們，連講桌前面的貴族腦袋都轉不過來，目瞪口呆。

「好了，這樣情勢就逆轉了，你要發呆到什麼時候？」

「你以為……你以為做了這種事還能全身而退──」

「這是我要說的。因為無聊的原因把無關人士牽扯進來的你們，哪有資格這麼說。」

「無聊的原因!?你這種小鬼怎麼會懂我們的──」

「無聊。連我這種小孩都明白。」

我直截了當地說。貴族男性不曉得是不是怕了，一句話都回不出來。

這時他終於想到要逃走，我當然不可能讓他逃掉。我一口氣衝到他面前，抓住他的手使出過肩摔，把他摔在地上。

「好，所有人都搞定了。快點把他們綁起來吧。」

「知道了！喂，有沒有人有繩子？」

「我有。下午的課要用的。」

用毛巾之類的布我怕綁不牢，幸好我的同學拿出堅固的繩子。

我們綁好那群人時，同學們也比較冷靜一點了，可是大多數的人還是處於不知所措的狀態。

好吧，突然有人衝進來大喊著要革命，當然會不知所措。

正因為是這種狀況，身為大人的老師應該要負責安撫學生，然而傷腦筋的是，我們幫老師解開繩子後，他還是沒有反應。

「唔……啊……」

「大哥，老師怪怪的耶？」

「意識……是清醒的。全身都在抽搐，是不是中毒了？」

「天狼星少爺。我在綁那個人的時候找到這個。」

艾米莉亞遞給我幾根針和一個小容器，針的前端塗了疑似毒液的東西。

老師恐怕是在遭到五花大綁時被這根針刺的。為求保險，我用「掃描」幫他檢查了一下，似乎沒有生命危險。

「如果針上面的是毒，那這就是解毒劑了吧。」

「啊，讓我負責治療吧。我順便看看有沒有其他傷口。」

剛剛我叫莉絲待命，以免發生緊急狀況，結果沒有她出場的機會，這次讓她表現一下好了。而且治療交給莉絲準沒錯，我便把容器交給她，告訴她「掃描」的結果。

老師只要交給莉絲治療就沒問題，接著要想辦法處理現在這個狀況。

我正準備跟同學們說話，先讓他們恢復鎮定，艾米莉亞卻早我一步站出來。

「各位，我明白你們的心情，不過請各位先冷靜下來。只是在這邊吵也沒意義。」

「可、可是，我們之後該怎麼做才好……」

「這種時候……更需要冷靜。現在貿然出去外面很危險，先從收集情報開始吧。」

「姊姊說得對。先從這些人口中套出點情報吧。」

雷烏斯也站到艾米莉亞旁邊，對同學們露出無憂無慮的笑容。

大概是遇到這種事仍然一如往常的雷烏斯的笑容，讓他們放鬆下來了吧，同學們自然而然恢復冷靜。

「……是啊。各位同學，艾米莉亞和雷烏斯說得沒錯。正因為是這種狀況，我們更應該保持鎮定。」

「喔、喔。」

「也是……大家都平安無事，應該先冷靜下來。」

要是他們陷入混亂，大吵大鬧會很難處理，不過大家已經不再驚慌，看來是沒問題了。

我很高興不用我一一提點，他們也知道該做什麼。

我不禁讚嘆起姊弟倆的表現，他們對我露出「這樣可以嗎？」的笑容，所以我滿意地點點頭。

眾人恢復冷靜後，我們把被綁住的那些人抓到講桌前面排成一排，正準備問話……整棟校舍突然劇烈搖晃，與此同時，我感應到外面有股龐大的魔力。

我納悶地準備發動「探查」，這時望著窗外的學生大叫道：

「欸！大家看外面！」

這間教室面向上魔法實習課時會用的訓練場，從窗戶可以環視廣大的訓練場。

聽到那名學生近似於尖叫的吶喊，我往窗外一看……

「那是……巨石兵對吧？」

「怎、怎麼回事？我從來沒看過這麼多巨石兵。」

「看後面！其他班的學生也在！」

體型是成人兩倍大的大量巨石兵在訓練場上排成一排，一群學生被迫排隊向前走，推測是抗爭失敗了。從方向來看，應該是要去競技場。

不過真奇怪。數量明顯是學生占上風，他們卻絲毫沒有反抗的意思，令人在意。

我強化視力仔細一看，學生們的表情不僅完全死心，還看到許多眼神空洞的人。

看到那群人脖子上的東西，我立刻明白他們的神情為何如此絕望。

「……支配項圈嗎？」

「!?天狼星少爺，難道那些學生全部……」

「嗯，好像都被戴上支配項圈了。虧他們有辦法弄來那麼多。」

戴上支配項圈的人，魔力會被慢慢奪走，無法戰鬥，會放棄抵抗也不奇怪。

而且那個項圈是製作難度高的魔導具，因此非常昂貴。光是訓練場上的學生隨便估計都將近百人，看來在幕後資助他們的人相當有錢。

曾經被人戴上那種項圈的兩姊弟，痛苦地看著那些被帶走的學生。

「……各位再等一下。」

「我們……絕對會救你們。」

然而……與過去不同，他們變強了。

證據就是兩人不只是悲傷，還燃起想要拯救學生們的鬥志。

雖然我不覺得他們會直接突襲，為了以防萬一，我還是摸摸兩人的頭安撫他們，這時有幾個人緊張地對大家說：

「喂、喂……光憑我們已經沒辦法處理了吧？」

「不只巨石兵，對上會用魔法的貴族和傭兵，我們怎麼可能應付得了。」

「想辦法逃出去，到外面求救比較好吧？」

他們說得沒錯，應該逃出學校，去鎮上或城裡找人幫忙。

分頭行動的話，想逃出學校也沒多難，可是我不覺得計畫如此周詳的人會沒有準備對策。

我陷入沉思，旁邊的同學們則在討論如何逃出去，被五花大綁、忿忿不平的貴族男性忽然放聲大笑。

「哈哈哈哈哈！太嫩了小鬼們。你們以為這麼簡單就逃得出去嗎？」

「你在說什麼！如果我們全部一起逃，至少會有一個人──」

「我們當然早就預料到膽小的你們會選擇逃跑。看看那道牆！」

我望向圍著學校的圍牆，看到有一道微微發亮的光之牆延伸到上空。

「那、那是什麼？今天早上……還沒有那東西吧？」

「看到了吧。那是防止外敵入侵的結界，反過來也可以拿來困住學校裡的人。也就是說你們不可能逃出去。」

「說什麼大話！給我看好，那種結界用我的魔法就能破壞！」

「等一下！在那邊的人……是學長！」

我沿著圍牆看過去，發現一名男學生在對結界施法。

他用的似乎是連岩石都轟得碎的中級魔法「火焰槍」，然而就算魔法直接命中，結界依然毫髮無傷。

即使如此，他仍舊不停施法攻擊……結果卻沒有改變，從背後接近的巨石兵及傭兵終於包圍住他。男學生激烈抵抗了一番，可惜毫無用處，被傭兵戴上項圈帶走了。

看到這一幕，同學們再度抱頭苦思。

「真的假的……連學長的魔法都動不了那個結界嗎？」

「不，大家一起攻擊的話，說不定轟得出一個洞——」

「……勸你們不要。」

大家好像還沒死心，開口制止他們的是已經可以說話的老師。

老師被莉絲攙扶著坐到椅子上，像要講給所有人聽似的，緩緩說道：

「那個是……校長親自設計的用魔導具發動的結界。雖然還在試作階段，連我們老師想在上面開洞都有難度，損壞了也會立刻復原。你們大概沒那個能力。」

「……這麼堅固還是試作品啊？」

「防禦功能已經完成了，問題是使用期間。不僅要先儲藏近半年的魔力以供待機才能使用，一旦發動就無法解除，只能等到魔力耗盡。」

剛才感覺到的異樣感應該就是結界發動了。

我試著使用廣範圍的「探查」，卻無法從學校偵測外面的反應，可能是被結界擋掉了。果然不只是物理攻擊，連魔力都會隔絕嗎？

「那麼，發動後要等到什麼時候它才會消失？」

「……一整天。」

殘酷的現實令所有人垂下頭。

儘管學校很大，面對巨石兵外加被戴上項圈的學生的人海戰術，要一直躲下去也不容易。

全班籠罩在沉重的氛圍中，被綁住的貴族和傭兵們同時笑出來。

「看來你們終於理解狀況了。明白的話就快點放開我，這樣我可以考慮不幫你們戴項圈。」

「我死都不會原諒那邊那個黑髮小鬼和獸人！」

「絕對要把你們搞到半死不活！」

被綁住的人在大聲叫囂，我決定無視他們，整理目前獲得的情報。

他們的目的是徹底排除獸人，建立只有人族的國家。

為此必須占領城堡，趕走國王，制定新政策，這群人盯上的卻不是城堡，而是學校。

我認為他們大概是想抓學生當人質，或是做為戰力，但看到他們準備那麼多支配項圈，我想到另一個可能性。

恐怕……是想拿學生當肉盾。

根據我的推測，他們預計趁結界消失前多抓幾個戴上項圈無法反抗的學生，然後讓大量學生擋在前面，朝城堡進攻。

裡面有貴族的小孩，所以不方便動手，萬一不小心殺掉他們，國王應該會名聲掃地吧。

雖然全是小孩，只要命令學過魔法的大量學生大鬧一場，沒人有辦法預測傷害會多嚴重。

這個計畫完全無視人道，不過挺有效率的。身為上輩子為求勝利什麼都做過的人，我認為這是不錯的策略。

可是……令人作嘔。

高高在上地高談闊論，美化自己的所作所為，把眾多無關的孩子牽扯進來。

我開始覺得花時間奉陪這種跟小孩子鬧脾氣沒兩樣的革命實在很蠢，差不多該行動了。

方針已經定好，不過看來沒那個時間讓我慢慢來。

我粗暴地抓住貴族男子的領口，把他提起來，打算速戰速決。

「喂，有多少貴族和傭兵協助這起你們說是革命的無聊事件？」

「你、你幹麼!?竟敢命令我──噗呃!?」

他擺出反抗的態度，因此我賞了他有點用力的一巴掌。

貴族男性臉上浮現紅通通的痕跡，但他只是因為我的性格驟變大吃一驚，什麼都不說。

「……沒聽見嗎？總共有幾個貴族和傭兵，給我快點回答！」

「嗚、嗚……你、你到底是怎樣!?」

「不知道也沒關係。你也沒用了……」

「我、我明白了！別這樣，我什麼都說！所以放開我啊！」

我拿傭兵身上的小刀抵著他釋放殺氣，貴族男性便嚇得吐出情報。

然而或許該說如我所料吧，這傢伙手中沒有多重要的情報。看他屈服於這種程度的威脅，我就已經不抱期待了。

總之我得到的情報是，以古雷葛里為首領的貴族有三十人左右，還有個提供資金的贊助者。

至於最重要的傭兵數量，由於他們同時雇了好幾個傭兵團，正確人數不得而知。

「傭、傭兵裡面有個人特別強，傭兵集團是由他統率的，所以我不太清楚。」

「……是嗎？好好休息吧。」

放著不管他也只會大聲嚷嚷，因此我掐住他的脖子讓他昏過去。

我接著詢問傭兵，他們跟貴族不一樣，口風比較緊，我便用之前對盜賊用過的詛咒威脅法逼他們招供。

可惜……費工得到的情報跟貴族男性提供的差不多，他們和率領傭兵的男性沒什麼接觸，似乎不太瞭解內情。

看到我逼供這些人的同學們有點嚇到，但現在這個狀況要花時間解釋實在太麻煩，因此我選擇置之不理。

問完話後，我讓傭兵們失去意識，弟子們站在我身後等我開口。

「你們知道了吧？」

「是！這麼過分的事，怎麼能坐視不管。」

「我要把幹這種蠢事的傢伙全都揍飛！」

「我也會加油！不會讓他們傷害爸──傷害國王陛下的！」

弟子們點點頭，拿著從傭兵身上搶來的武器。儘管只有幾把保養得不錯的劍和小刀，對於慣用武器放在鑽石莊的我們來說，是非常珍貴的武器。

馬克和其他同學看我們這樣，察覺到我們想做什麼，緊張地說：

「天狼星，你們難道要……」

「沒錯，逃不了就只能戰鬥。雖然對方實力堅強，數量也多，應該還是有辦法應付吧。」

「有辦法應付……你在說笑吧!?不只是會控制巨石兵的貴族，還有一堆傭兵喔！」

「我對魔法還算有自信，可是我從來沒有真正戰鬥過……」

「只有我們幾個，戰力差太多了。想辦法逃出學校比較好吧？」

「不對，馬克。他們跟我們的戰力差距沒那麼懸殊。首先是最難處理的巨石兵……」

巨石兵看起來很耐打，其實中級魔法的「火焰槍」就足夠破壞它的身體。動作也明顯比我們慢，就算無法瞄準它們的魔法陣，最壞的情況，只要破壞腳部就幾乎能封住它們的行動。

我接著舉出其他注意到的部分，以及對手的弱點，同學們眼神逐漸恢復光采，大概是發現戰力差其實沒那麼大了。

「如果你們要跟來，我不會阻止。不過……沒辦法戰鬥、不喜歡戰鬥的人，麻煩留在這裡。因為之後的狀況很有可能得動手殺人，留下來並不可恥。」

「我當然要戰鬥。不只是做為赫爾提亞家的人，身為一個男人，我無法原諒那些人。讓他們嘗嘗我魔法的厲害。」

「我、我也要去！怎麼能讓他們對我們的學校為所欲為！」

「與其乖乖等著被抓……要打就打啊！」

有些人雖然學過魔法，卻怎麼樣都不適合戰鬥，那些學生就跟還不能自由行動的老師一起守在教室。之後的指示交給老師就沒問題了吧。

於是，半數以上的同學都決定參加，然而以這些人數，正面進攻實在太過有勇無謀。

我用「探查」偵測，想立刻採取下一個行動……那些人卻主動過來了。

走廊上傳來的無數腳步聲，令教室裡的同學躁動不安，我告訴大家對方不是敵人後打開門，雷烏斯的數十名小弟站在外面。

「大哥，沒事吧！」

「是你們啊！大家都沒事真的太好了。」

「有幾個人受了傷，還沒辦法過來會合，不過沒什麼大礙！」

「很好！我們等等要去跟那群人打一場。大家幫個忙吧！」

「「是！」」

加上雷烏斯的小弟，教室雖然變得有點擠，學生們的士氣似乎大幅提升了。

但是……還不夠。

根據我剛才調查的結果，其他教室也有許多學生留在那裡。應該是教室被傭兵占領，等著被人帶走，或是擊退敵人卻不知道該如何是好的學生吧。

其中好像也有想去競技場的血氣方剛的學生，可是只有十個人，感覺一下就會被撂倒。那群人要幫學生們戴項圈，不太可能殺掉他們，所以毫無計策就急著行動的學生還是放著別管好了。

掌握剩下的學生在哪裡後，我叫來弟子們，跟他們說明之後的計畫。

「聽好，等等要去每間教室召集戰力。巨石兵和傭兵對你們來說或許算不了什麼，但對其他學生而言可是強敵。至少得讓數量遠勝於敵方，否則就沒戲唱了。」

「意思是……之後要擬定計策行動，而不是正面突破。」

「沒錯。我用魔法查到了一些情報，幫我轉告其他人。」

「是可以，不過怎麼不是大哥自己說啊？」

「你們比我容易得到大家的信賴吧？而且我不會一起去喔。」

「「「咦!?」」」

弟子們一臉錯愕，愣在原地。

雖然對他們不太好意思，其實在學校的結界發動時，我就決定這麼做了。

「我之後要去調查結界。說不定會有意想不到的密道，還得去拿我們的武器。」

「那、那大家一起調查不是更好嗎？」

「不，要召集學生的話必須盡快。他們把被帶走的學生集合到一個地方後，很有可能又派巨石兵和傭兵過來，到時更難應付。」

「可是，沒必要讓天狼星少爺一個人去吧……」

「嘿……我不在你們就什麼都不會了嗎？」

這帶刺的說法令弟子們睜大眼睛，不過，你們應該懂我的意思。

雖然也是因為那兩名貴族學生的挑釁，迷宮事件的時候，你們不是自己說過不會依賴我的力量？

「你們已經強到就算對手是大人也不會輸了。難道你們的心靈還那麼弱小嗎？」

「……不。我想成為被天狼星少爺依賴的人，而不是依賴天狼星少爺的人。」

「對，我要為了跟大哥並肩作戰，努力變強。我會加油！」

「我也是……我不想被大家拋下！」

「嗯，就是這股幹勁！」

仔細一想，他們都是一心一意想幫上忙，才會一直跟著我。

剛才那樣刺激他們，或許是多此一舉。

不只是兩姊弟，莉絲也握緊拳頭，露出做好覺悟的眼神。若是以前的她應該會猶豫不決，看來跟父親和好後，她的心靈有了巨大的成長。

之後我不僅告訴弟子們用「探查」偵測到的情報，還給予適度的忠告。

這次是帶著眾多學生的團體戰，因此我教他們打團體戰時該遵守的鐵則，以及讓我方比較有利的戰鬥方式。

「因為那個結界還是未知數，視情況而定，我預計收集到一定程度的情報就去跟你們會合，在那之前好好幹啊。」

「請您放心交給我們。我們會將天狼星少爺的教誨銘記於心，讓您看看我們的表現。」

「別勉強喔。覺得危險的話，撤退也是一個選擇。」

最後我摸摸弟子們的頭，準備離開教室時，馬克叫住了我。

其他人好像覺得我是要自己逃走，但馬克聽見我們剛才的對話，帶著清爽笑容要跟我握手。

「雖然我只能盡一些綿薄之力，我也會幫助他們三個的。你放心去吧。」

「高貴的貴族幫助別人的隨從，這樣好嗎？」

「不，他們不是隨從，是我的同學，也是我的夥伴。這樣就跟身分沒關係了吧？」

「是嗎？馬克，不好意思，大家就麻煩你了。你也別勉強自己喔？」

「我才要叫你不要勉強。我知道你很強，但對方可是靠戰鬥維生的大人。小心點啊。」

「嗯！」

我握住馬克的手，彷彿被馬克從背後推了一把，飛奔出教室。

首先要去的地方是鑽石莊。

艾米莉亞和莉絲的戰鬥方式以魔法為主，沒有武器比較沒關係，可是雷烏斯用一般的劍無法發揮全力。

衝出校舍後，我馬上遇到帶著巨石兵的傭兵們，先用「麥格農」破壞做為觸媒的魔法陣，再用體術讓他們失去戰鬥能力後，不斷狂奔。

我跑到通往學校宿舍的道路上，然而宿舍在結界外側，不能繼續前進。鑽石莊也在結界之外，得想辦法突破才行。

用盡全力的「麥格農」或許有辦法打穿結界，不過……

「試試看能不能從上面過去好了。」

我先發動「空中踏臺」跳到上空，如我所料，雖然是在非常高的高度，但結界的光在途中慢慢變淡，似乎中斷了。

這道結界堅固歸堅固，對於飛過來的魔物卻一點效果都沒有。算了，這還是試作品的樣子，等校長回來把缺點整理在一起跟他報告吧。

話說回來……校長打算怎麼處理這個狀況？

被假情報欺騙，離開學校，自己做的結界還被敵人拿來利用。

要是這麼嚴重的事傳出去，校長八成會被究責、免職。

只不過……活了四百年以上的妖精，想必有豐富的人生經驗的那個人，會這麼輕易被算計嗎？

雖然校長在我面前跟熱愛蛋糕的小孩一樣，真正的他可是不會疏於自我鍛鍊，努力不懈所結晶的妖精。知識、經驗都很豐富，我不認為他會沒預料到這個狀況。

難道……結界不是被利用，而是校長故意讓人利用，把敵人關在裡面，以免他們逃走？前幾天他也提到什麼偏激的手段，這場騷動會不會全在校長的計畫中，所有人都被他玩弄於股掌之間？

哎……我想了很多，不過這僅僅是我的推測罷了。

說不定他真的被騙了……也不是沒有可能，是的話只要等他回來揍他一頓就好。

我想著想著就走到了鑽石莊，急忙帶上各自的武器及必需品回到結界裡面。

既然有辦法到外面，應該要去城裡或鎮上求援才對，我卻故意不這麼做。不僅如此，我也不打算立刻跟弟子們會合。

因為我決定利用這個狀況，讓弟子們累積經驗。

以前發生的迷宮事件就是淺顯易懂的案例。

那個時候我雖然在千鈞一髮之際趕到，下次可不一定救得了他們。我的身體只有這一個，不管怎麼樣，一定會有無法守在身邊、保護他們的時候。

正因如此，我才想讓弟子累積憑自己的力量解決問題的經驗。

說實話，我想跟他們一起作戰，但我還有其他事要做，更重要的是如果我在場，他們會自然而然想依賴我。

事態固然嚴峻，但這種時候應該相信徒弟，在遠方守候他們。當然，如果他們有危險，我會立刻伸出援手。

雖然對其他學生不太好意思，請他們跟我的徒弟一起吃點苦吧。

沒什麼，這些經驗未來會派上用場的。

回到學校後，我先降落在屋頂上做準備。

為了避免被人認出來，我戴上面具，穿上遮住全身的長袍，喬裝完畢時……看到弟子們帶著一群學生走出校舍。

總人數超過一百人的學生們，意氣風發地走向競技場。艾米莉亞和雷烏斯在最前面帶頭，看來他們成功召集各間教室的學生了。

巨石兵及傭兵擋在不斷前進的眾人前面，學生們以雷烏斯為先鋒，接連排除阻礙。尤其是姊弟倆用魔法華麗擊倒巨石兵時，每次都會響起歡呼聲，整體的士氣也在提升。

仔細一看，不只是低年級生，高年級生也挺信賴兩姊弟的樣子。

看到他們這麼有領袖氣質，我很高興。

看這個狀況應該暫時不會有問題，我也該去做我的工作了。

我發動「探查」偵測巨石兵和傭兵的位置，他們好像分散在學校各處，尋找躲起來的學生。

收拾掉他們就是我的工作。

放著這群人不管的話，競技場的騷動會把他們引回去，從背後偷襲我的徒弟。

簡單地說就是維持戰力平衡。對方已經抓到許多學生，我們一開始就占下風，因此敵人還是有壓倒性的優勢。

根據「探查」的結果，包含巨石兵，競技場裡疑似敵人的反應數量約七十，分散在校地內的差不多三十。

我靜靜朝附近的反應開始移動。

抵達第一個點時，學生們和傭兵已經開戰了。

乍看之下雙方勢均力敵，傭兵那邊卻有會製造巨石兵的貴族，導致學生們慢慢被壓制住。

一名學生的武器被巨石兵彈開，下一刻就會遭到攻擊，因此我躲在建築物後面使用「衝擊」。

從我的手掌釋放出的衝擊將巨石兵的魔法陣轟得粉碎，我順便使出「麥格農」，射穿剩下的傭兵的手腳。

傭兵突然哀號著倒在地上，令學生們嚇了一跳，我把剩下來的人交給他們處置，朝下個目標移動。

接著發現的是在建築物之間的狹窄縫隙走動的兩名傭兵。

不曉得他們是不是嫌找人麻煩，兩名傭兵注意力似乎不怎麼集中，我從背後偷偷接近，用小刀劃破其中一人的喉嚨。

剩下一人聽見聲音回過頭，但我已經揮下雷烏斯的大劍，將他反射性舉起來抵擋攻擊的手臂砍成兩半。

嗯……不愧是幫萊奧爾爺爺鍛劍的人的作品，真是把好劍。

我能理解雷烏斯為何如此中意這把劍，可惜對追求精密度的我來說，有點不太適合。

雖然解決掉了傭兵，要是其他敵人發現屍體因而提高警戒，我會很傷腦筋，所以要記得把屍體埋進用魔法陣挖的洞裡面，湮滅證據。

我持續行動著，沒讓學生們目擊現場。

在建築物後面移動，將傭兵及貴族確實收拾掉，至於位在弟子們應該察覺不到的地方的敵人，就從屋頂上用遠距離狙擊魔法「狙擊」解決。

做這種事……讓我想起前世的工作。

上輩子，我的工作就是像這樣偷偷解決目標，投胎轉世後仍然在做同樣的事，真不可思議。

我並不是喜歡殺人。

因為上輩子我也只把殺人當成工作。

不過，我現在是為了弟子們……不對，是為了想守護弟子們的未來的自己，才在這麼做。

在弟子們成長茁壯前，要我弄髒多少次雙手都無妨。

「雖然這不是值得抬頭挺胸說出來的臺詞……我會努力，你們也加油啊。」

弟子們站在最前面，帶領眾多學生前進，我目送他們離開後，對下個目標射出必殺一擊。

「剩下……十二隻……」

——雷烏斯——

大哥走出教室後，我們立刻開始行動。

根據大哥的情報，跟我們隔了一間教室的班級和我們一樣，擊退敵人後守在教室，我們便帶著有戰鬥能力的夥伴來到那間教室前面。

但教室的門鎖著，我們進不去，姊姊便敲門呼喚裡面的人。

「我是卡拉利斯班的艾米莉亞，請問有人在嗎？」

「艾、艾米莉亞同學!?妳沒事啊！」

「是的。剛才有人闖進我們班，不過都被我們抓住，現在已經安全了。我想瞭解那邊的狀況，希望你們讓大家進去。」

「好的。我馬上開門。」

教室裡面有點吵，是在搬開擋住門的桌椅嗎？

假如大哥在場，感覺他會說「這樣要扣分」。我們也有可能是被傭兵威脅，怎麼可以沒仔細確認過就貿然開門——這種感覺。

可是如果大哥要我開門，我八成會立刻答應，也就是說我要做的事跟這個人一樣。得好好記住。

「艾米莉亞同學，請進！」

「謝謝。幸好我們都沒事。」

「對、對啊！」

教室的門在我思考的期間打開，迎接我們的男學生是這個班的班長。

那人看到姊姊，整張臉都紅了，他是喜歡姊姊吧？但姊姊是大哥的人，要是他敢對姊姊出手，我會一拳把他揍飛。

我瞪著班長踏進教室，裡面不只有壞掉的桌椅，還有被綁起來的傭兵昏倒在地。

看來他們成功打倒敵人了，可是我們進來後很多學生還是垂著頭，不曉得是不是因為這個狀況感到不安。

而且這班跟我們班不一樣，有人受傷，還有痛苦地等人幫忙治療的學生，大概是會用治療魔法的人不多吧。

「我們好不容易把他們抓起來，但是如妳所見，狀況不是很好……」

「各位之後打算怎麼做？」

「這個……我們在猶豫。大家的意見分成兩派，看是要繼續守在教室，還是尋找安全的地方移動到那裡。」

「沒人想反抗他們啊？」

「其實因為老師遭到攻擊昏倒了，大家都很害怕……」

教室裡的氣氛確實非常沉重。大部分的學生都不是可以戰鬥的狀態，還有人不安地抱著腿。

「我擅長治療魔法，方便讓我先幫老師看看嗎？」

「真的嗎!?不好意思，麻煩妳了。我們用的魔法都沒效，很傷腦筋。」

姊姊跟我在校內都挺引人注目的，不過莉絲姊的治療魔法也很有名。

莉絲姊走到沒有外傷的老師旁邊，開始調查。

「這是……好像跟我們的老師一樣被下毒了。傭兵身上沒有解毒劑嗎？」

「啊……那個，我們沒調查得那麼仔細——」

「快點去找！就算沒有生命危險，中毒得盡快治療才行！」

提到治療，莉絲姊就會變得非常嚴厲。

附近的學生被莉絲姊的魄力嚇到，急忙開始搜傭兵的身。

「老師應該交給莉絲就好。至於我們，除了沒有老師以外的傷患外，跟你們的狀況一樣。」

「果然嗎。如果老師沒受傷就好了……」

「我知道各位會害怕，可是繼續守在這裡，狀況也不會好轉。所以我們在召集願意挺身而出的人，之後要去跟敵人戰鬥。」

「說什麼傻話！不但有巨石兵，連傭兵都在耶？我們哪可能贏得了……」

和我們班一樣，也有反對的學生，可是姊姊一笑大家就說不出話來了。那邊那個，別看呆了啊。

「不，贏得了！堅固的巨石兵用中級魔法就能破壞，傭兵也是，只要不是一個人跟他打，不至於打不贏。」

姊姊把大哥提供的情報告訴大家。大哥教我們如果想影響他人，講話要有自信，所以姊姊露出叫他們什麼都不用擔心的笑容。

「我們的力量在於人數。面對這種卑鄙的敵人，不可能堂堂正正跟他們一決勝負，所以不用客氣，大家一起上吧。我們要親手奪回學校！」

「行得通嗎……？」

「我們已經召集了四十名左右願意戰鬥的人，之後預計去每間教室找更多人加入。」

「說、說得也是。又不是要一個人跟他們打……」

「我要參加！艾米莉亞同學由我來保護！」

「謝謝你。可是我的心裡只有天狼星少爺。」

「……嗯。不，我不會放棄的！」

班長明顯很沮喪，但他一下就復活了。堅持不放棄是很重要沒錯，不過姊姊眼中只有大哥一個人，你還是死心吧。

「我當然也會站在最前線！我會把巨石兵和傭兵統統揍飛！」

「喔喔！大哥超有幹勁！」

「我們也不能輸！」

我們在這個班級召集到近十名夥伴，不擅長戰鬥的學生則帶著老師去我們班集合。

之後我們繼續找人加入。

有一班在因為貴族與平民的身分差距吵架，所以姊姊和我介入其中勸架。被傭兵占領的教室就發動奇襲打倒傭兵，解放學生。我們一邊在校舍內移動，一邊增加同伴。

自以為是的貴族學生和不好說服的學生，大多在我們來之前就衝出去突擊了，所以整體而言沒發生什麼爭執。

我們繞了校舍一圈……召集到一百名以上的夥伴。

現在大家集合在校舍入口，分配從敵人身上搶來的武器，準備進攻。

「這麼多人應該夠了吧。」

「比天狼星前輩跟我們說的敵人數量還多，我認為可以了。」

大哥說被抓住的學生所在的競技場，包含巨石兵總共有七十名左右的敵人。

跟我們有仇的古雷葛里也在那裡。那傢伙害我遇到一堆慘事，我想親手砍了他，可是……

「要是有我的劍就好了……」

傭兵的劍又輕又薄，感覺打到一半就會斷掉。

如果是格蘭多爺爺幫我打造的那把劍，那種巨石兵砍多少隻，刀刃都不會有缺口，我也能使出全力。

「沒辦法。你就靠體術和魔法加油吧。」

「喔！」

不過大哥說學了不會有壞處，之前教過我體術，所以我也不是不能戰鬥。而且區區的巨石兵，我的魔法也破壞得了。

我隨便揮了幾下劍確認手感時，比我們早入學的學長姊們走到姊姊面前。

「艾米莉亞，我們準備好了。」

「好的。可是，真的要讓我擔任隊長嗎？」

「嗯，沒關係啊。畢竟是你們帶頭召集大家的，而且我們又不擅長指揮。」

「我也是。不過我至少比你好。」

「你說什麼？這句話是從哪張嘴說出來的啊！」

「你們夠了喔。艾米莉亞，這種時候就別在意什麼先來後到了，照自己的意思做就好。」

「謝謝。雖然我年紀還小，我會加油的，請各位多多指教。」

不可思議的是，明明有一堆學長姊，姊姊卻成了大家的隊長。

也是啦，姊姊漂亮又有禮貌，還很會用魔法，在學校裡超受歡迎的。這麼受歡迎的姊姊信心十足地說會贏，大家當然會相信她而跟過來。這就是大哥說的領袖氣質吧？

當上隊長的姊姊叫大家注意這邊後，說明大哥告訴我們的注意事項。

「……就是這樣。一個人或許敵不過人家，所有人一起上就贏得了。大家都要平安無事回來！」

最後，姊姊慢慢舉起手，指著競技場的方向發號施令。

「出發！」

開始行動的我們和學長姊們一起站在最前面，朝競技場前進。

這麼多人當然很顯眼，所以我們在途中被會用魔法的貴族和傭兵發現好幾次，但他們派出巨石兵後就逃掉了，大概是看我們人這麼多，覺得沒有勝算吧。

「看招！『火拳』。」

我用火拳轟碎巨石兵胸前的魔法陣，巨石兵的身體便開始崩解。它的弱點是位在身體某處的魔法陣，只要破壞掉它，巨石兵就會無法維持形體。

數名學長姊在旁邊擾亂巨石兵，趁機用武器或魔法破壞魔法陣。

「跟迷宮裡用沙子做的巨石兵比起來，這魔法陣真好找。」

「不僅大，位置也大多在顯眼的地方。」

「讓人再度深深感受到校長的實力果然不一樣。」

沒打中魔法陣時不小心破壞的手臂也不會再生，動作又遲鈍，姊姊和莉絲姊的魔法怎麼射都中。

再加上數量差距，我們輕輕鬆鬆打倒了巨石兵。大家分享感想時，我發現學長姊和馬克一臉錯愕。

「你們幾個……好從容不迫啊。不，這種時候該說很可靠嗎？」

「跟平常的訓練比起來算不了什麼。不過，我可不會因此大意。」

「我倒是沒擔心這點。是說雷烏斯同學，你用那麼多魔法沒問題嗎？我想還有很多敵人喔。」

「別擔心。這個魔法沒有看起來那麼消耗魔力，還可以用個幾十次。」

但馬克說得也沒錯，之後多用劍戰鬥好了。

雖然用比較華麗的方式打倒對手，士氣也會提升，我看現在這樣已經夠了。

我們之後又遭遇好幾場戰鬥，可是沒有遇到什麼問題，隊伍不斷前進。

我不知不覺跑得比學長姊們還要前面，或許是因為我一直一擊打倒敵人吧。

「目前還算順利。」

「對啊！我也做好暖身運動了。」

體力和魔力都還剩很多，現在的我幹勁十足。

因為大哥相信我們，把我們派出去戰鬥。不回應大哥的信賴，就沒資格自稱大哥的弟子。

沒錯……迷宮事件時的失誤，我絕不會再犯。

所以我決定這一戰不變身。

變身後確實會變強，戰鬥方式卻會變得光靠蠻力。更重要的是，這次不是只有我一個人，考慮到可能會害同伴遇到危險，我不打算變身。

隊伍在我發誓的期間抵達競技場，我們便暫時停下，召開作戰會議。

「……終於到這裡了。之後要怎麼做？」

「正面進攻會死很慘吧？」

學長姊們說得沒錯，敵人在競技場等我們，不太可能沒準備陷阱。

所以大家在討論有沒有什麼策略，姊姊卻一句話也不說，只是抬頭看著競技場。

「拖太久的話，分散在學校各處的傭兵可能會回來，最好快點決定吧？」

「嗯，在這邊猶豫也沒用。」

「對呀。艾米莉亞沒有意見嗎？怎麼一直這麼安靜。」

在大家的注視下，被迫下決定的姊姊只回了一句話。

「突擊！」

我們聽從姊姊的指示從正面突擊，來到競技場，裡面詭異的景象卻讓大家下意識停下腳步。

因為觀眾席上坐著被帶走的大量學生，除此之外，大概是因為戴著支配項圈吧，他們同時往我們身上看過來，眼神讓我有股不好的預感。

比賽場中央看得見戰鬥痕跡，角落是疑似戰敗的學生，即將被戴上項圈。

「好多人。莉絲姊，妳覺得有幾個人？」

「嗯……至少兩百以上吧。」

「你們為什麼那麼冷靜啦。」

後面的學長姊低聲咕噥。我是因為以前當過奴隸，莉絲姊也這麼冷靜，我認為是因為遇見大哥後經歷了很多事。

我們在眾多學生的注視下走到中央，一堆巨石兵在地面浮現魔法陣的同時冒出來。

我以為要開戰了，進入備戰狀態，競技場卻突然響起巨大聲響。

「歡迎。勇敢又有勇無謀的少年少女們。」

觀眾席有一部分是只有貴族能坐的貴賓席，剛才的聲音似乎就是高高在上地坐在貴賓席的大叔發出來的。

那個大叔身上戴著一堆用貴金屬做的漂亮飾品，整個很有貴族的感覺，胖得要命，這就是大哥說過的生活糜爛的人吧。

可恨的敵人古雷葛里也站在那個男人旁邊。

「難道那是……戈利亞閣下嗎!?」

「馬克知道那是誰啊？」

「嗯。他在艾琉席恩是數一數二有錢的貴族。原來如此，那個人的話有辦法準備這麼多昂貴的支配項圈也不奇怪。」

根據馬克的說明，他是討厭獸人的那群人之一，好像還跟莉絲姊的爸爸國王陛下吵過架。當時他輸得很慘。

「在吱吱喳喳什麼？你們可是這場革命的餘興節目。快點開打吧。」

不用他說我也打算開打，可是他幹了這種事，為什麼一副自己很了不起的樣子？他八成不覺得自己有錯。

「這人好像把我們的戰鬥當成表演節目看。真低級。」

莉絲姊為我說明，他大概是故意讓學生以為有人來救他們，當著他們的面打倒救兵，讓他們心靈受挫，不停反覆下去。

所以坐在觀眾席的學生，眼神才會讓我有不好的預感。

「換個角度想，這證明他們的戰力充足到可以做這麼麻煩的事。雷烏斯，別大意唷。」

「知道了！可是在那之前，得先完成姊姊交代的事。」

衝進競技場前，姊姊叫我從對方口中套出情報，順便爭取時間。

我向前踏出一步，問叫做戈利……戈什麼碗糕的傢伙：

「那個，戈大叔。開打前我想問你，為什麼要做這種事啊？」

「我叫戈利亞！還有不是『這種事』，要叫它『革命』。我們是為了打倒優待那些亞人的國王挺身而出的！」

「獸人跟人族看起來明明幾乎沒差，為什麼那麼討厭獸人？我還滿喜歡人族的耶？尤其是大哥和莉絲姊……還有迪哥！」

「喜歡人族!?髒死了！我可不想被你這種獸人喜歡！」

以前的我是不是也是這種感覺啊？可能沒那麼嚴重就是了。

那個時候我被抓去當奴隸，最討厭欺負姊姊和我的人族。

可是大哥救了我們，艾莉娜小姐和迪哥把我們養大，讓我知道種族差異根本不重要。

這傢伙年紀比我大那麼多，卻不明白這點。雖然把大哥拿來跟這種人比有點過分，大哥看起來還更成熟咧。

「長著跟魔物一樣的耳朵和尾巴，和純粹的人類交合，數量多得莫名其妙。亞人這種東西滾到城外或森林裡生活不就得了。這場革命過後，我要把亞人全部趕出去，讓艾琉席恩變成只有被選上的人族能居住的樂園！」

站在旁邊的古雷葛里也贊同戈利亞說的話。

「樂園不需要任何一滴亞人的血。無能也是！我要將你們徹底根絕……一個都不留！」

我不清楚詳細情況是怎樣，不過聽說古雷葛里會討厭獸人和大哥這種無色，是因為自己的父親死在他們手中。

我明白家人被殺的痛苦，卻完全不懂他為什麼會想把他們趕盡殺絕。雖然也是因為我的情況是魔物幹的啦。

「……由我講這種話怪怪的，可是你好幼稚喔。」

「閉嘴！給我快點扔掉武器投降！否則觀眾席那些人會被項圈害死喔！」

支配項圈具有只要持有者一下令，就會把戴項圈的人殺掉的功能。我看過因為這樣死掉的人……

古雷葛里這句話讓四周騷動起來，制止他的人是戈利亞。

「等等，古雷葛里閣下。殺掉人質會影響我們的計畫吧？」

「啊!?非、非常抱歉。亞人對我回嘴，害我不小心太激動了。」

「振作點。不過項圈的控制權都在我手上，你也做不到那種事。」

他們講話的聲音小到只有彼此聽得見，多虧大哥教我的「增幅」，這些話我聽得一清二楚。

既然被我聽到，當然就是……

「喝啊啊啊啊啊——！」

我立刻用「火拳」揍向最近的巨石兵。

由於我有點太用力，別說魔法陣了，巨石兵整個上半身都被我擊碎，但我想這用來開戰正好。

「大家上！」

以我的攻擊為信號，背後的夥伴們也跟著衝向前。

巨石兵雖然同時攻過來，但我們人數較多，巨石兵在我們的攻擊下慢慢減少。

不過剩下幾隻的時候，地上又浮現魔法陣，召喚新的巨石兵。

大概是分散於觀眾席各處的貴族在用魔法製造巨石兵。不想辦法處理那些傢伙的話，只要他們還有魔力，就會一直叫巨石兵出來。

「想不到會突然進攻。亞人果然是野蠻的存在。」

「算了，這也是一種餘興節目。真期待看到他們能撐多久。」

站在觀眾席的貴族和待在比賽場角落看著我們的傭兵沒有出手，八成是在等大家耗盡體力。

他們一同笑著鄙視我們……給我走著瞧。我馬上一拳打在你們臉上。

我解決第十隻巨石兵，地面出現第三次魔法陣時……

「找到了！製造巨石兵的就是那傢伙！」

「攻擊！攻擊！別讓他用魔法！」

「小心別打到其他學生喔！」

從其他入口進入競技場，躲在通往觀眾席道路的夥伴們同時衝出來。

他們用「火焰槍」轟飛貴族，學長姊們也在其他地方把貴族壓制在地上。

託他們的福，巨石兵的製造速度明顯變慢，在剩下不到幾隻時，戈利亞大叫道：

「嘖……比想像中還耐打嘛。既然如此，叫那些學生制住他們吧。」

「休想得逞！」

「什麼人──嗚!?」

這時，姊姊從競技場的屋頂上跳下來，降落在戈利亞背後，同時用從傭兵身上拿來的針刺他脖子。

接著戈利亞就跟在教室動彈不得的老師一樣，哀號著倒在地上。

這次的作戰計畫是所有人先分成兩組，其中一組當誘餌，另一組則負責處理製造巨石兵的貴族，等到敵人注意力全放在我們身上，姊姊再趁機打倒項圈的持有者。

我跟那些人搭話就是為了找出項圈的持有者，幸好對方一下就說溜嘴了。

我還想了其他幾個套話的辦法，這次只是因為對方太粗心，我運氣好罷了。我也得注意不要亂說話。

「妳這傢伙！無能的奴隸竟敢如此大膽！炎之槍啊──」

「不會讓你稱心如意的！『風彈』。」

雙方幾乎同時準備施法，可是不需要念咒的姊姊比較快。

風彈直接命中戈利亞的肚子，把他轟到附近的牆上。看起來超級痛，不過那還算小力的咧。我遇過更強烈的攻擊。

「好了，接下來就是找項圈的鑰——唔!?」

在我們因為奇襲成功高興時，姊姊突然抓住戈利亞的衣服，全速往我們這邊飛過來。

由於姊姊有點著急，差點讓頭部先著地，但她用魔法操縱風，順利用雙腳降落。姊姊剛才從那麼高的屋頂上跳下來也沒事，就是因為用了這招。順帶一提，大概是因為戈利亞比想像中還重吧，姊姊粗魯地把他扔到地上。他還活著，我想應該沒事。

「艾米莉亞，妳怎麼了？」

「有人攻擊我。請看我剛才站的地方。」

我照姊姊說的往那邊看過去，地上插著一把小刀。

有個男的從貴賓席附近的通道走出來，瞪著姊姊。

「嘖……這丫頭直覺真敏銳。」

是個體格強壯的高大男子，不過沒萊奧爾爺爺那麼厲害。

男人背上背著一把跟他一樣高的長劍，裝備著鐵製胸甲和皮革防具，看得出他是傭兵。大哥在教室盤問那些人時，他們說的統率傭兵的男人，八成就是這傢伙。

我跟他還隔著一段距離，就看得出那傢伙很強。

因為這人散發出的氣息，跟之前打敗我們的那群殺人鬼一樣。

「你們幾個！出來工作了！」

男人一大喊，躲在競技場內各個地方的傭兵就跑了出來，和我的夥伴們開打。

但傭兵數量沒有那麼多。儘管有些人受傷了，論人數還是我們占上風，製造巨石兵的貴族也解決得差不多了，情勢對我們比較有利，可是……

「是巨石兵！傭兵裡面也有會用魔法的人！」

「比剛剛的還大隻!?多派點人去攻擊！」

傭兵製造出的巨石兵比貴族製造的還強，大小和靈活度都明顯高出一個等級。

「嘿嘿，別把貴族用的那種半吊子魔法跟我們拿來比。我們的可是在戰鬥中練出來的真本事！」

「那就攻擊施術者本人！」

馬克迅速召喚出數根「火焰槍」射向傭兵，對方卻邊閃邊念咒，或是操作巨石兵抵擋攻擊。

「魔法無效的話，直接砍不就得了！」

「哪那麼容易！」

哈路德緊接著衝上前突擊，別的傭兵卻跑過來礙事。是說我現在才發現，原來他也在啊。

情況不妙，出來增援的傭兵比想像中還強。

不只是單一個人的強度，他們和隊友配合得非常好。剛才攻擊姊姊的傭兵在指揮他們，應該是那傢伙的手下吧。

這樣下去我的同伴就危險了。

我很想立刻把他們統統砍了，不過……

「姊姊，大家就麻煩妳了。那傢伙……由我來打倒！」

「不，那個人應該派兩個人應付。」

「可是大家都陷入苦戰，得有人盯著他，避免他把這傢伙搶回去吧？」

倒在腳邊的戈利亞有辦法殺死大家，不可以讓他被帶走。如果要一邊守住這傢伙，一邊支援其他學生，冷靜又能使出遠距離攻擊的姊姊是最適合的。

「所以交給我吧，姊姊。別擔心，對手又不是大哥或萊奧爾爺爺。」

我望向旁邊，那個傭兵下到競技場了，因此我擺出剛破一刀流的架勢。

對手想必是強敵，但在迷宮裡嘗到的那股悔恨滋味，我再也不想經歷第二次。

絕對……要贏！

「……我知道了。你就打倒那傢伙，找天狼星少爺誇獎你吧。」

「嗯！打倒他的話，會得到比姊姊更多的獎勵吧？」

「不，我可是大家的隊長唷？我會得到更多獎勵。」

「討厭，這種時候你們就別爭了啦。」

「噢，說得也是。總之姊姊跟莉絲姊都加油吧！」

好險，要是莉絲姊沒有制止我們，又要和姊姊吵起來了。果然有莉絲姊在就是讓人放心。

「交給我吧。不過在那之前，雷烏斯，你這邊受傷囉。」

「沒事啦，一點小傷而已。」

「小傷也一樣。雷烏斯，你聽好。你受多少傷我都會幫你治好，一定要回來唷。」

「……嗯！」

對喔……那個時候不小心被莉絲姊看到我們輸得一塌糊塗的樣子。

不能輸的理由又多了一個。

我不只要贏過那傢伙，還要平安回來讓莉絲姊治療，讓大哥誇獎。

莉絲姊幫我治好小小的傷口後，我面向傭兵，踏出一步。

對方拿著劍等我進攻，看來他也想跟我打。

「嘿……你看起來最有本事。來啊，放馬過來。」

「……我上了！」

我一口氣衝出去，留意著不要把它弄斷，揮下手中的劍。

傭兵用劍接住這一擊，大概是因為他架勢很穩，我的力氣拚不過他。我再度舉起劍砍下去，這次傭兵主動往後跳，閃了開來。

傷腦筋。那傢伙的劍果然比較堅固。連續對砍的話我的劍絕對會斷。

事實上，剛才那一擊我就是因為劍快斷了，才沒辦法使出全力。爺爺看到八成會殺了我。

我心想「既然這樣，乾脆用魔法算了」時，傭兵把劍扛在肩上，彷彿在表示暫時停戰，笑著對我說：

「哦……我還以為這裡只是無腦貴族的社交場合，想不到還有你這種人。難怪我們會被逼到這個地步。」

「我們不只要把你們逼到這個地步，還要打倒你獲得勝利！」

「不錯喔……這麼有自信。是年輕的證據。可以告訴我你的名字嗎？」

「大哥說這種時候要先說自己的名字才有禮貌。」

「真不好意思。我是傭兵團基迦特斯的團長，多米尼克。」

「我是大哥的頭號……不對，二號弟子雷烏斯！」

我再度踏向前，使出對前方釋放魔力衝擊波的招式──剛破一刀流的衝破。

這樣劍就不會碰撞在一起，不用擔心它斷掉，叫做多米尼克的傭兵卻跳起來閃掉了。

為了用「火拳」擊中在空中不能自由行動的多米尼克，我跟著跳起來。

「哈哈！讚喔！完全沒有猶豫……我越來越喜歡你了！」

多米尼克冷靜地射出小刀，我揮劍將它擊落。

可是他仍然不停射出飛刀，所以我們沒有傷到對方一分一毫就落地了。

「這次輪到我了！」

先降落的多米尼克發動攻勢，要是正面承受那一擊，我可能會連劍一起被劈成兩半。

因此我拿劍從側面往對手的劍上一敲，強制讓軌道偏移。這招大哥常用，順利的話還能讓對手露出破綻，但現在的我光是閃躲攻擊就竭盡全力了。

「用那種劍虧你能撐那麼久！不過這招又如何？」

多米尼克突然躍向後方，跟我拉開距離，從胸口拿出一個小袋子扔過來。

我立刻準備砍下去，但我想起大哥的訓練，決定蹲下來閃過，避免碰到袋子。

「喔喔，對劍術有自信的人，看到那種東西都會習慣砍下去，你竟然閃掉了。」

「是大哥教我的。他說那種小袋子裡面常常會放毒或是封住對手動作的東西。還有人會跟你一樣在手臂或腳踝藏刀子，有時候手腕也會藏東西。」

「……喂，你說的大哥是什麼人？你是他的弟子，所以他是你師父囉？」

「沒錯。是教了我這一切的人！」

稍微過了幾招後我明白了，這傢伙比大哥和爺爺弱。不，說不定力量和劍術也是我比較厲害。

證據就是這麼薄的劍就能擋掉那傢伙的攻擊。

可是……打起來非常辛苦。

因為我向前幾步他就會退後幾步，常常扔飛刀或剛才的袋子，搞小動作。戰鬥經驗是多米尼克比較豐富，雖然也是因為他年紀比我大啦。

在我煩惱之後該如何進攻時，多米尼克突然收起劍，對我伸出手。

「雷烏斯……對吧？你要不要加入我們？」

「啥？你在說什麼啊。」

「你還是小孩就這麼厲害，殺掉你太可惜了。我們活在社會的黑暗面，所以一點都不在乎種族問題，夥伴裡也有獸人。你要加入的話，我們會熱烈歡迎你喔？」

「被要趕走獸人的人雇用的你，哪有資格講這種話。」

「那是因為報酬很吸引人。老實說，我並不想奉陪那種人到最後。我本來打算結界消失後就搶走他們的錢立刻閃人。」

「到頭來你還是壞人嘛！我不想變成這種人的同伴。」

「壞人？你認真的嗎？」

他突然用令人火大的方式笑起來，到底是怎樣？你們怎麼看都是壞人啊。

「你說的那個大哥啊……跟我們是同類喔？」

「啊？怎麼可能。你明明沒見過大哥，少在那邊亂講話！」

「不，他知道我的攻擊方式和我們這種人用的技術及暗器，這點就很奇怪了。要嘛是你的大哥幹過這種勾當，要嘛是跟那種人交手過……也就是說，這證明他做過什麼虧心事。」

「大哥……跟你們一樣？」

經他這麼一說，大哥有時候會半夜一個人出去，對壞人的作風也很清楚，跟那傢伙說的一樣。偶爾，我會在大哥身上聞到血的味道。

而且好幾年前大哥盤問盜賊時，我聽見盜賊的同夥這麼說。

那個小孩不是一般人，沒混過的人不會有那種殺氣……

「肯定沒錯。你嘴上說著不想與我們這些壞人為伍，結果你的大哥也一樣。被相信的人背叛的感覺如何啊？」

「……無所謂。」

「啊？你說什——」

「我說無所謂！不管大哥是誰，我都——」

沒錯。我知道自己是詛咒之子，絕望到不行，想要做傻事的時候，是大哥不惜痛揍我一頓也要阻止我。

到目前為止，我有好幾次因為訓練和跟爺爺對戰痛得要死，最痛的卻是大哥當時的拳頭。

大哥那麼真心誠意地對待我，關心我和姊姊，照顧我們長大，不管大哥是什麼人……

「我早就決定要一輩子跟隨大哥！少在戰鬥途中講那些廢話！」

「嘖！擾亂情緒也沒用嗎。」

「搞什麼，全都是騙人的啊？」

「不，一半是認真的。我是真的很欣賞你的本事，所以覺得很可惜。」

「隨便啦。我只要打倒你回去讓大哥誇獎就行。」

「不可能。你的劍術和力量確實在我之上，不過……為求勝利，我也準備了不少東西。」

多米尼克把手伸進懷裡，拿出一顆小小的魔石。

他將魔石扔向空中，出現一把炎之槍，炎之槍射向上空引發巨大的爆炸。爆炸聲讓競技場內瞬間安靜下來，可是大家馬上重新開戰，又變得鬧哄哄的。

我想他用的是畫著「火焰槍」魔法陣的魔石，用過一次魔石就會碎掉，再也不能使用。

為什麼不是攻擊我，而是射向空中？

「瞧你一臉納悶。行，我就告訴你。剛才的爆炸是信號，用來叫分散在學校各處的我的同伴回到這裡。」

「你說什麼!?」

「現在都已經打得這麼辛苦了，要是有人從背後奇襲會怎麼樣呢？順便再多加一個好了。喂！」

「瞭解！」

多米尼克呼喚在附近觀眾席的夥伴，他的同夥也拿出魔石，扔到比賽場。掉在地上的魔石碎掉後，出現比我們之前看過的還要大好幾倍的巨石兵。

「再來個更大的巨石兵。好了，看你們怎麼辦？」

狀況本來就不妙了，要是競技場外面的傭兵回來……

「姊姊！想辦法處理那隻巨——」

「去死吧！愚蠢的獸人！」

「沒有天狼星少爺的許可，我絕對不能死！」

「艾米莉亞！右邊的學長姊要被包圍了！」

不行……姊姊和莉絲姊在忙著應付古雷葛里和支援同伴，沒空處理巨石兵。這段期間同樣的巨石兵又多了一隻，事態逐漸惡化。

「既然如此，就先打倒你！」

我發動「增幅」想要一鼓作氣打倒多米尼克，才跨出一步就衝到他身前，揮下手中的劍。

我的速度明明跟剛才截然不同，多米尼克嚇到歸嚇到，還是用劍擋住我的一擊，雖然是敵人，我忍不住佩服起他來。

我本來想再賞他一劍，剛才的衝擊卻把我的劍弄斷了。

「糟糕！」

「哈，果然還是小孩。著急起來就會這樣。」

多米尼克沒有馬上進攻，或許是覺得勝負已定了吧。他開心地看著越來越多的巨石兵攻擊我的同伴。

該死……要是有我的劍就能快點打倒那傢伙，把附近的巨石兵統統砍光了。

不能使出全力我真的很不甘心，可是，怎麼能就這樣放棄！

我還有大哥教的魔法和體術可以用。我要再衝到那傢伙前面，賞他一發火力全開的「火拳」。

在我準備把剩下的魔力集中在雙手上時，其他人的聲音讓我發現戰況有了變化。

「怎麼回事!?巨、巨石兵倒下來了！」

「離開巨石兵！大家快！」

下一刻，巨大巨石兵在發出岩石碎裂的巨響的同時，頭部開了一個大洞，開始倒向地面。看來魔法陣就在被轟出洞的那個部位，巨石兵的身體因為倒下來的衝擊碎成好幾塊，再也站不起來。

「喂喂喂，怎麼回事!?從哪裡來的攻擊！」

「那個魔法是……」

攻擊在我們驚訝的期間仍然沒有停止，不斷在巨大巨石兵身上開洞。每一隻被射穿的部位都不一樣，證明對方是刻意瞄準魔法陣破壞的。

最後一隻巨石兵倒下的瞬間，有什麼東西飛過來刺進我面前的地上，揚起一片塵土。

塵土散去之後……

「我的……劍？」

是我的好夥伴。

有辦法一擊打倒巨石兵，還能從鑽石莊把我的劍帶過來的人……怎麼想都只有大哥。

可是我左顧右盼卻沒看見大哥。姊姊好像也找不到他。也是啦，如果大哥使出真本事，就算可以藉著氣味搜尋，我們也找不到他。

不過，為什麼大哥不出來啊？

而且他只有解決巨大巨石兵，以大哥的本事明明可以把這些人統統幹掉的說。

『打倒他。你辦得到的。』

大哥用魔法傳過來的聲音，讓我察覺到了。

原來如此，大哥不出來，一定是想叫我們自己想辦法。

也是要叫我打倒這傢伙。

真是……我剛剛還在那邊想「大哥在的話就會幫我們打倒這些人了」，真想揍不知不覺依賴起大哥的自己一拳。我是想依賴大哥到什麼時候啦。

對不起，我這麼沒用，還有……謝謝你。

我絕對會打倒這傢伙，大哥，你看著吧！

「要上囉，銀牙！」

我拔起插在面前的夥伴，叫著它的名字將它高高舉起。

格蘭多爺爺幫我打的劍——銀牙比一般的劍重好幾倍，總之就是很堅固。

剛破一刀流很多要用力揮劍的招式，普通的劍會跟剛才一樣一下就斷掉。所以現在能讓我使出全力的劍只有這把銀牙，我也習慣它的重量了，是我重要的夥伴。

「喝啊啊啊——！」

不用再擔心劍斷掉，因此我對多米尼克揮下全力的一劍。

多米尼克因為巨石兵都被摧毀了，顯得有些動搖，但他還是用劍接下我這一擊，被轟得遠遠的。從劍上傳來的觸感來看……對他沒有造成太大的傷害。八成是因為他在途中自己往後跳，藉此減弱衝擊的威力。

「唔……痛死了。換了把劍就差這麼多。」

「我本來想把你連著劍一起砍斷耶。」

「你這傢伙真可怕。可是啊，這麼悠哉沒問題嗎？拖太久我的同伴就回來囉？」

「……那也要他們來得了吧？」

直覺告訴我，多米尼克的同伴大概不會回來。

因為大哥帶過來的銀牙上，有一點血的味道。

而且大哥跟我們分頭行動後，已經過了一段時間。也就是說，他是不是把學校裡的傭兵都解決掉了？

不過萬一我猜錯就糟糕了……

「到現在一個人都還沒來，你不覺得奇怪嗎？他們早就被撂倒了吧？」

「嘖……有可能。意思是，打倒巨石兵的也是你的同伴？」

「不是同伴，是我的大哥。我剛才也說過，是教了我這一切的人。」

要是大哥使出全力，這種程度的戰鬥早就結束了。

搞不好他還有辦法在我們抵達競技場前就搞定一切，我想大哥之所以沒這麼做，是為了讓我們累積經驗。因為大哥不會讓我們這麼輕鬆。

但我知道大哥比誰都還要關心我們，一直溫柔地看著我們成長。能當大哥的弟子，我覺得很光榮。

「可惡……那種莫名其妙的攻擊是要怎麼躲？」

「大哥不會插手。你放心上吧。」

「完全沒辦法放心，雖然他確實沒有攻擊我。不過，總是會覺得毛毛的。」

從大哥發動攻擊的時機來看，他應該只有在情勢危急時才會出手。除此之外都要我們自己想辦法。

為了回應大哥的信賴，我擺出剛破一刀流的架勢，多米尼克突然苦笑著咕噥道：

「剛破一刀流嗎？用劍的人盡是這個流派。」

「你知道剛破一刀流？」

「喂喂喂，不知道的人還比較少吧？畢竟那可是人稱最強的剛劍萊奧爾的流派。但因為它很有名，很多有樣學樣的假流派，你的劍法倒是挺俐落的。」

「假流派？我可是那個萊奧爾爺爺親自教的，當然是真的。」

「……這句話從你口中說出來，一點都不像開玩笑。而且我力量不如你也是事實，看來只能做好覺悟了。」

我還以為他八成要投降，多米尼克卻從懷裡拿出紅色藥丸，扔進嘴巴。

那傢伙又還沒受傷，如果是要加快痊癒速度的藥……怪怪的。

「這東西叫『減壽藥丸』（註1），是能讓我爽翻天的劇藥！」

難道……是艾莉娜小姐吃過的藥？

我記得那個藥的效果是能將力量提高到極限，藥效退了會有很嚴重的後遺症。

艾莉娜小姐吃的是大哥調整過的，效果沒那麼強，即使如此還是能讓站都站不起來的艾莉娜小姐恢復精神。

代價就是我最喜歡的艾莉娜小姐她……

「我聽說吃了那個藥之後會很恐怖喔，雖然我也不知道到底會怎樣。」

「你挺清楚的嘛。吃了它後會有一段時間身體動不了！」

多米尼克的身體立刻發生變化。

全身的肌肉膨脹到讓人覺得身體大了一圈，他單手揮著本來用兩隻手拿的劍，用變成紅色的眼睛看著我。

「代價是可以得到非常強大的力量！無論是被劍砍還是被魔法攻擊，都完全不會痛！」

註1　原文為「ライフブースト（Life Boost）」，首集釋其義「生命增幅」，原譯「延命」。自本集起套用WEB版作者指定漢字「命削丸薬」，修正為「減壽藥丸」。

他微微蹲下，衝過來用劍砍我，步伐重到地面都陷下去了。

如果只是正面進攻，我應該還應付得了，可是……

「好快!?」

我反射性拿劍當盾牌防禦，力氣卻比不過他，被轟得遠遠的。

雖然我馬上調整姿勢順利著地，多米尼克那一劍害我手都麻了，差點拿不住劍。

「剛才的氣勢到哪去啦？我都不惜把那種藥拿來用了，再多撐一下吧！」

「用不著你說！」

一直防禦就輸了！所以我在遭到攻擊前搶先進攻，卻全都被他防守住。

唔……魔力雖然剩下不多，只能祭出這招了。

「『增幅』！」

「哈哈哈！就是要這樣！」

我也用魔力強化身體，和多米尼克對砍了好幾次，但多米尼克的力量還是比較大。我能撐住都是多虧和大哥跟萊奧爾爺爺打過的經驗。

不拘泥於形式，攻擊變化自如的大哥，以及每一劍都是必殺一擊的爺爺。多米尼克的技術明顯不如他們，所以我才能勉強抵擋他的攻擊。

可是再拖下去絕對是我輸。艾莉娜小姐吃的藥是大哥調整過的，效果可以持續一天，「減壽藥丸」本來的效果差不多半天左右。

我的「增幅」和大哥不一樣，沒辦法持續那麼久。

除此之外，多米尼克大概是連疲憊都感覺不到，攻勢完全沒有減弱，我只能被迫趨於守勢。

「怎麼啦！一直防禦，剛破一刀流都要哭囉！」

「關剛破一刀流什麼事！」

「當然有關係！剛破一刀流是不管防禦，只想著砍中對手的一擊必殺的劍技吧！」

「不用你說我也知道！」

爺爺的劍技確實是那種感覺，不過我也有學到大哥的技術，所以有點不一樣。

而且……那是過去式。

現在的爺爺因為輸給大哥，重新審視過自己的戰鬥方式。

一擊打倒對手這點還是沒變，不過爺爺已經從揮劍時早就做好多多少少會受到攻擊的覺悟，變成閃過或擋開對手的攻擊後，才會揮下手中的劍。

「別看我這樣，我挺崇拜剛劍的！那個單憑一把劍就能幹掉一大群魔物的最強男人！要是你的劍術真的是那個剛劍教的，你應該知道他強得跟怪物一樣吧！」

「這還用說！可是，我總有一天要打倒剛劍！」

感覺只要稍有鬆懈，「增幅」就會中斷。

我拚死抵禦他的攻擊，多米尼克卻開心地一面說話，一面不停砍過來。

「你說你要打倒最強!?說什麼蠢話！不管你怎麼努力，怎麼讓自己變強，都追不上最強的啦！」

「就算這樣我也要贏！」

「少作夢了！以最強為目標的我發現這點後就淪落到這個地步了！凡人怎麼掙扎都贏不過天才！」

「天才又怎樣！」

「就算我有能力把你逼入絕境，還是連最強之人的一根手指都碰不到！贏不了我的你，是要怎麼打贏那種怪物！」

「唔!?」

我逐漸被逼到牆邊，沒能完全防住最後一擊的我被狠狠彈飛，背部撞在牆上，跪倒在地。

多米尼克卻沒有追擊，而是笑著俯視我。

「這就是現實。你也該承認了吧。怎麼掙扎都贏不了最強啦。」

「……左一句最強右一句最強……煩死了。你什麼都不知道，少在那邊擅自決定。」

沒事……跟迷宮那次比起來，這種小傷只不過是擦傷。

雖然嘴巴裡有血的味道……我還能動。

我用劍撐著身體站起來，為了讓氣勢不輸給他，瞪著多米尼克。

「而且我不當最強也沒關係。我當最強的後面……第二強就夠了。」

「搞什麼？你剛剛還在那邊放話說要打倒最強，結果又變啦？」

「不是！最強的人是大哥！我要……我要打倒剛劍……變成第二強！」

沒錯，我在大哥後面就夠了。只要能幫上大哥的忙就好。

為此我要變強，總有一天要打倒萊奧爾爺爺。

怎麼能……輸給這種人！

「你在扯什麼鬼話！」

「閉嘴！放棄變強、自甘墮落的人哪有資格說我！」

這傢伙確實很強，可是對手換成萊奧爾爺爺的話，我早就連劍被劈成兩半。

也就是說，我贏得了比爺爺還弱的這傢伙！

我將意志全數灌注在劍上，飛奔而出，舉起劍。

「看招啊啊啊啊啊──！」

我使出剛破一刀流的起點兼一切──基礎技「剛天」，用盡全力朝多米尼克的劍砍下。

鋼鐵撞擊的巨大聲響響徹四方，周圍產生一道衝擊波……我的劍將多米尼克推了回去。

多米尼克的劍被挑開，退下一步。在我準備衝出去追擊的瞬間，突然有一名傭兵從旁邊滾過來，好像是被我的同伴打飛的。傭兵滾向我的腳邊，害我反射性跳開來閃過。

眼前是擺出橫劈架勢的多米尼克……

「哈哈！看來我運氣比你好！」

這一擊在空中不可能躲得掉，就算用劍防禦，要是被他用那麼大的力氣打飛，也不知道我撐不撐得住。

所以爺爺才跟我講過好幾次不要隨便跳起來，大哥也……大哥？

對了，大哥有那招！

我立刻將魔力集中於腳上，用魔力做出「空中踏臺」向上一躍，跳過多米尼克頭上。雖然沒辦法跟大哥一樣連續跳躍，只跳一次的話我也辦得到。

多米尼克的劍斬裂空氣，擦過我的腳邊。多米尼克目瞪口呆看著我，我在和他四目相交的瞬間，拿劍砍斷他的右手。

「什麼!?」

「再來一擊！」

比被砍斷的右手更早落到地上的我，閃過他轉身使出的反手拳，身體一扭用銀牙往他的側腹揍下去。

儘管「增幅」的效果在我做出空中踏臺時就中斷了，我全力使出的一擊伴隨骨頭碎掉的觸感，將多米尼克揍得遠遠飛出去。

他在地上滾了好幾圈，用力撞上競技場的牆壁，終於停了下來。就算他是那種人我也不想砍他，所以我是用刀背打的……他應該沒有死。

過了一會兒，多米尼克仍然沒有動靜……

「贏了……嗎？」

我滿身是傷，體力跟魔力都幾乎見底，不過……我贏了對吧？

靠自己的力量……贏了對吧？

『幹得好，雷烏斯。』

「……大哥。」

你都看在眼裡。

我高興得哭出來，差點把劍掉到地上，但戰鬥還沒結束。

大哥幫忙打倒了巨大巨石兵，可是還有敵人沒解決。

沒問題……我還能揮劍。

我要多打倒一些敵人，快點結束這場戰鬥。

等到事情告一段落，再去找大哥誇獎我！

「下一個……輪到誰啊！」

——艾米莉亞——

『艾米莉亞，妳是負責支撐大家的關鍵。好好加油喔。』

巨大巨石兵盡數倒下時，天狼星少爺的聲音在我腦中響起。

啊啊……太棒了。

一直守候我們成長的主人為我打氣，我的情緒激動到了極點。

不過戰鬥時這麼興奮太危險了。在迷宮裡蒙受的屈辱，我可不想再來一次。被天狼星少爺抱著睡覺倒是來幾次都可以。

往旁邊一看，莉絲的表情充滿幹勁，大概是跟我一樣，聽見天狼星少爺的聲音了吧。

天狼星少爺說的話果然能激勵我們。當然，如果本人也在就更好了。

「打到一半還在笑，妳們搞什麼鬼！」

糟糕。不小心忘記古雷葛里了。

我跟他用魔法對轟了好幾次，不愧是本來當老師的人，有一定的實力。

火與土……他是擁有兩種屬性的「雙屬性」，可以一面射出「火焰槍」一面製造巨石兵，同時使用不同屬性的魔法。

雖然得同時留意炎之槍和巨石兵，對手的動作我大概掌握了。

主要的攻擊方式「火焰槍」威力確實強，但它除了速度慢以外，與其他物體接觸就會爆炸，只要用我的「風彈」射中它就能輕鬆對付。巨石兵也一樣，冷靜地摧毀魔法陣讓它失去戰鬥能力即可。

換作天狼星少爺，應該能在魔法發動前將其破壞，可是以我的能力，等魔法發動後再把它射下來就是極限了。

古雷葛里再度對心不在焉的我射出「火焰槍」，我不慌不忙，精準將它擊落，然後趁機用「風彈」射向被壓制住的學生的對手。

「臭小鬼！那這招如何！」

古雷葛里在我支援大家的期間念完咒，身旁出現數根「火焰槍」，腳邊有三隻巨石兵，同時朝我攻過來。

他第一次使出數量這麼多的攻擊，可惜……

「這對我沒用。『風霰彈』，『風衝擊』。」

「風霰彈」是讓「風彈」分裂成無數顆細小子彈射出去的魔法，把炎之槍統統擊落，「風衝擊」則是製造出速度緩慢的風彈，在命中目標的瞬間一口氣將強大風壓砸在對方身上，摧毀一隻巨石兵。

兩者都是我模仿天狼星少爺發明出的魔法，表演給天狼星少爺看時，他大肆讚揚了我一番。

我還趁機射出從傭兵身上搶來的小刀，可惜只有擦過對手的臉頰。看來還得多加練習。

「竟然被獸人逼成這樣……巨石兵，幹掉她！」

到頭來只是惹他生氣而已。目前還有兩隻巨石兵。

其實「風衝擊」要消耗許多魔力，照理說應該尋找巨石兵的魔法陣用「風彈」破壞……但我不是一個人戰鬥。

「水啊，拜託了！『水柱』。」

在我背後觀察四周情況的莉絲使用的，是讓水從對手腳下用力噴出來，將對手高高射向空中的魔法。

這個魔法的威力本來並沒有強到足以抬起巨石兵，但莉絲用的魔法有水精靈的加持，非常強力，輕輕鬆鬆就把巨石兵射向上空。

莉絲還可以同時使出兩道「水柱」，將兩隻巨石兵一同射上天。巨石兵掉在地上時承受不住自身重量造成的衝擊，碎成好幾塊碎片。偶爾會有魔法陣沒被摧毀，巨石兵還能站起來的時候，這次兩隻都碎掉了。

「艾米莉亞，妳很有幹勁呢。是因為天狼星前輩在看嗎？」

「那當然。我要讓天狼星少爺看看我的成長，之後盡情讓他摸頭。才不會輸給雷烏斯呢。」

「呵呵，我也不會輸的。」

我們要做的事很多，除了對付古雷葛里外，還要支援其他學生，以及避免腳邊的戈利亞被敵人搶回去。

一個人會很辛苦，可是我還有莉絲在，所以不成問題。住在同一個屋簷下，一起受過訓練的我們，合作起來無人能敵。

我用「風彈」射向準備攻擊武器被彈飛的學生的傭兵，莉絲則用「水刃」斬裂新的巨石兵。我們一面保護對方，一面聯手作戰。

雖然主要的對手被我們壓制住，巨大巨石兵也被天狼星少爺全數擊倒，剩下來的傭兵和巨石兵還是很多。

即使如此……我們的士氣並沒有下降，戰況慢慢變得對我們有利。傭兵跟貴族都接連被抓，似乎只剩下數得出來的數量。

將敵人全數制伏也是遲早的事，不需要再支援大家了吧。

然而……雷烏斯好像有點被壓制住了。

面對氛圍整個不同的對手的猛攻，雷烏斯勉強抵擋得住，但他似乎被逼得很緊。身為姊姊這種時候應該要去幫忙，不過，是那孩子自己希望跟對方單挑的。

要是我介入其中，雷烏斯反而會生氣，因此我不會插手。你絕對要活著回來。因為我們早就決定要活下去，一輩子跟隨天狼星少爺。

儘管雷烏斯那邊令人擔憂，我還是把視線移回古雷葛里身上，他臉色蒼白，氣喘吁吁。看來魔力消耗得差不多了。

「呼……呼……怎麼可能！為什麼……是我先……」

「因為你多餘的行動太多了。」

我的魔力量本來就沒有多到哪裡去，恐怕只比一般人多那麼一些。

至今以來，我一直和雷烏斯一起反覆用光魔力做為訓練。就算這樣，我不僅比不過魔力量本來就多的莉絲，可能連眼前的古雷葛里都不如。

然而古雷葛里卻比我早耗盡魔力。這純粹是效率問題，我因為有天狼星少爺的建議，平常都會徹底避免浪費魔力。

除此之外還藉由訓練累積了各種經驗，我認為我的戰鬥方式比你更加純熟。

想打倒我的話，就不要堅持使用高威力的魔法，應該多用點其他魔法。

「可惡……竟然被跟隨無能的亞人逼到這個地步，何等的恥辱！」

「給我適可而止！天狼星少爺才不是無能！」

我真的忍不下去了。他到底想把拯救我們的天狼星少爺貶低到什麼地步？

「你真傻。有那個時間討厭天狼星前輩和獸人，多鍛鍊自己更有意義吧？」

「哼，是妳嗎？虧我特地邀請妳加入，結果妳不但拒絕我，還轉到別班去了。」

「我可不想在只有貴族和對你有利的學生的班級學習。」

我很生氣，莉絲也相當憤怒的樣子。她都氣到講出平常不會說的話了。

「不過……我有那麼一點感謝你。因為都是多虧你把我拉進那個班，我才能遇見天狼星前輩。」

「妳在跟我變成朋友的時候，就註定總有一天會見到天狼星少爺吧？」

「如果是在那種情況下，我就不會變成天狼星前輩的徒弟了。正是因為有那段辛苦的時期，我才想拜天狼星前輩為師，和艾米莉亞變成真正的好朋友，還有……喜歡上天狼星前輩。」

莉絲紅著臉滿足地說，連同為女性的我都覺得現在的她很有魅力。

不過就算看到這麼可愛的莉絲，天狼星少爺也不會動搖。下次要不要跟莉絲一起誘惑天狼星少爺看看呢？

「夠了！這可是排除亞人和無能的革命！這些話給我滾去旁邊說！」

「這哪裡稱得上革命。連無辜的獸人都要排除，你以為你是什麼人？」

「閉嘴！要是沒有亞人和無能……父親就不會死了！」

「我明白你的悲傷，可是要恨的話應該恨那個犯人。引起這麼大的騷動未免太過頭了。」

「亞人的小孩懂什麼！不管別人怎麼說，我都要讓這場革命成功！」

真不知道誰才是小孩。我因為太生氣，反駁他時話講得很直接，稍微冷靜一下好了。

這時背後傳來轟然巨響，我回頭一看，跟雷烏斯戰鬥的傭兵整個人撞上牆壁，倒在地上。

至於雷烏斯，他在用劍攻擊剩下的巨石兵，看來是沒事——不對，那孩子在做什麼啊！他都傷成那樣了！

「真是，因為自己還能戰鬥就這樣亂來。艾米莉亞，對不起，我離開一下。」

「麻煩妳了。因為我要應付這個人。」

治療和教訓那孩子的工作就交給莉絲吧。

我目送莉絲苦笑著跑向雷烏斯，古雷葛里看著被打倒的傭兵，氣得咬牙切齒。

「每個傢伙都這樣……講那麼多大話，最後卻被亞人打倒。」

「人族不一定比較優秀，反之亦然。獸人跟人族同樣是人類，只是外表有點不同而已。」

「別把人族跟亞人相提並論！還沒完……我還有辦法。你們幾個，出來！」

古雷葛里一聲令下，突然有好幾發魔法從旁邊朝我射過來。數量很多，因此我放棄迎擊，急忙抓住戈利亞離開那裡。

古雷葛里沒有念咒，表示他還有同夥嗎？

「看好了！還有這麼多贊同我的人！」

從貴賓席出現的是討厭我們的貴族學生。

人數約十人，他們全都沒有戴支配項圈，由此可見這些人是自願跟隨古雷葛里的。以前跟我們交手過的貴族阿爾斯托羅同學也在。

「看，這個亞人因為要保護那個被抓住的蠢貨，動作很遲鈍。只要你們全部一起上，一定有辦法幹掉她！」

「我絕對不會原諒妳的主人！快點把他帶到我面前！」

「果然是那個亞人。區區平民是在跩什麼啦！」

「獸人這種東西啊，當我們的奴隸就夠了！」

原來如此……盡是些還沒看清現實的貴族。

還有，看他們的眼神就知道了，那些學生討厭獸人的理由沒什麼大不了。不像古雷葛里那種憤怒，怎麼看都只是為討厭而討厭，跟任性的小孩沒兩樣。

雖然不知道他們是不是有遭到洗腦，真希望他們適可而止。

沒有人可以認真訓他們一頓嗎？

我忍不住嘆氣，思考該如何破解現在的局面。

我得保護腳邊的戈利亞，那些貴族卻已經念完咒文，空中出現將近十發的魔法。四發或五發大概還能處理，可是那些魔法不僅屬性各異，古雷葛里也在念咒召喚無數的「火焰槍」，要迎擊似乎有難度。

若是能請天狼星少爺——不，不能依賴他。

我不希望自己只是被天狼星少爺保護，我想成為他的支柱，所以不能因為這種程度就放棄。而且天狼星少爺沒出手，代表這種程度我自己就能應付。我得回應他的信賴。

總之先用「風霰彈」盡量打掉多一點魔法，然後再閃開。

這方法需要快速的反應速度，我應該辦得到才對。是時候發揮天狼星少爺的訓練成果了。

無數魔法同時朝我射過來時……一隻巨大巨石兵忽然衝到我面前，幫我抵擋攻擊。

這隻巨石兵……以學生的能力來說做得還真好。

大小跟我們之前對付的差不多，動作卻迅速又精密，關節也接近人體構造，手上還拿著一面大盾。更重要的是……

「為、為什麼!?」

「打不壞這傢伙！」

遭到數發足以轟碎岩石的攻擊，巨石兵仍然毫髮無傷。

不過，或許該說理所當然吧。因為那隻巨石兵是用鐵做的，而不是石頭。

我環視周遭，不曉得什麼時候多出了無數隻同樣的巨石兵，一邊保護在戰鬥的學生，一邊在競技場內四處走動。

有能力做出這麼多如此精密的巨石兵的人……

「真是好險。艾米莉亞同學，妳沒事吧？」

「麥格那老師……」

「嗯，我來了，所以可以放心囉。那種程度的攻擊不可能打倒我的巨石兵。」

「麥、麥格那!?你這傢伙為什麼在這裡！」

我回過頭，我們的導師麥格那老師坐在巨石兵肩上，帶著一如往常的微笑。

我的確有聽說麥格那老師是土魔法專家，想不到這麼厲害。

「來抓你們的啊。還有，來的人不只有我。」

「沒錯。我也在喔……古雷葛里前老師？」

「啊……唔……你是……」

聲音的主人悠然自得地坐在觀眾席一角。

明明是跟平常一樣的溫柔聲音，古雷葛里和貴族學生們聽見，都下意識退了一步。

這所學校的校長，人稱魔法大師的妖精族……羅德威爾。

擁有水、風、土三個屬性的「三屬性」，在魔法方面無疑是世界最強之人。

連天狼星少爺都說如果只比魔法大概贏不了他，所以少爺經常帶蛋糕當禮物，向他請教各種知識。

最強的魔法師羅德威爾大人，帶著充滿自信的笑容緩緩起身，瞪向古雷葛里他們。

「好了……做好覺悟了嗎？」

——羅德威爾——

「好了……做好覺悟了嗎？」

我現在所在的觀眾席高於競技場，因此想到古雷葛里那邊必須跳下去。

高度非常高，有點危險，可是只要用能改變土壤形狀的土魔法「土工」做出樓梯走下去就行。「土工」主要是用在施工或修整道路上，天狼星好像常用這個魔法挖洞。

我踩著樓梯慢慢走到比賽場上，引來比想像中還多的注目。難道這種程度的魔法很稀奇嗎？

我只是沒有念咒就發動魔法，做出樓梯走下去，一步都沒有停過而已啊？「土工」是初級魔法，只要努力誰都辦得到。

麥格那的巨石兵已經把其他傭兵和巨石兵收拾得差不多了，我悠哉地走在前一刻還是戰場的比賽場上，來到艾米莉亞身邊。

「辛苦妳了，艾米莉亞。之後就交給我吧。」

「不，都到這個地步了，我也要幫忙。」

我很感謝她願意幫忙，不過她的好意我心領了。這件事本來就是因為我處理不當才會發生，這次我得靠一己之力平定事件。

「沒關係。那種程度我一個人就夠了。」

「……我明白了。請讓我在一旁學習。」

艾米莉亞優雅行了一禮，退到後方，大概是理解我的意圖了。

我感覺到身後有股視線，看來她在觀察我的魔法。我不討厭認真向學的學生喔。

我為艾米莉亞的上進心感到滿足，站在古雷葛里和他帶過來的學生面前。

「你為什麼在這裡？你不是去隔壁鎮了嗎！」

「你真以為那種情報騙得了我？我只不過是為了引你出來，假裝離開罷了。」

我不得不承認你挺會動歪腦筋和躲躲藏藏。那則情報明顯是有人故意洩漏出來的，我覺得不太對勁，便反過來利用它。

然而，不只雇用數量眾多的傭兵，還能準備這麼多項圈，戈利亞的財力倒是出乎預料。

儘管這麼說對被戴上項圈的學生挺殘酷的，這也將成為他們痛苦的經驗吧。因為他們可以親身體會那個項圈是多殘忍的東西。

「看到我把結界的啟動魔法陣放置不管的時候，你就該懷疑了。拜其所賜，我終於成功困住你們。」

「那、那你是怎麼進來的！我可是親眼看到你離開這座城市。」

「這是我開發的嘛，穿過結界的方法要多少有多少。」

其實是用麥格那的魔法在地下挖出通道進來的。

那條通道我當然已經埋好，除非發現它，否則照理說沒人逃得出去。雖然這道結界出自我的手筆，它的缺點還真多。

從空中也可以自由侵入，一堆地方需要改良，感覺會把我累死。能飛得這麼高的魔物在這附近不多，所以先從地下開始著手好了。

「總之，終於把你們逼到無路可逃了。乖乖投降的話就只需要接受國王的懲罰，各位意下如何？」

不管怎麼樣，古雷葛里都免不了處以極刑吧。

而且這件事我已經跟國王卡帝報告了，他派了士兵在結界外面待命，也有叫人逮捕跟這起事件有關的貴族。不過那些貴族大多都是在這裡被解決掉的人。

「叫我投降？開什麼玩笑！只要打倒你逃走就行了。」

不出所料，古雷葛里完全不打算投降，狂妄地笑著指向我。這人真夠蠢的，竟然沒發現自己身處絕境。我沒道理跟他解釋，就隨他去吧。

「哦，你要打倒我嗎？」

「就算你再厲害，被這麼多中級魔法同時攻擊不可能毫髮無傷！我的同志們啊，擊敗魔法大師的時候到了。」

「知道了！」

「喔、喔！只要打倒魔法大師，我們就是最強的吧？」

「每次都在那邊發表自以為了不起的演講！」

哎呀呀，學生們也被古雷葛里的花言巧語騙得團團轉。

事態已經不只是把獸人排除的程度，他們卻幹勁十足。看來古雷葛里不僅召集了這種學生，還把他們教成自己喜歡的樣子，他真的很擅長這種事。這類型的孩子不吃點苦頭，就無法理解自己在做什麼。

「你們真的覺得跟隨這種男人有未來可言？」

「古雷葛里先生的父親被可恨的獸人殺了耶！怎麼能原諒這麼過分的獸人！」

「對啊！艾琉席恩不需要獸人存在！」

「那我問你們，你們知道他的父親是怎麼被殺的嗎？」

「知道啊。是被貪財的亞人和無能殺掉的吧？」

學生們說得沒錯，古雷葛里的父親在自己家慘遭殺害。

聽說是被偷偷潛入的獸人和無屬性用刀子刺了好幾刀，附近的地上有金幣掉落。

然而，那是他人捏造的情報，事實並非如此。

「是這樣沒錯，不過有幾個部分不一樣。他的父親確實是被獸人和無屬性所殺，原因似乎是他的父親硬把他們當奴隸使喚。」

古雷葛里的父親對他們太過分，導致奴隸們相當怨恨他。

最後他們終於忍不下去，以生命為代價殺死古雷葛里的父親。

之後我才知道，由於支配項圈的效果，奴隸們全都失去性命，但大部分的人好像都帶著滿足的表情逝去。

「被自己的奴隸殺掉，對貴族來說丟臉到了極點。於是他們竄改情報，巧妙地隱瞞真相，把奴隸塑造成單純的暴徒。」

「不是！他們是為了錢殺掉我父親的！」

「要錢的話不會挑戒備森嚴的名家，會去找更小的地方下手。總之你的父親被殺是自作自受，怨恨獸人和無屬性的人未免太不講道理。」

「唔！你、你這老不死的懂什麼！」

「基於無聊的報復心引起這麼大的騷動，連累眾多無辜的孩子，你的心情我不會懂，也不想懂。古雷葛里，你的失敗在於沒有把父親當成負面教材。我跟你講過好幾次了吧？」

「閉嘴！閉嘴！你這個死賴在校長之位的死老頭！」

「我可不是因為自己喜歡才在這個位置坐這麼久。只是找不到時機讓位。」

古雷葛里被我戳到痛處，硬是改變話題。哎，隨便他好了。

跟隨他的貴族學生似乎也對他說的話半信半疑，這樣你是否稍微理解自己的立場有多不穩定，革命也只不過是單方面的私仇了呢？

我是妖精族，外表看起來比實際年齡年輕，卻已經當了百年以上的校長，從你還小的時候就認識你了，所以被叫死老頭也不奇怪，但我也有不能讓位的原因啊。

「既然如此，就由我親手讓你引退！喂，你們也快點攻擊！」

「可、可是……」

「……對啊？」

「事到如今你們也與我同罪！現在停手也逃不掉！」

「唔……可、可惡！」

「我上了！打倒這個臭老頭，然後殺了那個無能！」

「沒錯！殺掉那傢伙我們就不是罪人，而是英雄！統統跟著我上！」

儘管也有因罪惡感而不知所措的學生，在古雷葛里的煽動下，他們好像下定決心了。

幾年前鬧過事的阿爾斯托羅，腦中已經只剩下對天狼星的怨恨。不管怎麼樣，在參與這場騷動的瞬間，他就註定會被家人完全捨棄，我想他的貴族人生就到此為止了吧。

學生們為了打倒我繼續念咒，上空出現各式各樣的魔法，我卻不慌不忙看著這個景象。

嗯……整體而言魔力還不夠集中。能同時製造出來的魔法最多兩、三發的樣子，總共差不多二十發吧。

在那之中，古雷葛里正在努力發動五根「火焰槍」。

「對了，關於我剛才說的不讓位的理由……」

「接招吧，臭老頭！」

「「唔喔喔喔喔喔喔──！」」

「是因為像你們這種不過這點程度就以為自己很厲害的人太多了。」

他們同時射出魔法，引發爆炸，暴風停息後，我卻依然毫髮無傷。

「咦……？打中了……吧？」

「嗯、嗯。應該是沒錯。」

「怎麼了嗎？難道你們才用一次魔法，魔力就沒了？」

「別害怕！繼續攻擊！」

看他們那麼驚訝，這些人似乎無法理解發生了什麼事。下次讓他們看得更清楚一點好了。

他們再度開始念咒，不過用不著著急。只要我想，要趁對手念咒時讓他們全滅也做得到。

然而，這次我不僅要讓他們反省，還得讓在場的學生看看做這種蠢事的人會有什麼下場。

為了讓他們知道，過於偏激的想法是何等醜陋。

也就是說，我要做的就是用壓倒性的力量摧毀他們的自信。除此之外也是想以上位者的身分，讓大家看看魔法的巔峰之境。

因為路途太遠而放棄的人想必也很多，可是我希望各位更加深入地瞭解魔法的可能性。

體現魔法的可能性的人……就是天狼星。

遇見他和蛋糕是這幾百年來最愉快的事。

好了，先別想其他事，來解決眼前的問題吧。

剛才我在魔法命中的前一刻才採取行動，這次看準他們念完咒的時機發動好了。

「這次一定要用我的『火焰槍』幹掉你！」

「別以為巧合每次都會發生！」

「對喔，那個結界就是你發明的。不過這次一定要用我們的力量打破你的結界！」

「那不是巧合，我也沒有用結界。『元素之力』。」

我用「火焰槍」抵銷「火焰槍」，用「風斬」抵銷「風斬」，召喚出同樣數量的同樣魔法，抵銷對手的魔法。威力當然也有刻意降低，以免我的魔法不小心貫穿過去。

這次他們親眼見證發生了什麼事，呆呆看著我。

「結束了嗎？說是革命，放棄得倒挺快的。」

「什麼!?混、混帳，炎之槍啊——」

「『元素之力』。」

古雷葛里率先回過神，我卻在他念完咒前再度發動魔法。這次是製造岩之槍的中級魔法「岩投槍」，我準備了二十發左右在空中待機。

這一幕讓古雷葛里以外的貴族學生徹底喪失戰意，還有人嚇得腿軟。

「什……麼……」

「都太慢了。我應該講過很多次，施法本來是不需要念咒的。」

我使用的魔法叫「元素之力」。

那是我經過數百年的研究發明出來的，只有我會用的原創魔法之一。

用一次「火焰槍」可以同時製造出好幾根炎之槍，「元素之力」卻不侷限於同樣的魔法，連不同屬性的魔法都能一次發動。

熟知每種要發動的魔法當然是必須的，最重要的是無詠唱。同時發動不同魔法的咒文我想都沒想過，而且不知道會長到什麼地步。

順帶一提，現在的我最多可以同時發動三十個魔法。

「別愣在那邊，下一個魔法還沒好嗎？我等到快睡著了。」

「你、你要愚弄我到什麼地步！」

「你不攻擊的話就由我進攻吧。建議你不要離開那個地方。」

我揮下豎起來的手指，「岩投槍」之雨便一同射向古雷葛里他們。

連鐵都能貫穿的岩之槍接連刺向地面，競技場內的所有學生提心吊膽地看著。

在慘叫聲與轟鳴聲逐漸平息時，我用風魔法吹散揚起的塵土，映入眼簾的是一片狼藉的競技場，以及嚇到差點哭出來，癱坐在地的古雷葛里他們。

由於我不小心做得太過頭，競技場上亂成一團，之後叫麥格那修好就沒問題了吧。

「要投降了嗎？」

「想不到……差距會……這麼大……」

「請各位盡快回答。」

在我準備發動「元素之力」下達最後通牒時，一名學生終於忍不住跳出來對我磕頭下跪。

「我投降！我再也不會做這種事，請您原諒我！」

「我、我也是！怎麼可能贏得了這種怪物！」

「唔唔……唔……本少爺竟然在這種地方……」

以那名學生為首，其他人陸續投降，只有古雷葛里還沒有要投降的跡象。

但周圍的戰鬥已經接近尾聲，他遲早會投降吧。

我將視線從古雷葛里身上移開，發動「風響」讓聲音傳遍競技場，為這起事件作結。

「各位請看。古雷葛里正是歧視獸人的人會有什麼下場的好例子。過度的排斥行為，會讓人覺得連這麼過分的暴行都是正確的。各位脖子上的項圈就是最好的證據。」

雖然我有點誇大其辭，在這種狀況下講這樣剛剛好。

畢竟你為不是奴隸的眾多學生戴上支配項圈，我要讓你負起被學生怨恨的責任，而不只是當他們的負面教材。

「做那種事的結果就是這樣。我不會叫大家去喜歡討厭的對象，不過人族及獸人都是在同一個世界生存的人。請各位不要無緣無故嫌惡他們。」

「校、校長！我其實不討厭獸人。我是被古雷葛里先生──被古雷葛里騙了！」

「我也是！是這個男人命令我做的！」

「這樣啊。可是不管原因為何，做這個決定、採取行動的人都是你們自己。身為高貴的貴族，就要為自己的所作所為負責。」

被古雷葛里牽扯進來的學生們不堪地向我求情，然而這已經不是我一個人就能決定處分的問題。

雖然他們是我學校的學生，為這麼明顯的重罪提供協助，要包庇他們也有難度。乖乖接受家人和國王給予的懲罰吧。

「就算你們去找家人哭訴，包括我在內有這麼多目擊者，你們賴不了的。」

垂下肩膀的貴族學生和在競技場內的學生就先這樣吧。

最後是萬惡的根源古雷葛里，他看起來還沒完全放棄。

「你有什麼想說的嗎？」

「要是你、要是你沒有出現，一切都會順利進行……」

「是這樣嗎？」

我想即使我沒出現，你們也會失敗。

因為對於獨自殲滅鮮血之龍的他來說，這起事件根本不算什麼。

話說回來……為什麼我沒看到他？

「艾米莉亞，你們的主人天狼星呢？」

「天狼星少爺和我們分頭行動。」

那麼重視弟子的天狼星，竟然沒跟他們在一起？

之後我聽艾米莉亞說，天狼星是去調查結界。我可不會被騙。

我們抵達競技場時，巨大巨石兵已經被打倒了，看那個魔力反應和精準破壞魔法陣的無形攻擊，只有天狼星辦得到。天狼星大概躲在某處觀察競技場的戰況，偷偷支援大家吧。他之所以暗地行動，應該是因為知道我的意圖。

這次我放任古雷葛里他們做這種事，不只是為了將他們一網打盡，也是想拿古雷葛里當負面教材，讓學生們認清現實。

雖然我沒想到他們會祭出支配項圈，以這起事件為契機，討厭獸人的人想必會改變心態。

這樣敵人就全數排除了，得快點解放被戴上項圈的學生。

「古雷葛里，項圈的鑰匙在哪？」

「……我不知道，項圈的控制權都在戈利亞手上。」

「校長，那個人因為麻痺動彈不得，我把他留在那——」

我和艾米莉亞往旁邊看過去的瞬間，突然冒出一陣白霧籠罩競技場。

從魔力反應看來是「水霧」。霧氣在我分析的期間變得越來越濃，連近在眼前的艾米莉亞都看不太清楚。

我聽見學生因為這陣霧驚慌失措的聲音，以及不容忽視的聲音。

「老闆！搶回戈利亞了！閃人啦！」

「幹得好！」

濃霧的另一側，傳來男人莫名興奮的聲音和古雷葛里的聲音。

就算把這陣霧吹散，若不破壞源頭霧氣馬上又會竄出來，因此我先偵測魔力——

「艾米莉亞，在那裡！」

「看到了！『風彈』，『風斬舞』。」

艾米莉亞與莉絲卻比我更早行動，吹散瀰漫四周的白霧。

擅長水魔法的莉絲找出製造霧氣的魔法陣，艾米莉亞則破壞魔法陣的核心，同時吹散霧氣。

真期待她們將來的成長。

「喂，古雷葛里和戈利亞跑哪去了！」

「不見了！快搜。」

「看！傭兵的首領也不見了！」

霧散了是很好，可是古雷葛里和戈利亞果然不見人影。

學生們在四處搜查，但他們八成已經逃到競技場外了。

「真是……不只是躲藏的技術，連逃跑速度都很快呢。」

「校長！現在有時間這麼冷靜嗎！」

「對呀！學生們的性命都掌握在那個人手中耶！」

「冷靜點。他們無法逃出學校，而且很快就會被抓到了。放心吧。」

艾米莉亞和莉絲慌慌張張跑來質問我。別急。只要有結界就沒辦法從學校輕易逃離，我也早有對策。

「麥格那，都準備好了吧？」

「是的。巨石兵已經配置完畢。」

因為我和麥格那來到這裡前，製造了大量巨石兵沿著結界配置。我不認為現在的古雷葛里有辦法打倒我們的巨石兵，而且要是他們打起來，就能知道他的所在地。

「不過……根據我的推測，他們可能還沒遇到巨石兵就玩完了。」

——古雷葛里——

為什麼!?

為什麼我不得不落荒而逃!

根據計畫，我們要抓學生當人質殺進城內，拿學生當肉盾把王族趕盡殺絕。

為此我特地跟眼中只有錢的蠢豬聯手，為什麼會變成這樣!?

我喘著氣跑到結界前面，雇來支援這場革命的傭兵則跑在我身後戒備後方。

「喂，老闆!好像沒人追過來耶?」

幫被砍斷的手臂止血，用剩下一隻手扛著戈利亞的傭兵，納悶地看著我。

輸給亞人學生的時候我還覺得他沒用，不過能從那個狀況下逃離，無疑是這男人的功勞。儘管他的實力連亞人都不如，在求生能力這方面就誇他幾句吧。

「哼，虧你受那麼重的傷還活得下來。」

「哈哈!因為那個藥讓我感覺不到痛，我本來差點昏過去，可是一下就清醒過來了。」

這傢伙看狀況判斷沒有勝算，假裝昏倒嗎?

然後看準時機扔出畫了「水霧」魔法陣的魔石，帶著戈利亞逃跑。

「受不了，想不到連貴死人的魔石都要拿來用。真的衰爆了。」

「哼，我才想這麼說。不過，還有辦法。」

狀況糟到不能再糟，但我們還有能控制項圈的戈利亞。

試圖強制卸除項圈的話，配戴者會死，所以即使是優秀的魔法技師，沒有鑰匙也得花上不少時間才開得了鎖。

再加上戴項圈的學生人數近百，不可能一兩天就能處理完。這段期間這隻豬應該就會復原，之後只要說服他殺幾個人殺雞儆猴即可。

做到這個地步，那些傢伙也會明白只能乖乖聽我們的話吧。

不……一開始就該這麼做。從這隻豬擺架子說不可以讓學生白死，因為大意被敵人麻痺的那一刻起，計畫就亂掉了。

在這種狀況下，會考慮到區區一個學生的命就不對！

無法理解樂園的人，只要當成消耗品捨棄掉就行。

「是說前面有結界耶，真的逃得掉嗎？」

「你以為我是誰！閉嘴跟過來就對了！」

結界固然堅固，不過只要挖個洞從下面鑽過去即可，無須穿過結界。那個臭老頭大概也是用這招進來的吧。

就算敵人來襲，只要我和戈利亞在這個傭兵幫我擋住追兵的期間逃掉就得了。

「老闆，別動！」

傭兵停下來大聲吶喊，怎麼了嗎？

現在必須抓緊時間——

「老闆，我叫你別動啊！你想死嗎！」

可是這句話不容無視，我只好勉為其難停下腳步。

我正想跟他抱怨幾句，那名傭兵卻皺著眉頭把戈利亞扔到地上，拿起背上的劍。

「喂，你這傢伙！那傢伙再重也是貴族喔。給我小心點！」

「就是因為貴族那麼遲鈍才惹人厭。你沒發現近在眼前的殺氣嗎？」

「殺氣？哪來的殺——!?」

身體忽然竄過一陣強烈寒意。

這是……什麼？

傭兵說是殺氣，可是這股殺氣跟那個臭老頭一樣——不對，在那之上？

「喂喂喂，繼怪物獸人和怪物妖精後，這次又是什麼？這所學校到底有幾隻怪物？」

如果那個死老頭的殺氣是一把抵在喉嚨上的刀，我現在感覺到的殺氣就是數十把已經淺淺刺進皮膚的小刀。

讓人全身無法動彈……光是站著就冷汗直流，顫抖不已。

在我開始喘不過氣時，一名神祕男子從建築物後面走出來。

身高和體格接近小孩子，穿著打扮卻相當奇怪，戴著把整張臉遮住的面具和遮住全身的長袍。

這個小孩奇怪歸奇怪，令我發起抖來的殺氣無疑是從他身上散發出來的。

那傢伙一副要去散步的樣子，慢慢走到我面前，然後……

「你們想逃到哪去？」

用冷淡的聲音……開口說道。

——天狼星——

「……你們變強了呢。」

我從遠方觀察在競技場戰鬥的弟子們，覺得他們表現不錯。

不過雷烏斯最後太天真了。

直到打倒傭兵——我用讀唇術得知那人叫多米尼克——前都還沒問題。但打飛多米尼克後，沒有確認是否已經確實解決掉敵人就跑去其他地方，無疑是他的失誤。

或許我不該一看見他打贏就立刻稱讚他。不過我也因為太高興，不小心犯了錯……沒資格挑人家毛病。

結果就是不僅讓敵人逃掉，連有權控制項圈的關鍵人物都被帶走。

然而雷烏斯還年輕，缺乏各種經驗也是事實。現在只要不畏失敗持續挑戰，從中學習，慢慢變強即可。

因為……善後是我的工作。

「你們想逃到哪去？」

從空中繞到他們前面的我，釋放殺氣站到古雷葛里和多米尼克面前。

我將殺氣加強了一些，多米尼克立刻扔下背上的男人，轉為備戰狀態。跨越無數生死關頭的傭兵，才有辦法切換得如此之快。

相較之下古雷葛里則被我的殺氣震懾住，呆呆站在原地，連咒文都沒念。

「你是誰？」

「……沒必要自報姓名。只要知道我是你們的敵人就夠了吧？」

「哈！你這傢伙！」

我拿出祕銀刀擺出戰鬥架式，多米尼克用手輕輕頂了下古雷葛里，讓他回過神來。

「喂老闆！你要發呆到什麼時候！」

「啊!?這、這傢伙究竟是什麼人！」

「我才想問咧！不過直覺告訴我這傢伙是個怪物！稍有大意就會立刻被殺！」

古雷葛里終於進入臨戰狀態，與此同時，多米尼克單手拿著大劍朝我攻過來。

他單手揮下劍柄大得異常、照理說應該要用兩手拿的大劍，彷彿在揮動一根小樹枝。但跟萊奧爾爺爺比起來，這等同於兒戲。

我輕而易舉躲過攻擊，向後跳閃過由上往下砍來的大劍，多米尼克停了一下，做出陷入沉思的動作看著我。

「嘖……這人不好對付。我的劍完全砍不中你，到底為什麼？」

「整體而言你的動作太亂。在假動作和小伎倆上太用心，導致劍法過於粗糙。」

「謝謝你的解說喔。我順便問一下，可不可以放我們一馬？這樣打下去對雙方都沒好處啊。」

看穿跟對手的力量差距是存活下來的祕訣，傭兵經驗豐富的多米尼克大概看出我的實力了。

他把劍刺進地面舉手投降，旁邊的古雷葛里卻怒吼道：

「你在想什麼！快給我幹掉他！」

「大叔，看一下狀況好嗎！跟這種怪物打，有幾條命都不夠！」

「唔……沒辦法。喂，你要不要放過我？如果你想要金幣，要多少我都拿得出喔？」

「不需要。我話先說在前頭，我不打算放過你們。」

古雷葛里就不用說了，傭兵團基迦特斯的團長是混那一行的，考慮到之後會有很多麻煩，怎麼可能讓他逃掉。

「喂，拜託啦。我們已經對革命一點興趣都沒有了。而且金幣不行的話，還有更值錢的白金幣喔？因為倒在那裡的那個人超級有錢，賣我們這個恩情就能一輩子不愁吃穿囉？」

「你這人話真多。你的計畫我早就看穿了。是想吸引我的注意力，從背後用魔法偷襲對吧？」

我詢問想趁我注意力放在多米尼克身上時念咒的古雷葛里，他知道自己的策略被我發現，嘖了一聲。

多米尼克趁我視線移開的瞬間持劍砍過來，我用小刀擋開後，踹了他肚子一腳。

「嘖，無機可趁啊！搞什麼鬼！」

「你就只會耍小花招。」

我一邊閃避橫劈過來的大劍，一邊衝到他身前，在抓住他手臂的瞬間用腳絆倒他。

然而，無論他被我揍飛或是後腦勺用力撞到地上，多米尼克仍然像裝了彈簧一樣站起來，不斷拿劍砍我。

「我都沒有手下留情了，還是沒辦法讓你昏過去呢。」

「那當然！因為這東西會讓我爽到極致！」

「『減壽藥丸』嗎?用了討厭的東西啊。」

雖然是有原因的，那可是奪走媽媽最後的時間的藥。

我調藥時有刻意把對身體的負擔減少到最低限度，但無論我把副作用抑制得多低，在吞下藥丸的瞬間媽媽就註定只能再活一天了。

不過拜其所賜，媽媽度過了充實的一天也是事實，所以我感覺非常複雜。

「炎之槍啊，火焰——什麼!?」

古雷葛里試圖從多米尼克身後用魔法支援他，「火焰槍」卻在火焰凝聚前就被我用「麥格農」破壞。

「老闆，你怎麼不支援我！」

「給我閉嘴！炎之槍啊，火——唔!?」

一個人負責吸引對手的注意力，另一個人則乘隙解決掉他。在二對一的情況下這是理所當然的戰術，可惜多米尼克的搭檔不怎麼優秀。

畢竟古雷葛里的動作實在太好看穿，導致他的魔法被我徹底破解。誰叫他不僅失去冷靜，還過度執著於發動魔法上。

多米尼克不曉得是不是受不了了，從懷裡拿出一個小袋子扔過來，可惜這招我已經看他對雷烏斯用過，便往旁邊一跳閃了開來。

「你果然會往旁邊閃！」

看來扔那個袋子是要牽制我的行動，多米尼克趁機與我拉開距離，把劍刺進地面扔出三把小刀。

小刀上似乎塗了什麼東西，我躲開來以免被刀刃割到，在空中抓住其中一把刀射回去。

「什麼!?你這人眼睛多利啊！」

多米尼克用劍擋掉我射回去的小刀，接著從口中射出小顆的魔石，一面朝我揮劍。

我立刻把「魔力線」當成鞭子用，在魔法陣發動前將它彈到一旁，魔石在稍遠處爆炸了。

然後用小刀擋住多米尼克的劍，用力踢他的腹部，看起來卻一點用都沒有，大概是「減壽藥丸」讓痛覺麻痺了。

「站在這你就看不見了！岩製的我啊……『巨石兵』。」

古雷葛里在這段期間移動到我背後，製造出三隻巨石兵，我將手朝向身後，用「麥格農」把它們的魔法陣盡數射穿。即使看不見目標，這點小事只要用「並列思考」根本毫無難度。

「怎麼可能!?為什麼這麼輕鬆就破壞掉它們了！」

「就算你問我為什麼，還不都是因為你一直用容易破解的魔法。」

在跟艾米莉亞交手的時候就該學到教訓了，可惜他好像只記得屈辱的滋味。之後就跟工作一樣，我一面閃躲多米尼克的攻擊，一面破解古雷葛里的魔法。兩個人一起進攻卻傷不了我一絲一毫，使他們越來越著急。

「糟糕，不能再拖下去了！」

「呼……呼……不快點的話，那個死老頭就要來了。想點辦法啊！」

「呿，貴族大人動張嘴倒是挺容易的。」

明明都因為魔力枯竭喘不過氣來了，古雷葛里還是高高在上的。

多米尼克把他的碎碎念置若罔聞，笑著抱怨了一句，將劍刺進地面後指向我。

「喂，我們也沒多少時間可以浪費，用下一招決勝負吧。」

「有殺手鐧就快點使出來。現在是捨不得出招的時候嗎？」

「別這樣說啦。不但用了一堆貴死人的魔石，夥伴還幾乎全滅，快虧死我了。不過你說的也沒錯，我決定放棄逃跑，認真殺了你。」

「你說什麼！意思是你一直都沒有認真嗎！」

「我可是傭兵喔？跟貴族大人不一樣。只要能活下來就夠了！」

這句話實在很有傭兵的風格，我上輩子的人生態度也跟他差不多，因此不是不能理解。

「要上囉！吃我這招殺手鐧！」

多米尼克朝我的兩側扔出魔石，同時拔起插在地上的劍射過來。那些魔石看起來跟之前那顆是一樣的。

先不論他的意圖，我蹲下來閃掉從正面飛過來的劍，看到劍上有條黑色的東西，另一頭繫在多米尼克手上。

那是……鎖鏈嗎？我還想說劍柄怎麼那麼大，原來裡面藏了這種機關。

「閃得開就試試看啊！」

多米尼克吶喊著用力拉扯手中的劍柄，飛到後方的大劍便被他拉回來，再度襲向我。

兩側有他一開始扔出來的會爆炸的魔石，所以這麼做就能從前後左右包夾我。都少了一隻手，虧他有辦法做到這個地步。

然而上輩子，我一直在跟比他還要狠毒的敵人戰鬥。

而且對我來說，一對多是極其理所當然的，面對來自四面八方的攻擊也是家常便飯。這種程度並不值得慌張。

腦中率先浮現用「空中踏臺」跳到高處，再用「魔力線」把魔石打到對手身上的方法，我卻刻意選擇與他正面交鋒。因為我很久沒遇過這種狀況，想藉此想起以前的感覺。

我先將雙手朝向兩側，用「麥格農」擊碎魔石，再後空翻閃過背後的大劍，同時踢了劍身一腳，把它踹到地上。

「你是怪物嗎！」

最後是從正前方衝過來的多米尼克，我側身躲開他刺出的刀，把手中的祕銀刀往上一揮。

一連串的動作結束後，我回頭一看，多米尼克剩下那隻手被我砍下來，露出完全死心的表情。

「原來如此。你就是那個獸人說的大哥吧。他說得沒錯，說你是最強也不誇張。」

「你也不賴，做了那麼多機關，挺厲害的。」

「啥？這只不過是小把戲吧？」

「無論手段如何，為求勝利多下點工夫是理所當然的。你只是低估了對手的強度。」

「哈，誰知道會遇到你這種怪物。啊……徹底輸了。抱歉，可以殺了我嗎？我想在藥效退前死去。」

「好吧。畢竟你雙手都斷了，想自殺也沒辦法。」

我走近坐在地上的多米尼克，拿刀抵住他的喉嚨，那傢伙笑著張開嘴——

「謝啦——嗚!?」

下一刻，我賞了他的下巴一記上勾拳。

這一拳把多米尼克打得臉部朝上，口鼻噴出火焰，翻著白眼失去意識，昏倒在地。

「我不是說了嗎？你低估了對手的強度……」

多米尼克的嘴巴之所以會噴出火焰，是因為他在嘴巴裡藏了火魔法的魔石。

推測大概是初級的「火焰」，但被偷襲的話可不會只有燒傷那麼簡單，可以說是一把雙刃劍，或許這才是他真正的殺手鐧。

可惜我以前遇過的對手中，也有會把定時炸彈或手榴彈吃下去再吐出來的人。跟那比起來這傢伙還算善良的。

我轉身背對吐著煙一動也不動的多米尼克，走向我的目標古雷葛里。

「輪到你了。」

「為、為什麼!?為什麼你要盯上我！」

「因為你是犯下重罪的罪魁禍首，外加我跟你之間的私仇。」

「私、私仇!?我又不認識你！」

「不認識嗎。那這樣……就認得出來了吧？」

我拿下面具，露出真面目給被多米尼克的下場嚇得半死的古雷葛里看。

起初他沒認出我來，一臉困惑，接著馬上怒吼道：

「你是……那個無能!?區、區區平民竟敢對我這個貴族做這種事！」

「你在說什麼？你已經不是貴族，只是個罪犯。不，是打著革命的旗幟把眾多學生牽連進來的大罪人。」

「你這傢伙！不藉助亞人的力量就什麼都辦不到的無能——！」

「那我問你，被那個無能逼到絕境的人是誰啊？」

「閉嘴！閉嘴閉嘴閉嘴！我這樣做有什麼不對！看我立刻讓你露出馬腳！火啊……『火焰』。」

古雷葛里用所剩無幾的魔力射出火球，卻被我的「衝擊」輕易消除。

萬一被他逃掉會很麻煩，順便用「麥格農」射傷他的腳好了。

「呃啊!?為、為什麼！為什麼我的魔法消失了！」

「冷靜一點吧？給我搞清楚在那邊大叫也解決不了現在的狀況。」

「唔唔……區區無能，區區無能竟敢這樣對我！」

古雷葛里不停捶地，很不甘心的樣子，看來他終於承認我們的實力差距。

他忿忿不平地看著我，我撿起多米尼克掉在附近的劍。

「好了，你要說遺言的話我倒是可以聽聽。」

「等、等一下。你為何恨我？我記得我找過你碴，但沒有嚴重到要殺我的地步吧！」

「不，你做了我無法原諒的事。一年前左右，你把鮮血之龍叫來艾琉席恩對

「我、我確實叫了那些人來。之後我只聽說他們全死了……」

「這就是我恨你的原因。」

沒錯，對我而言革命不是多大的問題。每個人觀念都不一樣，只因為看對方不順眼就挑起的紛爭，我也經歷過無數次了。

我憎恨這傢伙的原因只有一個……

「那些你叫來的敗類，差點害死我重要的弟子。我殺你的理由就在於此。」

「就、就因為這點事!?」

「對你來說是小事，對我來說可是很重要的。我當時就決定總有一天絕對要讓你後悔。」

「那是他們自己要亂搞，我什麼都沒做……」

「你不是不知道那群人是殺人鬼吧？就算你不知道，也不能就這樣了事。」

「我有阻止過他們！可是那些傢伙不聽——嗚呃!?」

聽他找藉口太煩了，我便往他的臉揍下去。

古雷葛里被我揍得流出鼻血，不過我有控制力道，無須擔憂。

「基於身分問題，我本來決定把你交給校長處理，不過你逃到這裡被我遇到，也算是命運吧。無論如何，你鬧出這麼大的事件不可能會被原諒。給我做好覺悟。」

「呵、呵哈哈……我拒絕！要死的人是你！」

他忽然從懷裡拿出小刀刺過來，我用兩根手指夾住刀刃，連著他的拳頭一起推回去，用力捏碎他手指的骨頭。

「呃啊啊啊──!?趁、趁現在！幹掉他！」

古雷葛里都痛到大叫了，還是對後面吶喊。我回過頭，看到多米尼克近在身後。他的臉被燒得令人不忍卒睹，眼睛卻直盯著我，脖子一扭揮下嘴巴叼著的小刀。

「只要殺掉你就還有機──什麼!?」

確信自己會贏的古雷葛里放聲大叫時……多米尼克的頭飛到了空中。

他慢慢倒在地上，一動也不動，飛出去的頭滾到我和古雷葛里之間。

「咿!?你、你什麼時候動手的!?」

「頭都斷了再怎麼樣都不可能活著。幸好他感覺不到痛。」

感覺不到痛的對手確實很難應付，不過只要他是人類，把大腦所在的頭部割斷就死定了。

確認多米尼克死了後，我消除掉連接在背後的建築物和樹上的「魔力線」。這次想像的是在一定速度下撞到就會被割傷的鋭利鋼線。

我知道多米尼克還活著，便設了這個陷阱。為了讓古雷葛里嘗到絕望的滋味。

「最後換你了。我會用這把劍一劍殺了你，所以你可以保留全屍喔。」

「啊……啊……住手……我必須排除亞人……」

面對這個狀況還是死性不改嗎……

執迷不悟到這個地步，不禁讓人憐憫起他來，可是差不多該結束了。

「家人被無能和獸人殺掉的人，最終又被無能所殺。要恨就恨被過去束縛住，斬不斷因果的自己吧。」

「你這個怪物！不對，是惡魔！你是披著人皮的惡魔！」

「謝謝誇獎。惡魔算好聽的，我以前還被叫過死神呢。那我就遵照你的要求，做點惡魔會做的事吧。」

「啊……啊啊啊啊！住手！住手住手住手住手啊啊啊——！」

「永別了。」

傭兵的劍……深深刺進古雷葛里的胸口。

※　※　※

「啊！天狼星少爺——！」

收拾掉古雷葛里和整理好現場的我，抱著還不能動的戈利亞解除喬裝回到競技場。

走進競技場後，第一個發現我的艾米莉亞帶著滿面笑容跑到我面前。
「辛苦了，艾米莉亞。你們的表現我都看在眼裡。」
「是！那麼……您覺得怎麼樣？」
「嗯。訓練的成果都展現出來了，對其他學生的支援和擄走這男人的作戰計畫也不賴。做得很好。」
「真的嗎！」
由於艾米莉亞兩眼發光，期待地狂搖尾巴，我伸手摸了摸她的頭。她瞇起眼睛，看起來很幸福，但我還有事要做，所以就到此為止吧。我一把手挪開，艾米莉亞就面露遺憾，不過她立刻恢復笑容，站到我旁邊。
「之後再繼續。現在得先把行李交給校長。」
「好的！啊，我來幫您拿行李。」
所謂的行李是指戈利亞，讓艾米莉亞拿這麼沒用的東西實在不太好。
我婉拒艾米莉亞的幫忙，來到在下達各種指示的校長面前。我還以為他會跑來追古雷葛里，結果他竟然一步都沒離開競技場，校長到底在幹麼？
「噢，天狼星。我等你很久了。」
「……校長，請問您在這裡做什麼？」
「因為古雷葛里帶著戈利亞逃跑，學生們相當混亂，我在安撫他們。對了，你手上那個人就是戈利亞對吧？」

「是的。他的麻痺還沒退，不過我先把他綁起來讓他動不了。還有，我從他懷裡搜出這個東西，就交給您了。」

我交給校長的是有好幾十把鑰匙的鑰匙串，這就是學生們想要的支配項圈的鑰匙。

鑰匙和項圈的數量雖然對不上，校長說學生們被戴上的項圈是量產品，大多可以用同一把鑰匙開。

就算這樣，鑰匙串還是有點重。校長接過鑰匙串後，滿意地點點頭。

「謝謝你。麥格那，把鑰匙分給大家幫學生開鎖。」

「是。」

他將鑰匙交給麥格那老師及其他老師，讓學生們排成好幾排等老師幫忙開鎖。其中也有想要快點拿掉項圈，跑去插隊或衝到前面的無禮學生，這種學生會被麥格那老師的巨石兵抓起來丟到最後面。

我看著拿掉項圈歡欣鼓舞的學生們時，校長笑著走過來慰勞我。

「辛苦你了。你完美達成任務，搶回戈利亞與鑰匙。」

「……謝謝您。」

「校長剛才一點都不著急，原來是因為事前委託了天狼星少爺呀。」

我先說，我不記得我有接獲校長的指示。

他大概是想把功勞歸給旁人看來什麼都沒做的我吧。我雖然想否定，旁邊還有其他人在看，還是配合他好了。

「可是校長，關於古雷葛里和那名傭兵，我追上他們時那兩個人已經自相殘殺而亡了。」

「怎麼會！以天狼星少爺的實力，那種對手不管來一個還是十個——唔!?」

我捂住艾米莉亞的嘴巴，因為她來插嘴，事情會變得更複雜。

我用眼神叫她安靜一點，艾米莉亞卻乖乖讓我捂著嘴，也許是因為被我碰到，她很開心吧。

「只剩下這男人一個，所以我才順利抓到他。」

打倒古雷葛里和多米尼克後，我稍微想了一下……決定偽裝成他們在逃亡途中起內訌，落得兩敗俱傷的樣子。

在世人眼中還是小孩的我，總不能光明正大說我用大劍刺死對手，還把敵人的頭割下來。

為此我把多米尼克的頭接回去後用火魔法陣燒掉，讓他看起來像被古雷葛里的魔法殺死，古雷葛里則維持胸前插著一把大劍的狀態放在原地。

貴族和傭兵這個組合感覺就不太合得來，在毫不知情的人眼中看成自相殘殺也不奇怪。

至於最重要的戈利亞，他不但因為麻痺無法行動，也沒人餵他喝解毒劑，因此意識不太清楚。外加他倒下來的角度看不見我，為了保險起見，我還先行離開才跑回來，裝成追上他們發現屍體的樣子，所以他不會想到犯人是我。

聽完我捏造的報告後，校長瞬間露出苦笑，接著馬上恢復成一如往常的微笑，點點頭。

「自相殘殺嗎……我知道了，就當成這麼一回事吧。」

「是的。沒費多少工夫就結束了。」

我和校長笑著互看，繼續用視線交流。

我叫他把這件事用自相殘殺來處理，校長無奈地點頭，所以就這樣吧。

「多虧有莉絲的治療，傷患似乎也沒事了。不僅擁有出色的戰鬥能力，還帶領眾多學生，打倒傭兵團的團長，用優秀的治療魔法幫助其他人。你的徒弟真的很優秀。」

「謝謝您。他們是我引以為傲的徒弟。」

我直截了當地說出真心話，旁邊的艾米莉亞搖著尾巴，好像很高興。

捂住她嘴巴的手不知何時被她拿開，用臉磨蹭，隨她去好了。

「啊……天狼星前輩，幸好你沒事。」

校長帶走戈利亞後，剛剛在治療傷患的莉絲發現我回來了。

她小跑步到我前面，把我從頭到腳仔細審視一番，放心地點點頭。

「嗯，你沒有受傷。」

「莉絲才是，妳沒事真的太好了。不只要治療，還要協助艾米莉亞和雷烏斯，很辛苦吧？」

「嘿嘿嘿……是很辛苦沒錯，可是我的力量能幫上大家的忙，我覺得非常充實。這也是多虧了天狼星前輩的鍛鍊。」

「沒錯，全是託天狼星少爺的福。」

「只是妳們的努力開花結果了而已啦……」

不管怎麼樣，弟子們這次真的很努力。

所以我想給他們一點獎勵，不過……

「欸，有沒有什麼想要的東西或希望我做的事？只要我辦得到，可以在不勉強的範圍內實現妳們的願望。」

「咦!?那個……真的嗎？」

「我很高興，可是天狼星前輩也很努力，怎麼可以只有我們有獎勵……」

「妳們平安跨越了危機，得到一兩個獎勵也不為過吧？別客氣，說來聽聽。」

「謝謝您。不勉強的範圍內……好猶豫喔！」

「艾米莉亞，先冷靜一下！不過……要選什麼好呢？有點想吃一整個蛋糕……」

「想一下吧，我之後再問妳們。話說回來……雷烏斯跑哪去了？」

我沒看見聽到我要獎勵他們，八成會高興得跳起來的雷烏斯。

我剛才就在找他……卻完全找不到。

「那個，雷烏斯的話……」

我隨著艾米莉亞的視線看過去，發現有個熟悉的背影抱著腿坐在牆邊。

那個……難道是雷烏斯？

完全感覺不到他平常的霸氣，只有他渾身一股黑暗的氣息，難以接近。事實上，他的小弟們就在旁邊不知所措。

與平常截然不同的模樣，導致我沒有立刻認出他是雷烏斯。

「……那傢伙怎麼了？」

「那個……好像是因為不只讓傭兵首領逃掉，還害戈利亞被帶走，雷烏斯大受打擊。」

「他本來非常高興能被天狼星少爺誇獎，結果期待越大失望也越大。」

「真是的……喂——雷烏斯！」

聽見我在叫他，雷烏斯慢慢回過頭，他的表情明顯很憂鬱，耳朵和尾巴都垂下來了。雷烏斯這副德行，連我都覺得怪怪的。

「雷烏斯，快點過來。回來！」

「…………嗯。」

我下達把他叫過來的指令。雷烏斯雖然動了，腳步卻很沉重，好不容易才拖著愛劍走到我面前。

「幹麼那麼沮喪？你不是打敗那傢伙了嗎？」

「因為……我給大家添了麻煩。」

「唉，這個笨徒弟。」

別扯這麼明顯的謊。

雷烏斯別開視線不肯看我的臉，我輕輕戳了他的頭一下。

「你確實會在意自己給大家添了麻煩，不過你是因為覺得會被我罵才這麼消沉吧？給我說實話。」

「…………嗯。」

「你錯了。我不會生氣。反而想誇你虧你能打贏那傢伙。」

「咦!?」

雷烏斯驚訝地看過來，我無視他的驚訝，伸手摸他的頭。

他一頭霧水，臉上卻重新浮現笑容，大概是被我摸很開心吧。

「你的失誤在於沒有確認多米尼克的死活。這點你知道吧？」

「嗯。所以給大家添了很大的麻煩。」

「知道就夠了。而且……這次的對手對你來說還太強。」

如果只是單純很強的對手倒沒問題，多米尼克可是混那行的人。為求勝利會毫不猶豫使出卑鄙的手段，連裝死都不在乎。

要是多米尼克沒有計算得失，一開始就拿出真本事對付雷烏斯，說不定會非常危險。

實際上，他們打到一半的時候我就發動了「狙擊」，一直瞄準多米尼克，以便隨時可以擊斃他。

我本來預計等雷烏斯多經歷幾場假想訓練後，再讓他對付這種類型的敵人，雷烏斯卻贏了。

我為你的成長高興，既然你知道自己哪裡要反省，我怎麼會生氣呢。

「你可是贏了連『減壽藥丸』都拿出來用的對手。再自豪點吧。我為你感到驕傲。」

「大哥……我可以高興嗎？」

「嗯。這場戰鬥完全是你們的勝利，儘管高興吧。來，我再多摸你幾下。」

「萬歲——！」

我用力摸他的頭，艾米莉亞和莉絲有點羨慕地看著我們，不過雷烏斯恢復精神，她們似乎也鬆了口氣。

我告訴雷烏斯要獎勵大家時，校長回來看到我們，笑著說：

「呵呵呵，你這個師父很厲害嘛。一下就讓那麼難過的雷烏斯打起精神。」

「雷烏斯負責牽制的對手很強，是最大的功臣。他本來就不需要難過。」

「說得沒錯。我也該多注意一下戈利亞，而不是只盯著古雷葛里。雷烏斯無須在意。」

我明白這人也想了很多，假裝中敵人的陷阱，直到最後都沒有出手。

現在的艾琉席恩對整體性的威脅太過鬆懈，尤其是除了少數一部分的人，大多貴族都因為自己的身分驕矜自滿。正是因為國家和平穩定，才會衍生出這樣的問題。

我知道校長為了讓這種人學到教訓，想要做些什麼，所以故意不去插手。

事實上看到歧視獸人的蠢貨的下場，學生們的觀念應該會改變不少。

然而，最後卻變成只要走錯一步就會害王權被推翻的重大事件。

其實校長好像事前就跟國王和一些人說過，請他們派兵在結界外駐守，侵入學校的傭兵裡也有很多間諜。

因為我從遠方狙擊傭兵的時候，有些愚蠢的傭兵想對學生施暴，有一群人在我動手前就會先解決掉他們。要避免被那群人發現，狙擊時還要分辨哪些是間諜，非常麻煩。

校長最後讓古雷葛里逃掉，好像也是為了在學生看不見的地方除掉他。雖然這個工作被我搶走了，校長馬上把這件事當成是他叫我追人的，讓情況穩定下來。

儘管就結果來說是好的，雷烏斯難過成這樣都是因為他放走古雷葛里，所以我想稍微反擊一下。

「不愧是校長。活了幾百年還是一直在重新審視自我呢。」

「那當然。人是會犯錯的生物，絕對不可以忘記反省的心。」

「這個心態太棒了。既然如此，為了以身作則，先從控制甜食的攝取量開始吧。因為您最近吃太多了。」

「……咦？」

「講得具體一點，就是我暫時不會帶蛋糕給您。」

「那個……等等，天狼星？」

校長無法反駁，或許是因為他剛才自己說反省很重要，我講的話又有幾分道理吧。

看他這麼驚慌失措，很難想像這是剛才壓制敵軍的人。

聽見我們談話內容的麥格那老師大概是看不下去，把鑰匙交給其他老師，跑來打圓場。

「天狼星同學，校長很忙，沒多少時間給他休息。在忙碌的生活中，你的蛋糕是最棒的療癒，可以請你再考慮一下嗎？」

「沒、沒錯！麥格那，多說他幾句。」

「麥格那老師，謝謝您用巨石兵保護艾米莉亞，下次我帶一整個蛋糕答謝您。」

「校長，反省吧。」

「麥格那!?」

之後，學生們的項圈統統拿掉了，消息傳到守在教室的學生耳中時，大家總算可以鬆一口氣。

變成負面教材的古雷葛里宣告死亡，想幹這種事的人應該暫時不會出現吧。

對學生們來說想必是段苦澀的回憶，但有些人不親身經歷過就就不會懂也是事實，他們應該深深體會到這件事有多重要了。

就這樣，把一堆人牽扯進來，因私人恩怨而起的革命……在學校裡落下帷幕。

※　※　※

名為革命的暴行平息後，過了兩天。

校內的戰鬥痕跡雖然還沒完全消除，學生們的精神已經大致穩定下來。

由於革命事件的影響，學校當然沒那個時間上課，只好暫時停課。學生們在宿舍裡治療身心的創傷，可是除非家裡有要事，否則大家都得嚴格遵守不准離開學校的規定。

因為關於這起事件，國王決定要聽聽學生們怎麼說。好像也是想藉此調查有沒有人有危險觀念。

現在學生們應該被叫到各間教室，和從城裡來的士兵或學者一對一談話吧。

順帶一提，在被叫到教室前一定得在宿舍或指定地點等待，可是我們住的鑽石莊位於深山，除了有事找我們的人外，不太會有人接近。

因此我們至今還沒被叫到，空出時間的我決定來實現弟子們的願望。

「大哥！還要還要！」

「天狼星少爺！下次我會接住，請您好好看著。」

「知道了知道了。去，去撿回來。」

講白了……就是在玩。

姊弟倆高興地跑去追我扔出去的飛盤的溫馨日常——並不是。他們跑過的地方會揚起一大片沙塵，激烈到有些人可能會覺得這是某種格鬥技。

就像這樣，我們僅僅過了兩天就回歸日常。

雖然這樣講對受害的學生不太好意思，那起騷動幾乎沒有造成我們的損失，我反而覺得那是跨越各種苦難的寶貴經驗。

有點意氣消沉的雷烏斯已經恢復正常，精力十足地追著飛盤。

順帶一提，聽到我說可以實現他們一個願望當獎勵，雷烏斯希望我陪他玩，我們才會在這裡玩飛盤。

「他們看起來好開心喔。我在旁邊看都覺得羨慕了。」

「那兩個人真的很愛玩飛盤。可是不是我扔的他們就不要。」

我們玩過好幾次飛盤，扔的人全都是我。

他們玩到現在都只有接飛盤而已，不會膩嗎？

「妳不加入嗎？」

「我沒自信搶得贏那兩個人。你看……」

「接到了！」

「喂，姊姊！妳犯規！」

竟然拿弟弟的背當踏臺，艾米莉亞，妳挺狠的嘛。

總而言之，成功接住飛盤的艾米莉亞全速跑回來，把飛盤遞給我後抬起頭，我便摸摸她的頭。

「好好好，接得漂亮。」

「呵呵呵……太好了！」

「下次換我接了！大哥，快扔快扔！」

「……這就是原因吧。」

「不是我扔他們就不要的原因嗎？」

「他們要你扔是很正常的嘛。我也來挑戰看看好了？」

莉絲突然鼓起幹勁，捲起袖子站到姊弟倆旁邊。

「看來妳發現了呢，莉絲。不過我不會讓妳輕易接到的。」

「下次我絕對要接到！」

「我也不會輸！可是……希望你們讓我贏一次也好。」

我一頭霧水，莉絲加入後，戰況變得更加激烈。

結果……整體來看艾米莉亞的勝率約五成，雷烏斯四成，莉絲只接到明顯是兩姊弟放水的幾次而已。

上午我們就這樣在玩樂中度過，下午則是做點心的時間。

這是莉絲的要求，她好像想吃大量我做的點心。今天我沒安排任何訓練，就算現在才開始做，時間也很充足。

「有沒有什麼想吃的？」

「這個嘛……天狼星前輩做過的蛋糕，我每種口味都想吃。」

「莉絲姊，這主意讚喔！」

每種口味……儘管種類並沒有多到哪去，每種都做會吃到想吐喔？

不，莉絲的話可能可以輕易吃完。

「所有口味太累了，麻煩挑三種就好。草莓鮮奶油蛋糕、起司蛋糕和水果蛋糕如何？」

「嗯，好呀。呵呵……好像在作夢唷。」

「大哥大哥！我想吃你之前說的那個叫『章魚燒』的東西！」

「噢，那個啊。現在還沒有專用的鐵板，做大阪燒可以嗎？」

「雖然我不知道大阪燒是啥東東，只要是大哥做的什麼都好吃，所以就那個吧。」

我跟賈爾岡商會訂了用來做章魚燒的鐵板，可是好像還沒做好。由於我訂製的鐵板形狀特殊，當初他們覺得很不可思議，不過我一說是要用來做新料理，他們就爽快答應了。

現在要做蛋糕，大阪燒等晚餐再做吧。

「好。那先來做蛋糕體吧。」

「我不喜歡只在旁邊看，我也要幫忙。」

「麵糊就交給我拌吧！」

「天狼星少爺，準備好了。」

我立刻準備開始做蛋糕，艾米莉亞卻已經把材料都拿出來，站在廚房前面。她從我們的對話得知所需的材料，事先做好準備。這孩子的隨從技能越來越厲害了。

「不愧是艾米莉亞。」

「謝謝您的誇獎。可是我不知道那個『大阪燒』的材料……到底要用什麼東西呢？」

「噢，沒關係，那個晚餐再吃。總之今天來開蛋糕派對吧。」

「蛋糕派對……聽起來真棒！」

於是，我和心情很好的弟子們開始動手做蛋糕。

蛋糕體交給幫忙做過蛋糕好幾次的艾米莉亞他們幫忙，我則負責鮮奶油和分配材料等有難度的部分。這次要做的量比較多，糖加少一點好了。

過了一會兒，我們把一起做的麵糊放進類似烤箱的魔導具，把鮮奶油和要冰的東西冰進類似冰箱的魔導具，終於告一段落。

之後只要等蛋糕體烤好再收尾即可。

「把烤箱做得大一點是對的。一個一個烤說不定會烤到晚上。」

「天狼星少爺，亞普還剩下一個，要怎麼處理？」

「直接吃好了。」

「瞭解。雷烏斯，拿盤子來。」

「喔！」

艾米莉亞把剩下的亞普切好後放到桌上。

這種時候我不先吃大家就不會開動，然而在我準備拿一塊來吃時，艾米莉亞先伸手把亞普送到我嘴邊。

「天狼星少爺，請張開嘴巴。」

「不，我自己就能吃。」

「這樣就算不上我的獎勵了！」

艾米莉亞微微鼓起臉頰，像在鬧彆扭一樣。

對喔。艾米莉亞今天早上第一個告訴我她的要求，內容卻是希望我讓她服侍。

一般來說應該要反過來才對，但她好像很不滿意平常我都不會把小事情交給她做。就我看來她會幫我泡紅茶，還會幫忙打掃和做菜，已經為我做很多事了，艾米莉亞卻嫌不夠。她說的「服侍」其中之一就是餵我吃東西嗎？

「來，啊～」

「妳真的很喜歡餵人，豐穰祭的時候也是。」

「那當然。啊，我今天還會去幫您擦背。」

「妳高興就好。可是不准光著身體來喔。」

「……是。」

為何如此失望？

真希望她再有羞恥心一點——我帶著父親般的心情吃下亞普，莉絲也拿著亞普送到我嘴邊。

「天、天狼星前輩，請用！」

「莉絲，妳也是嗎……」

「啊，你不喜歡的話也沒關係……」

「我沒說不喜歡。來，餵我吃吧。」

「好、好的！」

莉絲紅著臉餵完我亞普後，看了看自己的手又看看我的臉，露出柔和的微笑。

「嗯，我好像明白艾米莉亞的心情了。雖然很難為情……還滿開心的。」

「我就覺得妳會懂。下次——不，今天一起幫天狼星少爺擦背吧。」

「咦!?這個……嗯，試試看好了？」

「妳們給我等等！」

說起來，三個人一起進浴室太擠——不對，沒想到莉絲也要。

儘管我克制得住，被成長得可愛又有魅力的兩人碰觸會害我心跳加速也是事實。從她們對我的好感來看，總覺得就算我對她們出手她們也會接受。尤其是艾米莉亞，她可能會開心地脫掉衣服。

我並不打算碰她們，但這種事對青春期的身體來說太難熬，真希望她們收斂點。

「拜託不要兩個人一起。自重點好嗎？」

「沒辦法。那就今天由我來，明天換莉絲吧。」

「我、我會努力！」

再繼續拒絕下去，艾米莉亞可能會覺得自己魅力不夠，灰心喪志，所以這就是最終的妥協點了。事到如今說這個也有點奇怪，我還真沒想到她們會這麼喜歡我。

我栽培、對待弟子的方式跟前世一樣，不過上輩子的我完全是個大叔，現在則是年齡相近的男孩，所以或許也是無可奈何。

我不會因為這兩人是我的學生就不想娶她們。就跟一夫多妻並不罕見一樣，這個世界對男女關係很寬容，不會被人用異樣的眼光看待。

然而現在的我居無定所，雖說賺得了錢，生活其實稱不上穩定。

只要我想也不是辦不到，但我的目標是畢業後環遊世界，成為老師。莉絲還不知道，至於願意陪我踏上旅途的艾米莉亞，總有一天必須給她明白的答覆。不是以師父的身分，而是以一名男人的身分。

畢業後在旅途中找到安全的地方再答覆她最為理想，可是一直處在曖昧關係下，艾米莉亞未免太可憐了，是不是至少該給她個承諾？

在我煩惱之時又有一塊亞普遞過來，不知為何這次是雷烏斯。

「大哥，嘴巴張開。」

「為什麼連你也？」

「因為我也喜歡大哥，想餵大哥嘛。」

我和雷烏斯絕非那種關係，我們喜歡的都是異性。

恐怕雷烏斯以為這是不分男女，對喜歡的人做的行為吧。

雷烏斯明明很天然，卻缺乏戀愛方面的知識，相當危險。也許該教他一些那方面的事了，順便當成情操教育。

順帶一提，我本來是拒絕的，可是雷烏斯非常難過，我只好乖乖給他餵。

之後蛋糕體烤好了，在我用鮮奶油及水果裝飾蛋糕時，一陣傳遍鑽石莊的鈴聲響起。

「我去看看。」

我還沒開口，艾米莉亞就率先走向大門。

剛才的聲音是用來代替門鈴的。門口有一條繩子，拉一下鈴就會響，是很簡單的機關。我的話只要有人來就感應得到氣息，不過還是需要這種裝置吧。

大門在蛋糕完成時打開，艾米莉亞帶著客人進入客廳。

「午安，天狼星。不好意思突然打擾。」

「姊姊!?妳怎麼來了？」

「我不能來嗎？」

「不是啦，我只是希望妳來之前先告訴我一聲。」

來者是把頭髮染成其他顏色，經過喬裝的莉菲爾公主。賽妮亞和梅爾特當然也隨侍在後。

莉絲因為莉菲爾公主突然的來訪嚇了一跳，喜孜孜地走到姊姊旁邊。

「呵呵，我空出了一點時間，就跑過來了。是說……眼前的景象讓人覺得非常幸福呢。」

不愧是姊妹，莉菲爾公主被桌上的蛋糕奪去目光。

雖然三位是預料外的客人，其實他們來得正好。

多了三個人空間實在有點小，不過擠一擠還是能勉強讓所有人入座。艾米莉亞和雷烏斯準備多拿一些椅子來，賽妮亞卻搖頭婉拒。

「我們來得這麼突然，又是公主的隨從，站著就可以了。」

「這怎麼行。在鑽石莊不管身分，大家一起坐著吃飯才是正常的。」

「站著吃很難看耶。梅爾特先生也坐下啦。」

「嗯。抱歉。」

兩人不敵姊弟倆的魄力，勉為其難入座。他們似乎覺得跟主人莉菲爾公主同席太踰矩，可是鑽石莊規定無論是不是隨從，大家吃飯時都是平等的。莉菲爾公主也不在意，和莉絲聊得很開心，應該沒問題吧。

還有，莉菲爾公主已經偷偷來過鑽石莊好幾次，早就習慣穿拖鞋了，筷子也用得很熟練。

不愧是下任女王，適應力真的很高。

在莉絲陪莉菲爾公主聊天的時候，三個蛋糕完成了。

三個蛋糕都切成固定大小，放在桌上讓大家可以自由取用喜歡的口味，艾米莉亞和賽妮亞則趁這段期間準備好所有人的紅茶和盤子。

「唉……這麼多蛋糕放在一起，跟作夢一樣。真想誇獎決定今天要來這裡的自己。」

「您高興就好。不過，這算是我給弟子們的獎勵，可以優先給他們吃嗎？」

「別在意。我們只是因為有點事要處理才來露個臉，分得到蛋糕吃就夠了。」

「謝謝您。來，你們也吃吧，別客氣。」

「嗯！那……我開動了！」

我拿了一塊蛋糕發號施令，弟子們便以莉絲為首，自由拿取蛋糕。

艾米莉亞吃完一塊才會拿下一塊，雷烏斯拿了兩塊自己喜歡的草莓鮮奶油蛋糕，莉絲則把盤子放得滿滿的，每個人的個性都體現在對吃的態度上。

我只要一塊就好，因此我幫莉菲爾公主每種口味都拿了一塊，將盤子遞給她。

「蛋糕還有很多，吃完可以再拿。賽妮亞小姐和梅爾特先生也不要客氣。」

「謝謝你，天狼星。一次能吃到三種口味的蛋糕真奢侈。」

「不好意思。那我就恭敬不如從命了。」

「謝謝。我吃這個水果蛋糕好了。」

大家都開動了，所以我也準備吃我自己的份，這時卻有一根叉著蛋糕的叉子慢慢送到我面前。

犯人是艾米莉亞，我懶得多說，便默默吃下蛋糕。

「呵呵呵……要不要再一塊？」

「好啊。不過不要顧著餵我，妳自己也要吃。」

「我已經吃了兩塊，足夠了。能為天狼星少爺服務就是我的幸福。」

艾米莉亞看起來真的很幸福，不停餵我吃蛋糕。搞不好她連紅茶都想餵我喝，只有這個必須阻止，因此我始終把杯子拿在手中。

莉菲爾公主像個發現有趣事物的孩子般，看著散發戀人氛圍的我們。

「你們真恩愛。艾米莉亞我還可以理解，不過天狼星也挺習慣的呢。你們一直都是這樣嗎？怎麼一點都不害羞。」

「姊姊一逮到機會就這麼做，大哥早就習慣啦。」

沒錯，說起來就是習慣。

因為以前媽媽也常餵我吃東西。

「這樣半吊子的誘惑大概勾引不了你呢。相較之下我的妹妹……」

「姊姊，蛋糕的甜味和水果的酸味搭起來真是太棒了。」

「……卻是這副德行。我能理解蛋糕有多吸引人，可是莉絲，給我振作點！天狼星娶了妳的話就是我的妹夫，總有一天說不定會願意當我的部下喔？」

「咦？咦？姊姊不喜歡吃水果蛋糕嗎？」

「不是啦──！還滿喜歡的，不過我不是在講這個！別提蛋糕了！」

哎……雖然扯到食物莉絲會變得有點那個，我認為她非常有魅力喔。

原來莉菲爾公主一直把莉絲推薦給我是有目的的，但我知道她將莉絲的幸福看得最重要，所以怒火也熄滅了。希望她至少不要在當事者面前提及這件事。

這段對話持續了一會兒，莉絲終於理解莉菲爾公主的意思，羞得面紅耳赤，莉菲爾公主則露出若無其事的笑容看著我：

「對不起。我有點太超過了。」

「沒關係啊。比起這個，莉菲爾公主來這裡是為了……？您剛才說有點事要處理……」

「有事的人不是我，是梅爾特。我只是聽到他要來找你們，跟著過來而已。」

「我試圖阻止公主，可是公主不聽。」

「我最喜歡講了那麼多最後還是願意帶我來的梅爾特了。來，讓我摸摸你的頭。」

「請您不要在這種地方做這種事！關於我來這裡的理由……」

梅爾特被莉菲爾公主纏著，開始解釋來找我們的原因。

從結論來說，是為了現在在找學生做的個人面談。

城裡似乎決定派幾個人來幫忙，以便讓學校快點重新開課，但鑽石莊在很遠的地方，負責找我們面談的人嫌麻煩，這時梅爾特剛好路過。

梅爾特心想可以看看莉絲，順便幫莉菲爾公主帶蛋糕回去，從那個人手中接過約談我們的工作。他跟莉菲爾公主報告這件事後，莉菲爾公主硬是跟了過來。

梅爾特說明完事情緣由，拿出資料放到桌上。

「就是這樣，我想找你們進行個人面談。吃完蛋糕方便抽些時間給我嗎？」

「可以讓我看一下嗎？嗯……好多麻煩的問題，雖然這應該是為了連潛意識都調查到。大概會花一點時間唷。」

「所以聽說目前只約談完一半的學生。抱歉，有沒有房間可以用來一對一面談的？」

「有一個空房間，可是那是倉庫。雷烏斯，能不能用你的房──」

「……天狼星他們都沒問題……好了。要不要我簽個名？」

在我考慮借雷烏斯的房間用時，莉菲爾公主在資料上寫下結果。她好像很擅長處理文件，轉眼間就填寫完畢，文件上寫著我們已經面談過了。

「啊啊……您又擅自做決定了。要是上面有您的簽名事情會變得很難處理，請您絕對不要這麼做。」

「姊姊，能省下時間是很好，可是這樣真的可以嗎？」

「因為你們又不可能做那種蠢事？假設你們真的做了壞事，那也是沒看清大家本性的我們的錯。」

「莉菲爾殿下，您說得對！天狼星少爺絕對不會做那種事。而且天狼星少爺應該可以不釀成那麼大的騷動，在誰都沒注意到的情況下偷偷改變他人的觀念吧。」

「你看。最瞭解天狼星的艾米莉亞都這麼說了，沒問題的。」

「……我怎麼覺得後面那幾句話有問題？」

就這樣，要花好幾個小時處理的事，在王女的獨斷專行下幾分鐘就結束了。

之後莉絲被姊姊逼著餵我吃蛋糕、和大家分享在鑽石莊的生活，蛋糕派對和平地繼續進行。

在蛋糕逐漸變少，三人默默爭奪最後一塊起司蛋糕時，鈴聲再度響起。

我憑氣息和魔力立刻得知對方是誰，便叫艾米莉亞去開門，可是來者其實是不該來這裡的人。

「那個……客人來了。」

「打擾了。噢，這不是莉菲嗎？真巧，竟然會在這種地方遇到妳。」

「哎呀，叔叔。好久不見。」

走進客廳的人，是羅德威爾校長。

他第一次來鑽石莊。他應該在忙著為革命事件善後，為什麼會跑到這裡？

雖然心存疑惑，我還是加了張椅子，桌子前面又多了一個人。

人稱魔法大師的學校最高負責人和下任女王候補集合在平民的宿舍，這個狀況挺不得了的。

「叔叔為什麼會來這裡？你還有很多工作要做吧。」

「嗯……多到讓人想哀號。來這裡是為了放鬆一下。」

說是放鬆，我倒認為有一半是逃過來的。

處罰引起那場騷動的主犯和贊同、幫助他們的人，還要應付因為小孩子被牽連進去，跑來抱怨的貴族家長等等，校長要做的事真的很多。

外加沒能防患於未然的責任。

照理說校長應該會被革職，最後卻決定繼續由他擔任校長，不愧是在這個位置上坐了那麼久的人。儘管他看起來只是個蛋糕狂熱者，好歹是在各領域都很活躍的大人物。

「剝奪主犯和那些貴族幫凶的身分的手續、去貴族學生家跟他們的家長說明……真是夠了。」

校長冷靜地述說結果——有一半是在抱怨就是了——視線落在剩下的蛋糕上。

這麼說來，在那之後我真的沒帶蛋糕給他，難道才過兩天蛋糕的療效就沒了嗎？說不定是因為越忙糖分消耗得就越快。

「……要吃嗎？」

「可以嗎？」

「您那麼忙，讓您白來這裡一趟也挺失禮的。」

要逃的話應該會去更不容易被發現的地方，他來這裡是下意識追求甜點吧。

我向他說明這場派對主要是在獎勵徒弟，告訴他如果是剩下來的蛋糕他可以吃後，校長露出燦爛的笑容。

「哎呀……真高興。這樣就能再撐兩天囉。」

「果然只能撐兩天嗎……」

「那我不客氣了，這塊起司蛋糕——」

「叔叔，那是我們的目標。」

「對啊。草莓鮮奶油蛋糕還有剩喔。」

「最後一塊我是不會讓給別人的！」

人家好歹是長輩，鑽石莊悠閒的氣氛以及對蛋糕的執著，卻讓他們跟校長講話有點沒大沒小。校長本人好像並不在乎，所以就算了吧。

「看盤子的數量，你們已經吃夠多了吧？我都在工作，累得要死，優先讓給我又沒關係。」

「這跟那是兩回事！再說還不都是因為你都在做研究。前幾天的革命要是叔叔沒有埋頭於研究中，應該能用更好的方式解決。」

「唔!?哎呀……哈哈，這話真刺耳。」

「所以起司蛋糕不能給你。來吧，莉絲，雷烏斯，用你們剛才教我的猜拳一決勝負！」

「莉菲！拜託通融一下！」

低等級的爭論持續了一段時間，最後是莉絲獲勝。

沒吃到起司蛋糕的校長雖然很不甘心，其他蛋糕他都吃到了，因此他好像還算滿足。

真的只是來吃蛋糕的校長回去後，莉菲爾公主也回城了。

託她和梅爾特的福，個人面談一下就結束，之後只要等學校開課，生活就會恢復原狀吧。終於有種革命事件結束的實感。

然而，我還有要做的事。雷烏斯和莉絲的願望都實現了，只剩下今天一天讓她服侍的艾米莉亞的要求。我坐在稍微靜下來的鑽石莊的沙發上，感受著騷動結束後的安寧，放心地吁出一口氣。

當天晚上……

「我不是說過不要光著身體來了嗎！給我用浴巾遮一下！」

「我想讓天狼星少爺看看我的成長！」

「大哥，也看看我吧！」

「啊嗚嗚……裸體太強人所難了啦……」

「你們夠了喔！」

……鑽石莊大概還靜不下來。

《歸處》

在艾琉席恩待了四年多……我在前些日子滿十五歲，雷烏斯也在昨天變得跟我同歲。

因此，我們在學校放假的假日來到冒險者公會。

因為這個世界滿十五歲就能申請加入。

順帶一提，冒險者公會對城市發展是不可或缺的，全世界到處都有，是大城市絕對不會缺少的設施。

簡單地說，加入公會就能把魔物的身體部位賣給他們，接市民的委託賺取報酬……差不多這樣吧？

對於冒險者這種四處漂泊的職業來說，冒險者公會是能賺錢的重要設施，畢業後要踏上旅途的話絕對要加入。

講點題外話，比我大一歲的艾米莉亞一年前就符合條件了，可是她想跟我一起，所以還沒加入。

總之我和雷烏斯已經滿規定年齡，所有人便一起來辦手續。

「是說，莉絲真的也要加入嗎？」

「嗯。媽媽本來也是加入公會的冒險者，我其實有點嚮往。」

「不過莉絲姊不怎麼喜歡戰鬥吧？」

「是沒錯，可是公會的委託不是只有打倒魔物呀。」

公會的委託種類五花八門。

魔物討伐、護衛商人，視情況還有打掃城市的。與其叫它冒險者公會，不在意說法的話也可以說是萬事屋。

而且莉絲擅長治療魔法，不接戰鬥委託也能賺錢，加入一下也不會有損失。

「只要加入公會，我一個人也能賺大錢呢。」

「艾米莉亞，妳有想要的東西嗎？既然如此跟我說一聲就好……」

「不，我想自己賺錢。因為我們的生活費一直都是由天狼星少爺出。」

「對啊！之後我們要賺一堆錢給大哥！」

我偶爾會把新商品的點子賣給賈爾岡商會，藉此賺一些錢。我們的餐費和生活費都是拿這些錢支付的。

艾米莉亞雖然說這樣他們都在依賴我，你們是我的徒弟也是隨從，做主人的我付錢是當然的。

每個月我都有給零用錢，假如他們有想要的東西，只要說明原因我也會買給他們。

總而言之，我不打算在願意跟隨我這種人的徒弟的撫養費上計較。至今兩姊弟對錢都不怎麼在乎，現在竟然會因為這種理由想賺錢。你們是想讓我感動到哭嗎？

「就是要這樣。我來賺錢支撐生活，讓天狼星少爺自由地過日子。」

那個……不就只是單純的小白臉嗎？

「靠打倒魔物賺錢，回家後吃大哥做的飯，這種生活也不賴。」

這邊則是要我當家庭主夫？

我好像沒那麼感動了，這種生活可能會害我墮落，所以我告訴姊弟倆他們的好意我心領了。

位在艾琉席恩一隅的冒險者公會·艾琉席恩分部。

為了收集地下情報，我喬裝來過這裡好幾次，以平常的模樣走進來倒是第一次。

公會裡面還有酒吧，擺了許多桌椅，種族各異的人聚集在那裡喝酒，開心地與夥伴聊天。

像我們這樣的小孩走進這種地方當然很顯眼，大家的視線都集中在我們身上。

他們全都像在看可疑人物似的，明顯不歡迎我們，但我們毫不在乎，抬頭挺胸走到櫃檯前面。

櫃檯全都有人，這時最旁邊的櫃檯剛好空出來，我們便排到前面。接待人員是一名人族女性，對站在面前的我們露出柔和笑容。

「歡迎來到冒險者公會艾琉席恩分部。有事委託的話，請先將委託內容及報酬金額寫在這張紙上。」

「不，我們要加入公會，不是來委託的。」

「咦？噢，不好意思。來入會的嗎……」

她的營業笑容雖然沒有消失，我好像看到她眼中閃過一絲憂鬱。這人看起來不是不歡迎我們，眼裡的憂鬱也馬上就消失了，因此我沒多說什麼。

櫃檯小姐又重新審視我們一番，像在質問我們般認真詢問：

「我確認一下，各位知道公會要十五歲以上才能加入吧？」

「是的。我們四個都已滿十五歲，沒有問題。」

「……明白了。各位似乎是沒問題。」

規定雖然說要滿十五歲，只要外表和氣質看起來不要明顯是個小孩，好像還是能通過。

由於這個世界和上輩子不一樣，不會管理每個人的情報，在這方面算是灰色地帶吧，總之就是看負責人員的判斷。

「您看得出來嗎？」

「到目前為止我看過許多冒險者和新人，隱約感覺得出他們有沒有說謊。那麼請在這張紙上填入所需的資料。還有登記費一個人要一枚銀幣。」

我們從她手中接過四張紙，填入姓名、年齡等簡單的個人資料。

上面的欄位還有擅長武器及屬性，莉絲有點迷惘。

「那個……我沒用過武器，這裡該怎麼填才好？」

「空著就行了。因為也有以魔法為主的人。」

「我是小刀，這樣天狼星少爺也是小刀吧？」

「可是姊姊，大哥也會用劍耶？應該填劍吧？」

「不，跟我一樣是小刀！」

「是劍啦，劍！」

「別因為這種無聊事吵架。」

不要因為想跟我一樣就無視本人的意見吵起來啊。

我確實常用小刀，但那只是因為我的戰鬥方式適合小刀，對於武器並沒有特別執著。

選哪一個都會很麻煩，因此我寫了體術。

在這場爭執過後，我們填完資料，櫃檯小姐拿出用來判斷屬性，上面有顆透明水晶的透明魔導具。

「接下來要調查屬性。雖然這情況滿少見的，有些人資料上填的屬性會跟實際屬性不一樣，或是有不知道自己屬性的人，所以加入公會時需要測一次。那麼艾米莉亞小姐先請。」

艾米莉亞把文件拿給她，碰觸魔導具，水晶發出綠色光芒。光芒比之前看到的還要強烈，可見艾米莉亞的魔力量有所提升。

這麼強的光害櫃檯小姐嚇了一跳，不過她馬上笑著在文件上畫了個圈。

「艾米莉亞小姐擁有非常驚人的魔力量呢。確實是文件上寫的風屬性。接著是……」

之後的雷烏斯和莉絲也是同樣的展開，附近的人也開始注意這裡，大概是發現水晶的光芒有多麼強烈了吧。輪到我的時候……

「最後是天狼星先生……文件上記載的內容沒有錯嗎？」

「是的，沒有錯。」

「我明白了。那個……如果我讓您感到不快，十分抱歉，需不需要我說明一下情況，讓您使用裡面的房間？」

她應該是怕我在這麼多人的注目下測出不幸的無屬性，會惹出什麼麻煩。

她是出於善意為我著想，真是溫柔的人。

「謝謝您。不過我直接測就好。」

「……這樣呀。那麼請把手放在這裡。」

我把手放在魔導具上，水晶開始散發遠比弟子們還要刺眼的光芒。光芒強到讓人下意識瞇起眼睛，同時也代表明顯看得出我是無色。

我想這樣應該已經夠了，正準備拿開手，水晶卻突然發出低沉聲響，出現一道大裂痕，光芒也消失了。

每個人都目瞪口呆，只有兩姊弟精神百倍地歡呼。

「大哥果然很厲害！」

「以天狼星少爺的實力來說，這是當然的。少爺太過優秀，大家都說不出話來了呢。」

「我覺得大概不是這樣。不過……原來如此。魔力太強水晶會壞掉呀。」

「不、不愧是學校的學生。我第一次看見把魔導具弄壞的人。」

櫃檯小姐雖然很驚訝，想到我是學校的學生就接受這個結果了。拜其所賜，我是無屬性一事也不了了之，所以就這樣吧。

我也想過可能會被旁邊的冒險者嘲笑，但「學校的學生」這個身分似乎比想像中還有用。

麻煩事處理完後進到下一個步驟，好像要移動到其他地方測試戰鬥能力。公會的教官同時也是經驗豐富的冒險者，只要達成那個人出的任務就能加入。

我們等了一會兒，裡面走出一名體格強壯的中年人族男性。防具只有用皮革做的鎧甲和護腕，可是從那累積多年的經驗培養出的動作及氣勢來看，這個人八成就是負責實技測驗的老鳥教官。

「嗯……你們就是這次想加入的人嗎？」

「是的。您就是我們的教官吧？」

「沒錯。先自我介紹吧。我叫里德，考試結束前就叫我里德教官好了。」

「知道了。我叫天狼星。他們幾個是……」

介紹完三位徒弟後，里德教官帶我們來到公會後面的訓練場。

訓練場的構造和學校差不多，要說不同的話就是在裡面訓練的不是學生，而是年輕的冒險者吧。

角落有個地方有用土魔法做的人形標靶，我們排在那裡，聽里德教官說明考試內容。

「加入冒險者公會需要某種程度的實力。現在我要看看你們的實力，判斷你們有沒有資格加入公會。」

「要怎麼做啊？跟里德教官打一場嗎？」

「視情況也有可能要跟我打，不過我想先看看你們在資料上填的擅長武器和擅長屬性的魔法。之後有什麼問題再問你們。」

「不用武器的我可以只用魔法嗎？」

「這只是要調查你們有沒有能力戰鬥，只用魔法也沒關係。可是如果要我這個前輩給點建議，我會覺得為了因應魔力枯竭或被敵人拉近距離的情況，學會用武器比較好。」

「合氣道算不算在體術裡面呀？」

「『合氣道』？我沒聽過這東西，有其他攻擊手段的話之後讓我看看吧。先從……雷烏斯開始。」

「喔！」

教官一手拿著我們剛才填的資料指名雷烏斯，第一個接受測試的雷烏斯幹勁十足，向前踏出一步。里德教官雖然面帶笑容，視線卻頻頻落在雷烏斯的背上。

「有精神是件好事。但你真的揮得動那把大劍嗎？」

「那當然。只有這麼重這麼堅固的劍，才能讓我使出全力。」

「唔……不介意的話可以借我拿拿看嗎？」

「好啊。」

雷烏斯單手拿起隨便估計都超過五十公斤的大劍，遞給里德教官。教官也毫不遜色，用兩手穩穩接過劍，揮了一下。

「雖然有點重……是把好劍啊。」

「因為它是我的好搭檔嘛。我叫格蘭多爺爺幫我鍛的。」

「格蘭多嗎!?這麼厲害的劍確實只有他鍛得出來。」

「一般的劍我用一下就斷了。我要做什麼？砍這個標靶就好？」

「對。不知道你的劍術是跟誰學的，讓我見識一下吧。」

雷烏斯從教官手中接過劍，站在標靶前擺出剛天的架勢。

他調整呼吸，全力揮下大劍……下一刻標靶就碎掉了。碎成粉末。

響徹訓練場的巨大聲音令在附近練習的冒險者們停止動作。不意外。

「……失敗了。」

「失、失敗？哪裡失敗？」

「我本來想把它砍成兩半，結果不小心太用力，整個碎掉了。」

剛破一刀流是砍斷一切的鋼之劍技，看起來只是把劍往下揮而已，其實需要相當的技術。

力量稍微偏移一點就會導致衝擊分散，像剛才那樣把目標轟得粉碎。

萊奧爾爺爺光憑感覺就能駕馭這種技術，是個怪物。順帶一提，目標物碎掉似乎是不熟練的證據，要是被萊奧爾爺爺看到，他八成會大發雷霆。

碎掉的標靶緩緩降下，雷烏斯轉身面對教官，微微低下頭。

「可以讓我再試一次嗎？這次我會漂亮地砍成兩半。」

「不、不用了！我很清楚你的力量足以在外闖蕩，所以不用了！不如說力量太強了！」

「可是以失敗作結怪彆扭的，爺爺的話連後面的牆壁都砍得碎……」

「拜託你住手！連建築物都被破壞我可承擔不起！」

「現在的我要砍碎牆壁有點難，不過如果只是一道裂痕……」

「……雷烏斯，停。」

「嗯！」

我一句話就讓雷烏斯收起劍乖乖退到後面，教官鬆了一口氣，在資料上加了幾行字。

「我從來沒看過這麼異常的新人……總之雷烏斯合格了。這個嘛，以你現在的實力，連中級冒險者都會陷入苦戰的加歐拉蛇都打得贏吧。」

「加歐拉蛇我之前剛砍過啊？」

「……下一個，艾米莉亞。讓我看看妳的武器或魔法。」

順帶一提，加歐拉蛇是棲息在離艾琉席恩有段距離的湖裡的蛇型魔物，鱗片硬到會彈開不夠利的劍，還會做出讓人砍不中的特殊行動，連中級冒險者都很難討伐成功。

前幾天，我們想送加歐拉蛇的肉給剛到艾琉席恩時住的旅館「春風停歇之樹」，便去湖邊討伐加歐拉蛇。結果如雷烏斯所說，他在我們封住加歐拉蛇的行動時，用劍將牠一分為二。

一個連冒險者都不是的小孩，說自己已經殺過連中級冒險者都覺得棘手的魔物。教官看起來很混亂，但大概是老鳥的自尊心使然吧，他沒有表現出動搖，開始測試艾米莉亞。

「用我的魔法攻擊旁邊的標靶就行了嗎？」

「嗯。資料上寫著妳擅長風魔法和小刀，希望妳都施展給我看看。」

「我明白了。那麼……」

艾米莉亞從懷裡拿出數把飛刀扔出去，清一色射向手肘、膝蓋等關節部分。

我想她應該是想先封住對手的行動。艾米莉亞用小刀射中會妨礙行動的部位後，最後再用「風彈」擊碎目標。

過程暫且不論，標靶的下場倒是跟雷烏斯一樣。

「這樣可以嗎？」

「合、合格。下一個是莉絲。」

艾米莉亞俐落的動作，令教官無話可說。

接著輪到莉絲，她好像有點緊張，因此我輕拍她的肩膀讓她放鬆下來。

「平常心就好。」

「嗯。那……開始了。」

莉絲深呼吸了一次，使出射出水球的初級水魔法「水球」。

但那顆水球比一般水球還要大好幾倍，足以把整個標靶罩住。水球整顆變髒後，莉絲解除魔法，用土做成的標靶徹底化為泥塊。

「這是用來讓對手混亂的魔法。對人用這個會害他溺死，所以我馬上就會解除。」

「不太適合用來攻擊的『水球』，竟然還有這種用法。話說回來，剛才妳說的『合氣道』到底是什麼？」

「是敵人逼近時用的護身術。比起用說的，實際表演一下應該更快吧？」

「那我來當敵人。」

「麻煩你了。」

雷烏斯卸下劍，用五成左右的力道對莉絲揮拳，莉絲迅速抓住他的手腕，把他拉向自己後用腳絆倒他，雷烏斯在空中轉了一圈，被莉絲摔在地上。

練習時雷烏斯中過好幾次這一招，所以摔在地上時的防禦動作做得非常完美。他若無其事地站起來，拍掉衣服上的灰塵。

「這招可以利用對手的力量把他扔出去，像我這種對力氣沒自信的人也可以用。」

「嗯……還有這種招式啊。雖然使用時要看對象，以護身來說足夠了。」

不愧是經驗豐富的教官，看得出雷烏斯不是故意被莉絲摔出去的。

宣布莉絲合格後，教官看了下我填的資料，看起來有點迷惘。

「你就是天狼星嗎？聽說你的魔力量足以破壞魔導具，屬性卻是無屬性……太殘酷了。」

「我想問個問題，還有其他人讓那個魔導具壞掉過嗎？」

「除了道具劣化外，我從來沒——不，只有一個。就是人稱魔法大師的羅德威爾大人。聽說他碰到魔導具時，水晶都碎成粉末了。」

儘管我投胎轉世後一直在努力，那個魔法大師不僅活得比加上前世年齡的我還要久，擅長的屬性還有三個。

再加上他不會因為才能與地位驕矜自滿，工作那麼忙仍然不忘鑽研魔法，是個很努力的人，所以在魔法方面羅德威爾遠比我厲害。

不過為什麼呢？一想到校長，比起在革命事件時看見的帥氣模樣，我只會想到他吃蛋糕吃得津津有味的畫面。

「擅長武器是……體術？你不用武器嗎？」

「不是不用，我習慣視情況改變戰鬥方式。硬要說的話大概就小刀吧？」

「唔……抱歉，可以跟我打一場模擬戰嗎？」

「可以啊。規則怎麼定?」

「打中對方有效的一擊或對方認輸就贏。我會控制力道,不用武器,你放心上吧。」

我們都兩手空空,拉開一段距離相對而立。

演變成要打模擬戰的事態了,該如何進攻呢?目的是要讓他知道我使用的體術,因此不能用魔法,暴露太多實力也有點那個,我看速戰速決好了。

我壓低姿勢衝出去,以瞄準他的腳邊,教官則看穿我的目的出拳迎擊。

我抓住他的手,想用莉絲剛才用的那招把他扔出去,可是教官好像看一次就想到破解法了。

他沒有反抗,反而主動跳起來在空中轉了一圈,讓雙腳先著地。除此之外還抓著我的手,加強力道避免我逃掉。

不愧是身經百戰的老手,可惜不讓我逃掉是錯誤的抉擇。

既然他不放開我,我乾脆反過來壓制住他。

我用雙腳夾住他被我抓住的手,讓教官的手和我的身體貼在一起,再讓他拳頭朝上,緊緊抓住他的手用力往後扯。

教官痛得悶哼出聲,倒在地上,我卻沒有放開他。簡單地說,這就是我上輩子在摔角比賽和格鬥技看過的腕十字固定。

只要這一招成功，即使對方跟自己有體格差距也幾乎不可能掙脫。本來就夠痛了，想用蠻力掙脫的話肌肉更是會痛到不行，是外行人不能亂用的危險招式。

教官被從來沒見過的招式制伏，雖然很錯愕還是拚命忍耐疼痛，我輕聲詢問：

「您要投降嗎？」

「唔……我投降……」

於是，我們統統合格了。

之後我們回到櫃檯，等待冒險者公會的加入證明——叫做公會卡的牌子做好。

順帶一提，里德教官一點都不在意敗給我這個小孩，反而誇我用的招式有趣，拜託我教他。

他想要辭職回去重新學習，很有上進心，不會因為我是無屬性就對我有差別待遇，我想跟這樣子的人維持良好關係。

由於公會卡要花點時間做，櫃檯小姐趁這段期間為我們解釋公會的細部規則及注意事項。

「公會卡上面畫著特殊的魔法陣，剛拿到要滴一滴血進去。這樣魔力就會與卡片同調，那張公會卡會變成全世界只有一張的卡片。也可以拿來證明身分唷。」

「也就是說，進艾琉席恩或其他城市的時候，審查會比較輕鬆對吧。」

「偶爾會有例外，不過確實是這樣。不同大陸的卡片形狀可能會不一樣，但魔法陣是共通的，在每間冒險者公會都可以用，請各位放心。然後加入的同時會幫各位分配等級——」

簡單地說就是，加入公會時會有一個等級，藉由達成委託或討伐魔物，讓公會承認你的功績，等級就會提升。

常聽到有人在說初級、中級冒險者，這是在特定等級之間的大概標準。

加入時從十級開始，七級以前是初級冒險者。升到六級就會被稱為中級冒險者，三級以上則是上級冒險者。順帶一提最高是一級，不過再上去好像還有更高的。

公會的委託會分等級，等級不夠就不能接那件委託。

漫長的說明過後，四人份的卡片送來了，我們拿起寫著名字的卡片。

「卡片上面有個畫魔法陣的地方對不對？請把血滴進那裡。」

卡片是木製的，可是非常軟，不會輕易斷掉或壞掉。等級上升好像會換成不同材質的卡，我有點期待。

總之我照她所說滴了一滴血，魔法陣開始發出淡淡光輝，過一會就消失了。

「辛苦了，這樣就登記好囉。發新卡需要五枚銀幣，請小心不要弄丟。」

「好的。這是登記費。」

我從懷裡拿出四枚銀幣給她。莉絲本來要自己付，但我告訴她身為我的徒弟用不著客氣，逼她讓我出錢。

櫃檯小姐接過銀幣，突然嚴肅地對我們說：

「那個……這是我個人的忠告，最近常聽說有新人接太高難度的委託，之後再也沒有回來。你們也要小心點唷。」

原來如此，聽到我們要加入公會時她露出的憂鬱神情，就是因為這件事嗎？這個人送走了無數的新人離開公會，也接獲無數次他們再也回不來的報告。給完我們建議後，這次她露出普通的笑容，幫我們挑選適合新人接的委託。

話雖如此，目前不愁沒錢用的我們沒理由急著提升等級，因此我們沒有接委託就離開公會。之後我想為順利加入公會開慶功宴，便前往賈爾岡商會購買食材。

弟子們邊走邊喜孜孜地看著公會卡，莉絲看起來是最高興的。

「瞧妳高興成這樣。」

「嗯。因為我跟媽媽一樣當上冒險者了嘛。而且……這樣會給我一種我也能獨當一面的感覺，所以我很開心。」

「莉絲姊早就能獨當一面了吧？妳不是還被人叫做『青之聖女』嗎？」

之前的革命事件時，莉絲不僅勇敢奮戰，還幫忙治療受傷的學生。傷患人數最後好像超過兩百人，莉絲一個人就治療了半數以上。

效果絕佳的治療魔法，再加上豐富的魔力量。好像還有人迷上她溫柔的語氣及令人放心的笑容。

莉絲的事蹟在校內傳開，不知不覺被人取了「青之聖女」這個別名。不過她本人覺得很難為情，堅決否認就是了。

「那、那只是大家自己要這樣叫我啦。獨當一面是指我能靠自己的力量加入冒險者公會。」

「對呀，莉絲真的很努力。剛拜天狼星少爺為師時，妳常常累得倒在地上，讓天狼星少爺或我背著妳。」

「不是的，我能努力到現在，是因為有大家的幫忙。現在想想，已經四年過去了呢……」

莉絲感慨地瞇起眼睛，望向天空。

不曉得莉絲決定畢業後要怎麼辦了沒，我們到現在還沒問過她。

以前她好像覺得艾琉席恩待起來很彆扭，如今她跟父親和解了，又是優秀的治療魔法師，應該哪裡都能待吧。根據我的預測，莉菲爾公主差不多要認真找她當自己的專屬醫師了。

如果我邀她畢業後和我們一起去旅行，莉絲八成會答應，但我覺得這樣好像在利用她對我的好感。

我不是不想對她負責。

而是認為莉絲要走的道路，必須由她自己決定。

艾琉席恩有她珍視的家人，莉絲選擇留在這邊也不奇怪，因此無論她決定如何，我都會接受。

離畢業還有……一年。

雖然還不知道莉絲要怎麼做，得開始準備踏上旅途了。

——艾米莉亞——

加入冒險者公會後，過了幾天……我們姊弟倆和莉絲在艾琉席恩的旅社「春風停歇之樹」集合。由於這件事沒讓我的主人天狼星少爺知道，在場的只有我們三個。

因為等等大家要討論的內容要對天狼星少爺保密。

有事瞞著天狼星少爺固然令人心痛，可是我用「我無論如何都想讓天狼星少爺高興」當理由來說服自己。

我們坐下來準備開始討論，這時旅館的老闆娘走了過來，我便向她行禮道謝。

「謝謝您把這個地方借我們用。」

「沒什麼，一張桌子而已，你們自便就好。不過你們沒跟天狼星在一起還真稀奇。」

「我也這麼覺得。沒想到姊姊會願意離開大哥身邊。」

目送回去工作的老闆娘離開後，雷烏斯歪著頭對我說。

我的弟弟真失禮。我確實非常喜歡天狼星少爺，但我可不打算成為整天黏在主人身邊，讓主人感到困擾的隨從。

天狼星少爺想必會有想要自己一個人的時候，我也必須學會洞悉天狼星少爺的心情，迅速離開他身邊。這點小事不算什麼——不算……什麼……好想見天狼星少爺！

「姊姊!?妳幹麼……好痛……」

「等等，艾米莉亞!?為什麼要用力掐雷烏斯的頭!?」

「啊!?」

糟糕，一想到少爺就會想見他，還是別再想了。

雖然我已經開始想念少爺，身為少爺的隨從，得保持冷靜才行。

我鬆開下意識對雷烏斯使出的鐵爪功，摸著他的頭向他道歉。

「嗚嗚……為什麼我贏不了姊姊？」

「因為我是你姊呀。進入正題吧，找你們過來沒別的原因，我想送禮物給一直照顧我們的天狼星少爺。」

我們能度過這麼平穩的生活，都是拜天狼星少爺所賜。肚子餓的時候、生病的時候、訓練的時候以及平日的關照——例子多到舉不完。

正因如此，我才將身心奉獻給天狼星少爺，想報答他的恩情……天狼星少爺卻遲遲不肯收下我的身體。

艾莉娜小姐明明說過「男性到了一定年齡會做好準備，所以積極地對他示好吧」，是哪裡出了問題呢？

為了滿足天狼星少爺，我的胸部也變得這麼——不，用不著著急。我的身體總有一天一定會獻給天狼星少爺，先想想現在能送什麼禮物給他吧。

「前幾天，我們加入了冒險者公會，可以自己賺錢了。我想用我們賺到的錢買禮物送天狼星少爺……」

「喔喔！不錯喔姊姊！」

「嗯，我也贊成。」

太好了，他們都贊成。不過我本來就沒想過這兩個人會拒絕就是了。

現在天狼星少爺在賈爾岡商會談生意。我不清楚詳情，聽說是要去訂製之後會用到的東西。

今天少爺允許我們自由度過。天雖然才剛亮，天狼星少爺吩咐晚餐時間前要回來，所以動作得快一點才行。

「那麼立刻開始行動吧。其實我已經跟公會接了兩件委託。」
「姊姊，有必要那麼急嗎？改天也可以吧……」
「我不想離開天狼星少爺那麼多次。」
「我懂了！」
「你竟然懂啊！不對，我也不是不懂啦……」
照顧天狼星少爺是我活著的意義，所以我不想離開少爺身邊。
總之得到他們的理解後，我拿出委託書放在桌上。
內容是調查哥布林在艾琉席恩附近築的巢，以及去離艾琉席恩有段距離的湖——加歐湖採集水晶花交給公會。
兩人看完委託書，納悶地朝我看過來。
「不是討伐任務，是調查和採集任務啊。報酬只有幾枚銅幣和一枚銀幣。」
「對呀。我不知道妳想買什麼禮物給天狼星前輩……這些錢夠嗎？雖然禮物不一定要買貴的，可以的話還是想送好一點的東西吧？」
「我們才剛加入公會，只能接這點小任務。不過，這兩件委託只是表面上的理由。」
沒錯，重點在給我們去任務地點的理由。
我也已經為此做好準備。

「例如調查哥布林的巢穴，接待員叫我們被攻擊的話要趕快逃，卻沒有說不可以打倒哥布林。此外，委託書上也沒寫不可以殺光牠們。」

「姊姊，所以妳的意思是？」

「雷烏斯，你拿調查當藉口殲滅那些哥布林。能賣的角也順便砍下來。」

「知道了！」

「咦咦!?這樣很危——好像也還好。」

莉絲嚇了一跳，可是馬上又想到哥布林對雷烏斯來說不成問題。

公會可能會罵我們自作主張，但哥布林是只會襲擊家畜、侵犯女性的魔物。就算會被罵，打倒女性之敵總不可能讓評價降低吧。

只要跟公會報告「調查巢穴時發現了哥布林，結果我不小心把他們殺光了」，我想就沒問題了。

又能賺錢，說不定還能順便提升等級，真是一石二鳥。

「聽好了，發現巢穴就不小心衝進去。」

「然後不小心殺光牠們對吧！」

「這樣就不叫不小心了啦……」

「來，這是便當和飲料。事情辦完就回來這裡。」

「知道了，姊姊。我立刻出發。」

「記得天黑前要回來唷。路上小心。」

「路、路上小心……」

由於我早已做好準備，雷烏斯馬上就出發了。

一般人走到疑似有哥布林巢穴的地方可能都中午了，不過以雷烏斯的速度，所需時間應該跟天狼星少爺說的「一小時」差不多吧。

接著是我們的任務——採集水晶花，要做的事當然不只這樣。

「雷烏斯是殲滅哥布林，我們也要做點什麼對不對？」

「那當然。妳知道有什麼東西棲息在加歐湖裡吧？」

「加歐拉蛇……對吧？也就是說……」

「沒錯。我們要趁採集水晶花的時候，順便不小心狩獵加歐拉蛇把素材拿去賣。」

「我就說那樣不叫不小心了！而且妳都直接說『順便』了。」

不叫不小心的話，該怎麼說才好？

我們這種新手冒險者說要去打倒連中級冒險者都會陷入苦戰的魔物，肯定會被阻止，我怎麼可能直說。

「要打倒加歐拉蛇是可以，素材要怎麼帶回去？牙齒跟肉都很值錢，可是憑我們兩個沒辦法統統帶走吧？」

「我請札克先生幫我們準備了小型馬車。我跟他說這都是為了天狼星少爺，札克先生不僅讓我之後再付錢，還算我便宜一點。」

「這樣不會被天狼星前輩發現嗎？」

「札克先生願意幫忙保密，領馬車的地方也不是賈爾岡商會，沒問題的。快走吧，時間寶貴。」

「雖然有不少令人擔憂的地方……知道了。」

莉絲也做好覺悟了，我們迅速前往加歐湖。

先帶著札克先生給我的牌子，到艾琉席恩城門口附近的馬車驛站借馬車。

我借到的是一匹馬和附車篷的六人用小馬車，我們要去的地方不遠，這樣也夠了。不愧是札克先生，很好的選擇。

坐上駕駛座後，我發現莉絲歪著頭看我。

「原來妳會駕馬車呀。」

「不，我第一次自己一個人駕駛馬車，不過別擔心，我知道做法。」

前幾年來到艾琉席恩的路途中，札克先生簡單教了我一些。

當時因為要運貨物，馬車的馬有兩匹，這次只有一匹，只要小心點應該就不會有問題。

「我有點不安，可是又不能去雇馬夫。嗯……走吧！」

莉絲看起來有點放不下心，但這是我們第一次接到的委託，她也打起幹勁來了。確認她坐進馬車後，我們便朝目的地出發。

我們拿出公會卡給門衛看，來到艾琉席恩的城牆外。有種不可思議的感覺。畢竟我從來沒有在天狼星少爺不在的情況下出城。

若是以前，我絕對會怕得不敢出去，現在卻有那個心情欣賞四周的風景。這也是多虧天狼星少爺鍛鍊我，教我在外生存的方法。為了報答主人的恩情，無論如何我都要達成這個委託。

離我們的目的地加歐湖還有一小段距離，因此我順便練習駕駛馬車。天氣晴朗，我手握韁繩，悠閒地晒著太陽，莉絲則坐到我旁邊說：

「妳好像習慣得差不多了。」

「因為這孩子非常溫馴，會乖乖聽人命令。」

「只是坐在後面讓妳載不太好意思，可不可以教我怎麼駕駛馬車？」

「可以呀。首先是韁繩，基本上要慢慢——」

儘管目前感覺不到魔物的氣息與氣味，仍然不可大意。我們一面警戒四周，一面學習駕馬，讓馬車不停前進。

過了兩小時左右，我們抵達目的地加歐湖。

魔物喜歡聚集在水邊，可是由於這一帶的上位魔物加歐拉蛇棲息在加歐湖裡面，其他魔物不太會接近這裡。

拜其所賜，馬匹遭到攻擊的可能性很低，所以我們把馬綁在不遠處的樹上，做好準備。

先從本來的委託──採集水晶花開始吧。

「委託書上是這樣寫的，多採一點報酬好像會變多唷。」

「要二十朵對吧？」

水晶花生長在清澈的水中，特徵在於跟水晶一樣的透明花瓣。看起來是朵小花，卻能用來製作退燒或加快治療速度的藥，用途非常多。水不深的地方也會有，所以不用下水也採得到。

水晶花數量多，導致單價偏低，報酬的增加量也有限，不過天狼星少爺說過積少成多，聚沙成什麼的。

本來應該要確認加歐拉蛇不在附近再開始採集，我們卻只有提高警戒，因為加歐拉蛇才是真正的目標。

採集水晶花的過程中沒有發生任何事，在採了五十朵左右時，我和莉絲發現四周的變化。

「……精靈有反應。好像要來了。」

「嗯，我也感覺到牠的氣息跟氣味。」

在不遠處喝水的小魔物也跑掉了，看來加歐拉蛇就在附近。

「要怎麼做？」

「今天只有我們兩個，我當前衛好了。」

「在湖邊精靈也很有幹勁，干擾敵人和支援就交給我吧。」

我們停止採集，邊討論作戰計畫邊把水晶花拿到馬車上。

這時，一個巨大的影子自湖中浮出，一隻加歐拉蛇濺起水花，出現在我們面前。

加歐拉蛇是全身被黃色鱗片覆蓋住，嘴巴裡有無數根利牙的大蛇。體長長達我的數十倍，根據資料上的記載，好像也有更大的個體。恐怕這隻還是年輕的蛇。

加歐拉蛇巨大的身軀離開湖中，朝我們接近，大概是發現我們了。

照理說應該要馬上逃，我和莉絲卻仰望著牠巨大的身軀，吞了口口水。

「鰻魚飯……」

「蒲燒鰻也很好吃呢……」

我們抵達艾琉席恩，在「春風停歇之樹」第一次吃到加歐拉蛇的時候，天狼星少爺說這種肉吃起來跟「鰻魚」的肉很像。

過了一陣子，天狼星少爺就用加歐拉蛇的肉做了新料理出來。塗上重口味的黑色醬汁拿去烤，再搭配叫做「米」的食材，做成叫「鰻魚飯」的料理，味道讓人讚不絕口。

最近都沒吃到鰻魚飯……我們默默在心中決定無論如何都要把加歐拉蛇的肉帶回去。

「雖然肉很值錢……」

「也要留一點給我們自己。」

我和莉絲心靈相通，化身為只想著狩獵眼前獵物的捕食者。

逐漸逼近的加歐拉蛇好像嚇了一跳，應該是錯覺吧。

我拿出小刀，莉絲則跟精靈對話，準備使用魔法。

「要上囉！」

「精靈啊，拜託了！『水柱』。」

戰鬥……轉眼間就結束了。

莉絲製造出無數根「水柱」封住魔物的行動，我再用「風斬」砍掉魔物的頭。

一般的「風斬」照理說會被鱗片彈開，可是我的「風斬」又薄又銳——天狼星少爺教我想像光是擦到就會被割斷的銳利的風——所以不成問題。

要是「風斬」沒用，我本來打算請莉絲用「水刃」試試看，看來沒那個必要了。

「那麼，在牠的血流光前先把牙齒和鱗片拔下來吧。」

「我記得眼睛是討伐確認素材，可以賣到不錯的價格對吧？」

她說著，把小刀刺進魔物的頭部。

莉絲是不想傷害別人的溫柔女孩，料理魔物的肉或割肉時倒不太會遲疑。我想是因為當過冒險者的母親的影響，以及教育的成果吧。

這樣的話說不定莉絲要當冒險者也行。我邊想邊取下加歐拉蛇的牙齒及鱗片。

「眼睛和稀有部位都拿下來囉。」

「牙齒和鱗片也夠了。接下來就是盡量多帶點肉吧。」

花太多時間的話，其他魔物會被血腥味引來，所以動作得快點。這些肉是要拿去賣的，這些是要分給「春風停歇之樹」的。最後是給天狼星少爺做菜的。

為了答謝天狼星少爺狩獵魔物，再拿魔物的肉讓他做菜給我們吃雖然很奇怪，誰叫我們最喜歡的就是天狼星少爺做的菜……這就當成例外吧。

最後確認沒有東西忘記帶走後，我們離開了加歐湖。

我和莉絲回到艾琉席恩，卻和門衛跟冒險者公會起了點爭執。

剛當上冒險者的我們，憑兩個人的力量就擊倒加歐拉蛇，會被問話也不奇怪。儘管中途出了點意外，我們總算把素材賣掉，水晶花也全部交給公會，順利完成任務。

然後也許是狩獵加歐拉蛇的功勞吧，我和莉絲的公會等級好像升了兩級。聽說一次升兩級的案例非常罕見，不過由於有瞭解我們實力的里德教官幫忙說話，我和莉絲的等級從十級升到了八級。

之後我們去賈爾岡商會還馬車，回到「春風停歇之樹」時，已經快傍晚了。幸好有趕時間才能在天黑前回來。

「歡迎回來。看來妳們都沒事。」

「我們回來了。雷烏斯回來了嗎？」

「不，還沒。」

「我知道了。請收下這些肉。這是您借地方給我們開會的謝禮。」

雖然是還沒處理過的肉塊，老闆娘好像認出這是用來做「春風停歇之樹」的招牌料理的加歐拉蛇肉了。

「這麼多啊？這些量都能賣到幾枚銀幣囉？」

「別客氣，收下吧，要是您還給我們，我們還得再找地方賣呢。」

「是嗎？可是白拿妳們東西我不太好意思，還是用買的吧。等我一下，我馬上拿錢來。」

老闆娘離開後，我們回到今天早上用來開會的那張桌子坐下。

然而雷烏斯還沒回來，趁現在算一下賺了多少錢，跟莉絲討論要買什麼禮物好了。

「……總共一枚金幣和十二枚銀幣。」

「沒想到一天就能賺這麼多。有這些錢應該能買到不錯的東西。」
「嘿，妳們兩個！不可以在這種地方把錢拿出來。」
我和莉絲一起思考時，被拿錢回來的老闆娘罵了。確實如此，要是被人看見還是小孩的我們有這麼大一筆錢，很可能會出現心懷不軌的人。
「對不起。我們有點太疏忽了。」
「知道就好。來，這是肉的錢。是說你們要在這吃晚餐嗎？」
「不，我們回去跟天狼星少爺一起吃。」
「這樣啊。那至少讓我請幾杯飲料，做為那些肉的謝禮吧。其實店裡的肉剛好不太夠，真的幫了我很大的忙。」
之後老闆娘拿水果榨了果汁請我們喝，我和莉絲一邊討論要買什麼東西送天狼星少爺，一邊等待雷烏斯回來。

一小時後……
再不啟程回鑽石莊就要來不及的時候，雷烏斯終於回來了。
他全身上下到處是血，本人卻滿足地笑著，那些都是哥布林的血吧。
「姊姊，莉絲姊，我回來了。」
「歡迎回來。我還在想你怎麼這麼慢，沒事就好。」

「歡迎回來。你沒受傷吧？」

「嗯！我沒事。發生了一點事所以拖到時間，可是我有賺錢回來喔。」

雷烏斯坐下後把裝著今天收入的袋子放到桌上，袋子卻莫名地大。我們接的是低等級的委託，我本來以為就算把素材賣掉，能換到幾枚銀幣就不錯了，結果竟然那麼多，八成是很大的巢穴。雷烏斯也很努力呢。

我把我的水拿給雷烏斯喝以慰勞他，確認袋中的金額，裡面有石幣、銅幣數枚，以及金幣——咦!?

「怎麼了艾米莉亞？有這麼多錢嗎？」

「……裡面有各種錢幣，所以我看不出詳細金額，不過金幣至少有十枚以上。」

「咦咦!?」

我的弟弟到底做了什麼？

不管打倒多少隻哥布林，一天都不可能賺到這麼多錢。

也就是說，應該有其他原因。

「雷烏斯。」

「幹麼啊姊姊？妳的表情怎麼這麼恐怖。」

「告訴我你出發後做了哪些事。最好不要瞞我唷。」

「喔、喔！呃——我出城後……」

地。

由於雷烏斯每天都背重物跑步訓練，他不用中途休息就跑到哥布林巢穴的所在

看見可能有巢穴的那座森林時，雷烏斯發現一輛街道上的馬車。

「我想說那輛馬車怎麼衝這麼快，原來是被盜賊盯上了，確認那些盜賊是敵人後，我就把他們統統揍飛。馬車裡坐著一對貴族夫妻，他們著急到不行，所以我去問漂亮的護衛姊姊發生了什麼事。」

雷烏斯不會拍馬屁，既然他誇人家漂亮，想必是相當美麗的女性。

根據護衛提供的情報，不久前他們遭到哥布林群襲擊，好不容易逃走，貴族夫婦的獨生女和女護衛的妹妹卻被抓走了。那些哥布林恐怕是從委託書上提到的巢穴跑出來的。

那對夫婦想回城找救援隊救人，在路上遇到盜賊，雷烏斯就是在這個時候介入其中。不到半天就遭到兩次襲擊，他們運氣真差。

貴族夫婦和護衛女性拜託雷烏斯救出女兒與妹妹，雷烏斯卻以賺錢買天狼星少爺的禮物為優先，直接拒絕了。

「我告訴他們『我等等要不小心衝進那個哥布林巢，所以不能幫忙耶……』。」

「不能把『不小心』講出來唷。」

「不是這個問題啦！不過……那稱得上拒絕嗎？」

至少雷烏斯是打算拒絕吧。

這個……在不知情的人眼中，雷烏斯看起來是不是非常帥呀？跟故事書裡的主角一樣。

雷烏斯一下就找到巢穴，入口附近卻看不到半隻哥布林。在他覺得奇怪的時候，聽見女性的尖叫聲。

「聲音是從巢裡傳來的，所以我直接衝進去，最裡面有兩個大姊姊被哥布林包圍，壓在地上。總之我先把靠近大姊姊的哥布林都砍了。」

太好了，看來他還是有顧慮到兩位女性的安危。

他接著在巢裡大鬧一番，轉眼間就把哥布林全數殲滅。

「喂，雷烏斯，總共到底有幾隻哥布林？」

「……我數到五十就不記得了。」

以雷烏斯現在的實力，一百隻應該都不成問題，可是數量一多，兩位女性說不定會在戰鬥期間遭到攻擊，真是萬幸。

殲滅哥布林的雷烏斯，開始把角從屍體上拔下來。

……放著那兩個人。

「竟然放著差點被襲擊的女性不管，你到底在做什麼？」

我用頗重的力道抓住雷烏斯的肩膀。

身為天狼星少爺的徒弟居然敢無視女性，這孩子需要好好調教——更正，好好教育一下。

「因、因為我跟她們說話她們都沒反應啊！我想說不能浪費時間！」

「就算這樣，身為男生還是要陪在人家身邊，直到她們心情平復。既然你以天狼星少爺為目標，這種貼心的小舉動也要學習。」

「知、知道了！」

雷烏斯拔角拔了一會兒，慢慢恢復冷靜的兩位女性表示想答謝他。

結果雷烏斯……叫人家幫他拔哥布林角。這一刻，我好像聽到什麼東西斷裂的聲音。

之後他們跟追著雷烏斯過來的馬車會合，看到兩人平安無事，貴族夫婦及女護衛都非常感謝雷烏斯。

「那個大叔問我『我女兒也挺中意你的，你意下如何？』我聽不懂他在講什麼，就先跟他說『請給我錢』。」

……又有什麼東西斷了。這次是徹底斷了。

雷烏斯從神情微妙的貴族手中接過金幣，陪他們回到艾琉席恩，在路上發現天快黑了，急忙丟下那些人跑回來。

他回來後馬上去公會回報任務，可是雷烏斯不僅調查巢穴，還把裡面的哥布林殺光，因此和我們一樣跟負責人員起了些爭執。

最後是因為他帶回來的大量哥布林角和里德教官幫忙說話，事情才平安落幕，除了額外的獎金，等級還升了一級。

「就是這樣。我沒有要用錢，所以統統給姊姊吧。」

「……嗯，謝謝你。」

眼前這袋就是他賺來的錢，賣掉哥布林角換來的錢也包含在內。

僅僅半天就賺到這麼多，我想誇獎他卻說不出口，這是為什麼呢？

心裡有種煩躁感，之後去跟天狼星少爺報告好了。

我們帶著賺來的錢，來到艾琉席恩有名的貴族愛店。

我和莉絲在最便宜的飾品也要好幾枚金幣的店裡，挑選適合天狼星少爺的飾品。順帶一提，雷烏斯因為身上到處都是血，我們讓他在店外等候。

煩惱了一陣子，終於決定要買什麼的時候，天色已經開始變暗，我們的肚子也叫了。平常這個時間是準備晚餐的時候，會餓也不奇怪。

晚餐時間將近，得快點回去才行。而且我已經超過半天沒看到天狼星少爺的臉，真想早點見到他。

我們彎進巷子走捷徑時，突然感覺到一股可疑的氣息，反射性警戒起來。

接著，三名男子擋在我們前面，背後也出現兩個人，從前後包圍我們。

「雖然我早就聽說了，這次的新人挺優的嘛。」

「應該能賣不少喔。」

「……請問各位找我們有事嗎？」

儘管這些笑得很噁心的男人令我感到不快，先試著與對方溝通才符合禮節。從他們隱藏氣息的方法就能看出實力，但還是不能大意。

「沒什麼，我們只是要保護新人而已。」

「我們是來給剛成為冒險者的新人好工作喔。」

「不用了。我們有急事要辦，可以請各位讓路嗎？」

「對啊，快點走開啦。」

雷烏斯的心情也越來越差，大概是因為趕著回去吧。

然而，我比他還要更不高興。因為他們拖延了我回到天狼星少爺身邊的時間。

「等一下啦，做我們的工作可以賺大錢喔？」

「不過幾乎都會被我們抽走就是，奴隸又不需要錢對吧？」

「……原來如此。你們就是犯人嗎？」

加入冒險者公會的那一天，接待我們的女性說常常有新人失蹤。

今天早上接委託的時候接待員也有給我忠告，所以我進一步詢問詳情，似乎是最近常有新人接到第一件任務就再也沒回來。

冒險者要與魔物戰鬥，確實是伴隨危險的職業，可是新人不能接那麼危險的任務，一直有人失蹤挺奇怪的。

冒險者大多是沒有家的人，再加上又是新人，公會應該是以為那些新人太勉強自己，被魔物殺掉，才沒有深入調查吧。

得知這些情報時，我腦中浮現幾個疑問，現在聽到這些男人講的話，我大概猜到發生什麼事了。

「姊姊，什麼東西啊？」

「我們之前不是聽說有新人失蹤嗎？那是因為這些人把他們抓走，拿去當奴隸賣。」

「什麼!?」

雷烏斯聽到「奴隸」一詞，勃然大怒，不過也有可能是我推測錯誤。

我集中魔力伺機而動，用眼神叫雷烏斯在原地待命。

「哦……這麼快就發現的，小妹妹妳還是第一個。」

「對啊。因為新人要嘛是達成第一件委託得意忘形，要嘛是任務失敗難過得要死。」

「妳既然發現就沒資格拒絕啦。安分一點也能少受點傷喔？」

「我不想當奴隸，也不愁錢，所以我拒絕。」

「啥!?怎麼可能不愁錢。你們這種小鬼跑去當冒險者，不是找不到工作就是無家可歸的孤兒吧！」

「所以我們要幫大家解決問題。你們可以得到奴隸這個穩定的工作，我們可以拿錢。對雙方都有好處。」

……太愚蠢了，我無法跟他們溝通。

總之既然對方自己承認罪行，這些男人完全是我們的敵人。

至於不擅長打架的莉絲，她緊緊盯著對方，難得生氣了。以前的莉絲八成會被嚇到，她真的變堅強了。

「莉絲，等等可能會見血……」

「沒關係。我也得習慣才行，更重要的是我無法原諒這種人。」

「呵呵，真可靠。那麼後面就麻煩妳了。」

「交給我吧！」

在天狼星少爺身邊一起受訓到現在的我們，只要一句話——想要的話光憑眼神就能溝通。

因此，我們已經分配好每個人要對付的人。

「你們在碎碎念什麼？我看要好好調教一番囉。」

「雷烏斯。」

「幹麼？」

「上吧，不用客氣。」

「喔！」

雷烏斯瞬間踏出一步，揮下他的劍，前一刻還在說話的男人高高飛向空中。

我接著用「風彈」轟飛兩名男性，莉絲則用「水柱」攻擊背後的兩人。

我對哀號著倒在地上的男人們，講出天狼星少爺說過的那句話。

「從獵人變成獵物的感覺，各位覺得怎麼樣呀？」

戰鬥結束後，我們把那群男人綁起來交給冒險者公會。

雖然裡面有人受到暫時不能好好吃飯的重傷，我們可是正當防衛，因此不成問題。至於審問他們和調查事件真相的任務，就交給公會吧。

公會的人紛紛向我們道謝，幫我們處理入會事務的接待員笑著說：

「謝謝。託你們的福，解決一起事件了。」

「不會，我們只是順勢而為。」

「真謙虛。你們肚子餓不餓？做為謝禮，我請你們在那邊的酒館吃飯，想點什麼都可以唷。」

「什麼都可以嗎!?我快餓扁了！」

「天都黑了，肚子餓也不奇怪。」

「對呀，我也——」

……肚子餓的我們，天狼星少爺的晚餐。

天都黑了……意思是？

「「啊啊啊啊啊啊啊啊——!?」」

我們在街上全速奔跑。

速度快到和訓練時根本不能比，可以說是拚死命地跑。

天空已經全暗，早就過了晚餐時間。

雖說是因為被捲入事件當中，沒遵守天狼星少爺說的話實在太不應該，我好想哭。可是現在沒時間讓我難過。必須快點回去跟天狼星少爺道歉。

「看、看見了，姊姊！」

「對呀……我快要……不行了……」

「加油莉絲。快到了……」

鑽石莊終於出現在視線範圍內，我調整呼吸，思考該怎麼跟天狼星少爺解釋，卻白煩惱了。

因為天狼星少爺站在門口等我們回來。

「那個……我們回來了……天狼星少爺。」

「…………」

天狼星少爺雙手環胸站在門前，我們下意識在他前面排成一排。

不過天狼星少爺什麼都沒說，只是默默看著我們。

他生氣了嗎？還是無言以對了呢？總之我從來沒看過天狼星少爺這麼冷淡的眼神。

「那個……天狼星少爺？」

「幹麼？」

「您生氣了對不對？因為我們這麼晚才回來……」

「……先告訴我原因吧。」

我們把今天發生的事一五一十向天狼星少爺說明。

為天狼星少爺賺錢、去城外狩獵魔物，最後和盯上新人的那群男人戰鬥。

莉絲和雷烏斯也有幫忙補充，等我解釋完後，我們乖乖等待天狼星少爺的回應。

「……哼！」

「「好痛!?」」

天狼星少爺不是用嘴巴，而是用拳頭回答。

在我們三個頭上各揍一拳後，目光冰冷的天狼星少爺，臉上浮現以往溫柔的微笑。

「真是的……讓人傷腦筋的弟子們。」

「您……沒有生氣嗎？」

「生氣？你們是為了我努力，我幹麼生氣？剛才那拳是用來處罰你們害我擔心，還有晚餐遲到。」

「大哥，你在擔心我們啊？」

「這還用問嗎！你們也都長大了，多多少少可以睜一隻眼閉一隻眼……不過我真沒想到會這麼晚。我還在想差不多該去找人了。」

天狼星少爺的拳頭很痛……我卻有點高興。

跟父母一樣為我們操心，嚴厲地訓斥我們的天狼星少爺，他的心意好溫暖。

旁邊那兩個人應該這麼覺得吧。他們雖然被打得很痛，表情倒挺開心的。想必我臉上也帶著同樣的表情。

「……你們為什麼在笑？」

「沒什麼。天狼星少爺……對不起，讓您擔心了。」

「大哥，對不起！」

「對不起，天狼星前輩。」

「知道就好。而且仔細一想，你們也成為冒險者，能獨當一面了。可以不用一直待在我身邊也是事實。」

「不！我完全沒打算離開天狼星少爺身邊！」

「我也是，大哥！」

「就算我長大了，我還是想待在天狼星前輩旁邊。」

無論我未來變得多大，即使我得到一個人也活得下去的力量，我都不打算離開天狼星少爺。

天狼星少爺看到我們這樣，苦笑著打開鑽石莊的門。

「訓話就到此為止，先進來吃晚餐吧。肚子餓了對不對？」

「餓了！」

「我也是。今天的燉菜我煮了很久，儘管期待吧。」

「咦？天狼星少爺還沒吃嗎？」

「我一個人先吃幹麼？飯就是要大家一起吃才好吃啊。」

天狼星少爺有點傻眼，走進門對我們招招手。

「快進來，別一直站在那裡。這時期天氣快要變冷了。」

偷襲我們的那群男人說，年輕人去當冒險者是因為無家可歸……我不會說這句話有錯。

實際上這種人應該挺多的，我和雷烏斯的故鄉也被魔物毀掉，父母雙亡。

可是，我們現在有屬於自己的歸處。

我們的歸處……就是天狼星少爺身邊。

「「我回來了。」」

「歡迎回來。」

※　※　※

吃完遲來的晚餐，跟莉絲一起收拾好餐具的我，坐在桌子前吁出一口氣。

我想到今天吃的燉菜。天狼星少爺做的料理每一道都很美味，但今天的燉菜真是太棒了，充滿食材的鮮味。

味道有點重，不過沾著麵包吃真是好吃到……讓人受不了。又邂逅了新的味道。

「艾米莉亞……艾米莉亞！」

「啊!?怎、怎麼了嗎？」

「我知道燉菜很好吃……非～常好吃，可是該把那個給天狼星前輩了啦。」

糟糕，差點忘記今天的重點。

我回過神來，拿出今天買的禮物，三個人一起排在坐在沙發上看書的天狼星少爺面前。

「天狼星少爺，可以打擾一下嗎？」

「嗯，怎麼了？」

「雖然我剛剛已經跟您提過了，這是我們要送您的禮物。請您收下。」

「我們努力賺錢為大哥買來的喔。」

「這是用來答謝你一直在照顧我們的小禮物。」

即使他早就知道我們要送禮給他，天狼星少爺仍然笑著接過。

裡面裝著一條用藍色魔石裝飾的項鍊。天狼星少爺喜歡簡單實用的東西，我和莉絲針對他的喜好選了這個。

而且這顆魔石還刻著回復魔法的魔法陣，注入魔力就會發動治療魔法。我想鮮少受傷的天狼星少爺大概不需要這個，可是，裡面包含著我們希望他平安無事的心意。

天狼星少爺立刻戴上項鍊，撫摸我們的頭。

「謝謝你們。我會好好珍惜。」

呵呵呵……光看到這抹笑容，一切都值得了。

我發自內心覺得幸好有送他禮物，這時天狼星少爺忽然站起來，從旁邊的抽屜拿出一個小盒子。

「其實我也有東西要送你們。」

盒子裡裝著兩條用魔石裝飾、短得有點奇怪的項鍊，以及一對小耳環。

天狼星少爺拿出綠色項鍊，解開後遞給我。

「妳之前不是說過想要項圈嗎?可是項圈實在太那個，所以我做了類似的飾品。順帶一提這叫頸鍊，是貼在脖子上的飾品。」

不只是「之前說過」，我講過好幾次了，原來天狼星少爺有放在心上。天狼星少爺接著取出紅色頸鍊給雷烏斯，莉絲則是鑲著同樣顏色魔石的銀色耳環。

「我送給你們的飾品上的魔石，刻著『傳訊』的魔法陣。只要注入魔力發動魔法，就能把聲音傳給我。」

「喔喔!大哥，終於完成啦!」

「不，其實還在試作階段。我加了從大氣中吸收魔力的功能，不過魔力累積起來相當費時，可以對話的時間也很短。可是有總比沒有好。像今天這樣會晚回來的時候，就能通知我一聲了對吧?」

天狼星少爺接著告訴我們有些部分是參考學校的結界，我卻聽不進幾個字，緊盯著少爺送我的頸鍊。

「……天狼星少爺，我有個請求。」

「嗯，怎麼了?」

「可以請您幫我戴上這條頸鍊嗎？」

「可以啊。那妳面向我。」

我挽起後面的頭髮，天狼星少爺把手環上我的脖子。光這樣我就夠開心了，最喜歡的主人親手為我戴上頸鍊的瞬間……我感到深深的喜悅。

「會不會太緊？長度可以再調。」

「不……我滿足了。」

雖然不是項圈，這樣我就是天狼星少爺的奴隸了。

講出來八成會被否定，不過這是我在心中擅自決定的事，所以沒關係吧。

「大哥，大哥！我也要！」

「我、我也麻煩你了！」

「好好好，按照順序來。」

雷烏斯和莉絲也因為天狼星少爺親自幫他們戴上他送的禮物，非常開心。

「很適合你們。這樣我花時間做這些也值得了。」

「謝謝您。呵呵呵……」

「姊姊，妳沒事吧？」

「別管她了。因為……艾米莉亞現在帶著很棒的表情嘛。」

啊啊……好幸福。

《通往畢業的道路》

在學校過了四年半……離我們畢業只剩半年。

這個時期幾乎不會排課，主要是專注在專門領域的課程上，或是自主訓練。因為每個學生都會收到老師給的畢業考題，大家都在為通過畢業考而努力。不及格就不能從學校那裡領到畢業證書畢業。講點題外話，即使不及格，只要付錢就能繼續在學校待個幾年，可是再沒辦法通過就會退學。

考題是由老師決定的，會根據每個學生的擅長領域及狀況有所不同。常見的考題是學會使用擅長屬性的上級魔法，好像也有叫當上冒險者的學生組隊狩獵魔物的另類題目。

我的弟子們當然也有收到題目，艾米莉亞是要長時間維持製造巨大龍捲風的風屬上級魔法「暴風」，雷烏斯則是砍斷麥格那老師做的鐵製巨石兵，兩人都輕易通過了。

至於莉絲，她在革命事件時治療了眾多學生，這個功勞足以讓她畢業，所以不用考畢業考。校長偷偷告訴我，其實是因為莉絲的實力已經超越專修水魔法的老師。

總之弟子們都順利合格，得到畢業的資格。他們一直很努力，這個結果也是理所當然。身為師父我覺得很驕傲。

那一天，我和馬克一起在訓練場訓練。

「火啊，『火焰槍』。」

馬克用接近無詠唱的速度發動魔法，頭上浮現四根炎之槍，同時射向訓練場的標靶。

炎之槍命中目標，捲起一陣暴風將標靶轟成碎屑，四個標靶中卻有一個沒被破壞。

「唔……要同時控制它們果然不簡單。」

「可是有三根中了。我認為這個命中率算不錯了喔？」

馬克剛進學校時只能製造出一根「火焰槍」，詠唱時間還很長，如今他已經能同時叫出四根。身為老師的古雷葛里好像同時五根就是極限，可見馬克在學校有多麼努力。

然而……馬克並沒有滿足於此。

他的畢業考題本來只有同時叫出四根「火焰槍」，馬克卻把它改成五根，而且還要統統射中標靶。

他沒有沉溺於貴族身分之中，不斷自我磨練，真的是很厲害的人。

我欣賞馬克的氣魄，偶爾會像現在這樣陪他訓練，給他建議。

「不過四根的命中率只有這樣，五根會變得更低吧？」

「確實如此。嘿咻。」

我將魔力注入腳邊的魔法陣，讓壞掉的標靶恢復原狀。

本來要把壞掉的標靶收拾掉再設置新的，相當麻煩，這種時候用土屬性魔法就很方便。

「有沒有什麼建議？這樣一直反覆練習沒問題嗎？」

「很可惜，這種時候就是只能反覆練習。只能想像讓炎之槍朝目標射出去，用身體記住這種感覺。」

我面向標靶伸出手，看了一眼認真傾聽我建議的馬克。

「聽說一旦抵達高手之境，在射擊前就能知道會不會命中。那是因為他們可以明確想像出自己身體的動作。」

至少我是這樣，遠距離狙擊時判斷不出射不射得中目標，哪可能當得了狙擊手。不過這只是我個人的觀點，不曉得其他人覺得正不正確。

總之我先連續使用「衝擊」示範給馬克看，五個標靶盡數被我轟碎。

「你的『衝擊』還是一樣很厲害。」

「因為我用過無數次了，可以完美在腦中想像出來，再說我本來就擅長瞄準東西。」

因為上輩子我用過各種槍械，把遠距離狙擊的技術練到爐火純青。只要條件允許，讓第二發子彈從第一發子彈開出的洞穿過去的連續射擊也辦得到。

而且如果沒有不仔細瞄準也能擊中目標的技術，在戰場上是活不下來的。

「就是這樣，反覆練習吧。要不要也練習一下同時控制初級魔法，不要只練『火焰槍』？」

「原來如此，我立刻試試。是說……你沒問題嗎？」

「什麼東西？」

我把標靶恢復原狀，馬克愧疚地看著我。

「你願意陪我練習，我很高興，可是你通過畢業考了嗎？艾米莉亞同學他們已經通過了吧？」

「不……老師還沒通知我題目是什麼。」

負責出題給我的人是麥格那老師，他好像一直在跟校長討論要出什麼題目。

離畢業只剩半年，他們也該告訴我了吧。

「奇怪。通常畢業的一年前就會公布了。」

「哎，我想老師也知道時間所剩無幾，我就慢慢等吧。」

「你還真冷靜，照理說都會為了通過畢業考緊張到不行的說。不對，大概是因為要出的是你的考題吧？」

「什麼意思，馬克？把我講得跟異類一樣。」

「不是啦，我不是那個意思，是你的等級跟其他人差太多了。大家的注意力都放在艾米莉亞同學和雷烏斯同學身上，我卻覺得你比較厲害。假如我是你的老師，想必會非常煩惱要出什麼題目給你。」

我沒有在馬克面前展現過實力，不過他似乎察覺到我的力量了。

即使如此，馬克對我的態度依然不變，反而會積極尋求我的建議，從中得到成長。這人不只外表，連個性都很帥。

「能遇見你真的太好了。你給我這麼多建議，讓我變得比想像中還要強。所以天狼星同學，畢業後要不要跟艾米莉亞同學他們一起到我家工作？只要你願意借我你的力量，赫爾提亞家可以成為艾琉席恩最有力的貴族。」

「我真的很高興你邀請我，可是畢業後我打算去旅行。不好意思，請容我拒絕。」

「呵呵，果然被拒絕了嗎？」

我明明拒絕了他，馬克卻面帶笑容。

他聽從我的建議做出五顆小火球，開始練習讓它們自由移動。

「身為社會地位高的貴族或許不該有這種想法，但我想一直跟你當對等的朋友。所以你沒有答應我反而覺得高興。」

讓火球動了一段時間後，馬克操縱它們射向標靶，中了四個。

「嗯。我也想和你當對等的朋友。對了，剛才那感覺不錯喔。之後只要換成『火焰槍』就好，原理是一樣的。只差最後一步了。」

「都是多虧有你的建議。你沒跟艾米莉亞同學和莉絲同學一樣被取別名太奇怪了。」

「我也不需要啦。」

別名指的是有實際功績的人被大家基於尊敬與畏懼取的稱號，莉絲私下被大家叫做「青之聖女」，這就是她的別名。

其實馬克也有別名。擅長火魔法，不只外表連性格都很帥氣，貴為貴族的他，受歡迎的程度並不輸給我的徒弟。

馬克的粉絲好像都叫他「炎之王子」。

順帶一提，艾米莉亞從那頭美麗的銀髮到外表、知識、戰鬥力、禮節，全方位都很優秀，因此被叫做「銀之女王」。

我本來以為她認識真正的女王，被取這種別名會不會覺得彆扭，結果……

『如果我是女王，天狼星少爺是什麼呢？少爺是國王的話我會很開心，可是身為隨從，與主人地位相當太失禮了……神？』

她一點都不在意的樣子。

至於雷烏斯，革命事件時他叫過愛劍的名字「銀牙」，所以別名是「銀之牙」。

然而本人似乎不太滿意，第一次聽到自己的別名時還來跟我抱怨。

『我是大哥的劍，不是牙。而且這樣跟我的好夥伴太像，很容易搞混耶。』

『是嗎？我覺得很帥啊。該怎麼說呢，因為我覺得比起劍，牙比較符合你的形象。』

『從今天開始我就是「銀之牙」了，大哥！』

一聽到我說適合他，雷烏斯立刻接受這個別名。

他們三個都擁有別名，做師父的我卻什麼都沒有。

反而有人納悶為什麼我這種人會是他們的師父。

因為其他人幾乎沒看過我戰鬥，不太認識我們的貴族學弟妹們也對我說過好幾次「你不配當他們的主人」。

但那些人知道要是敢對我出手，艾米莉亞他們不會坐視不管，所以只敢用講的，從來沒直接對我動手過，令人傻眼。

再說配不配得上是由當事人自己決定的。

連站在我旁邊都不敢的人在背後說我壞話，我也不痛不癢，類似的事我在上輩子經驗過無數次，早就習慣了。

無視那些愚蠢的閒言閒語，自由自在地行動，這就是我現在的生活。

「擁有優秀隨從的主人，怎麼能沒有與其相襯的別名呢。隨從是『銀之女王』和『銀之牙』的話，我認為跟銀有關的比較好。」

「自己想自己的別名很奇怪，而且再半年就要畢業了。我只求不要再發生什麼事。」

「你還是一樣無欲無求呢。真有你的風格。」

別名的話題到此告一段落，馬克製造出五根「火焰槍」往標靶射去。這次只有三根命中，剩下兩根擦過標靶，有點可惜。

之後他又練習了幾次，命中率開始提高的時候……訓練場入口突然騷動起來。

「老、老大——！糟糕啦——！」

我記得他是雷烏斯住在學校宿舍時的室友。名字叫羅，在學校做類似情報屋的工作，是狐族的男性。

羅臉色蒼白，朝這邊跑過來。

「怎麼了？你會來找我真難得。」

不知為何，雷烏斯命令他的小弟想跟我說話要先和他報備，因此羅很少跟我說話。

既然他特地來找我，肯定是發生了什麼麻煩事。

「老大，請聽我說！雷烏斯大哥被校長叫過去了！」

「被校長？那傢伙被叫過去並不奇怪，理由是？」

「大、大哥打學弟的時候，把學校的牆壁打壞了！」

……什麼？

我把訓練場交給馬克整理，來到校長室門前。

雖然我在跟羅詢問詳情前就忍不住衝出去，我可是很冷靜的。從背後傳來的「老大看起來好著急……」應該是聽錯吧，嗯。

仔細想想，打學弟這種事在雷烏斯進行模擬戰時是常有的事，他也有好幾次沒打中結果打壞後面的牆壁。或許是我杞人憂天。

我先深呼吸一次，伸手準備開門，門卻從裡面先開了。

由於有人要從校長室裡出來，我讓到一旁免得擋路，走出來的男人一看到我就大吃一驚。

「!?要是你這人消失就好了……！」

他忿忿不平瞪了我一眼，沒有掩飾怒氣，掉頭就走。

從這人的氣質來看推測是一年級的，那目中無人的語氣及態度，應該是貴族學生。為學弟的行為不高興也沒意義，因此我敲敲門走進校長室。

校長坐在沙發上，我的三名弟子則坐在校長對面。

兩姊弟不悅地鼓著頰，莉絲拍著雷烏斯的肩膀安撫他，一臉傷腦筋的樣子。看來為了讓雷烏斯冷靜下來，艾米莉亞和莉絲也被叫來了。

看到我的臉，大家臉上都露出笑容，只有雷烏斯尷尬地移開視線。

「噢，天狼星，你來啦。你瞭解狀況嗎？」

「不，我只有聽說雷烏斯做了什麼。」

「我明白了。那麼先來說明情況吧。」

「不好意思，在那之前我想聽雷烏斯自己跟我說。如果他有說錯的地方還請您訂正。」

校長默默點頭，沒有再說話，我蹲下來與雷烏斯四目相交，看著他的眼睛要他解釋。

「雷烏斯，可以告訴我發生了什麼事嗎？我想先聽聽你怎麼說。」

我摸著他的頭安撫他，等他開口。雷烏斯愧疚地說：

「大哥，你有看到剛才出去的那個人吧？我……是認真想揍那傢伙。可是沒打中，反而不小心把訓練場的牆壁……打壞了……」

「讓你氣到動手，表示他應該講了很過分的話吧。」

雷烏斯情感表現豐富，常常照本能行動，但他絕對不會無緣無故打人。竟然能讓雷烏斯氣成這樣，對方到底對他說了什麼？

我繼續追究，雷烏斯握緊拳頭，氣沖沖地說：

「那傢伙什麼都不懂，卻一直侮辱大哥。只講個幾句的話我還可以忍耐，可是那傢伙越來越過分，我就忍不住了……」

雷烏斯在和我不同區的訓練場練劍時，剛才那個學生來找他當自己的隨從，雷烏斯說他要跟隨的人是我，直截了當地拒絕了。

然而對方卻死纏著他不放，拚命試圖挖角他，告訴他自己有多麼偉大、當他的隨從待遇會有多好，雷烏斯卻再三拒絕那個人，繼續練劍。

之後那名學生勃然大怒，罵雷烏斯不該用這種態度對貴族，說了不能對雷烏斯說的禁句。

『躲在你們背後什麼都不會的無能到底有哪裡好！沒有別名，也沒有什麼輝煌的功績——』

聽到這句話的瞬間，雷烏斯下意識掄起拳頭。

不過他勉強恢復理智，在千鈞一髮之際轉換方向，牆壁就成了犧牲者。

「偶爾也就算了，最近這種人真的很多，超討厭的。他們明明一點都不瞭解大哥……還敢侮辱大哥！」

「原來如此。是說艾米莉亞看起來也不太高興，妳也一樣嗎？」

「是的。我這邊一樣有很多人來挖角，其中也有手段強硬的人。遇到那種人只需要把對方擊退就好，可是很多人會嘲諷天狼星少爺……真的很討厭。」

「尤其艾米莉亞又長得漂亮，很多貴族想讓她隨侍在旁。剛才那個學生的目標好像是艾米莉亞，想先從弟弟雷烏斯下手。他以為有了弟弟，姊姊也會跟過來，結果完全料錯了。」

聽著校長的補充說明，我頭痛到極點。

我每次都覺得，對於針對我的惡意，姊弟倆的反應太過激烈。

本以為這樣可以讓他們鍛鍊出不管人家說什麼都能保持冷靜，不會因惡意動搖的精神，看來有點放置過頭了。

而且這次的事件我也有錯。

雖說是為了隱藏實力，我一直行事低調，又對其他人漠不關心，才會被人看不起。

「天狼星，我知道你不在乎他人的惡意，可是請你再多為徒弟著想一下。自己尊敬的人被人羞辱是很不好受的喔。」

姊弟倆和莉絲在旁邊用力點頭。

是啊……假如有人當著我的面羞辱媽媽，我八成會偷偷讓那傢伙嘗到比下地獄還痛苦的滋味。

我應該多顧慮一下他們的感受。

「抱歉，都是我害你們要忍受這種心情。」

「天狼星少爺一點錯都沒有！是那些我們都拒絕好幾次了，還來挖角我們的人的錯。」

「對啊！那些人明明看不出大哥有多厲害還敢笑大哥，我死都不想認他們當主人！」

「雖然我不是天狼星前輩的隨從，我的心情也跟他們一樣。」

你們的心意我很高興，可是這樣下去可能會發展成更麻煩的事態。

這次幸好因為雷烏斯還有理智，沒鬧出什麼大事，萬一雷烏斯的拳頭直接打中對方，很可能會把人打死。

儘管只剩下半年就要畢業，現在這個情況可不能置之不理。

「呵呵呵，你的弟子真的很喜歡你呢。可是，雷烏斯惹事的事實仍然不會改變。你使用暴力把訓練場的牆壁打壞，差點害學生受傷，必須為此負責。」

「……是。只要是我做得到的，我什麼都願意做。」

「不過你是天狼星的隨從，責任要由天狼星負起，所以天狼星留下，你們可以離開了。」

只叫我留下，恐怕是有事想私下跟我談吧。

校長拿這當理由催促其他人離開，雷烏斯卻不同意，站起來逼問校長：

「為什麼啊！錯的人是我，不是應該我負責嗎！」

「喂！雷烏斯，坐下！」

「沒關係。雷烏斯，我知道這樣很不合理，但主人與隨從就是這種關係。你之後再去接受天狼星個人的懲罰吧。在此之前罰你不許離開鑽石莊。」

「怎麼這樣……」

雷烏斯垂下耳朵和尾巴，明顯很難過。

然而校長說得也沒錯，因此我摸摸雷烏斯的頭安撫他。

「別擔心，雷烏斯。校長雖然叫我負責，頂多修個牆壁而已。鑽石莊有我昨天做的蛋糕，你回去吃蛋糕吧。」

「大哥……」

「天狼星說得沒錯，事情沒那麼嚴重，不用擔心。我只是因為有其他事要跟他談才請他留下。」

「真的假的！不對，請問是真的嗎？」

「是的。不過這次的失誤請你謹記於心，隨從的行為可能會影響主人的形象。」

「……是！」

雷烏斯大概是服氣了吧，站起來走出校長室。

艾米莉亞和莉絲也跟在後面，我叫住她們，把手放在兩人肩上。

「抱歉，雷烏斯拜託妳們了。他還有不滿，麻煩妳們在旁邊安撫他。」

「請您放心交給我。可是天狼星少爺，我知道主僕關係就是這樣，無可奈何，但老實說我也無法完全接受。是因為我還是小孩嗎？」

「妳現在能理解這點就夠了。妳確實還是小孩，不過總有一天，妳會自己找到妥協點的。沒必要著急，只要慢慢成長就好。」

我伸手撫摸悶悶不樂的艾米莉亞的頭，她開心地搖著尾巴。

「莉絲也是，麻煩妳了。事情辦完我會立刻回去。」

「嗯，我跟他們一起等你回來。」

兩人也跟著離開後，我正準備切換成要跟校長談正事的心情，校長室的門卻再度打開，弟子們從門後探出頭。

「怎麼了？有東西忘在這邊嗎？」

「「是什麼蛋糕啊？」」

「……………起司蛋糕。」

莉絲聽了特別高興，三人歡欣鼓舞地離開。

注意力有點被擾亂了，這次真的要談正事——

「沒有我的份嗎？」

「……您的份我有留起來，請放心。」

我身邊真的一堆貪吃鬼，不過這也不是一天兩天的事。

雖然剛才話題有點扯開，看調整好心情的校長如此嚴肅，等等要講的應該是很重要的事。

我繃緊神經坐到沙發上，看著校長的臉率先開口。

「破壞訓練場牆壁和害貴族學生遇到危險的罰則，大概會有多重？」

「噢，我剛才說要你負責只是為了讓雷烏斯反省，其實這次的事件沒什麼大不了。牆壁叫麥格那修就行了，被攻擊的學生也是他自己沒有先調查好，接近於自作自受。」

只要拜託麥格那老師，牆壁一下就可以修好，外加我平時常帶蛋糕給他們，做為答謝，這次會免費幫忙修牆。

至於那位貴族學生，他也承認自己口吐暴言，不清楚雷烏斯的個性就去找碴也有錯，因此雙方都不會被究責。

「我請你留下來跟這件事也有點關係，是關於畢業考的考題。」

「終於啊。不過為什麼是校長您來跟我說，而不是麥格那老師？」

「因為這跟我也有很大的關係。先回到之前的話題，你覺得引發這起事件的原因是什麼？」

「不知道姊弟倆的心情還一直挖角他們的貴族當然也有錯，不過最大的原因在被其他學生看不起的我身上吧。」

「看來你也清楚。講白了點，是因為其他人不知道你擁有足以當他們主人的實力。因此，我想了可以改善這點的考題。」

簡單地說就是讓其他人認清我的實力吧……他到底打算做什麼？

在眾人面前做訓練，跟平常一樣把雷烏斯打趴在地上就行了嗎？不，這樣他們可能會說雷烏斯是我的隨從，所以故意放水。

「儘管這事沒有公開，你獨自殲滅鮮血之龍，還是把艾米莉亞、雷烏斯和莉絲鍛鍊得如此優秀的老師。我確信目前你是全校最強的學生。」

「意思是要讓大家知道我是最強的嗎？」

叫我像雷烏斯那樣把厲害的學生統統打倒？

我想了一下，這麼做情況感覺會變得非常複雜，所以駁回。

「不用這麼麻煩，有個一次就能讓大家知道你有多強的好方法。我沒有說你的對手只限於學生喔。」

「原來如此。跟老師過招就可以了。」

就算輸了，以大人為對手只要奮戰到底，應該就會被人覺得很厲害，也足夠讓人知道我的實力。

然而，校長聽見我這麼說卻搖搖頭。

「不。對手是我……也就是說你的畢業考題目，是要與我交手。」

「……您認真的嗎？」

「認真的。我認為如果對手是你，應該能留下一場精采的戰鬥。」

校長的語氣輕描淡寫得跟要去散步一樣，不過……他似乎是認真的。

這真是出乎我的意料。我有想過可能要跟麥格那老師打，卻沒想到魔法大師居然直接向我下戰帖。

「我想問個問題，校長有親自出馬的理由嗎？我認為找其他老師當對手也足夠了。」

「因為我希望你成為學生們的可能性。」

「可能性？無色的我嗎？」

「不如說正因為你是無色才適合。你平常用魔法都會念咒，其實你可以做到無詠唱對吧？你的弟子們也是。」

校長知道我的實力，因此無須隱瞞。

我在點頭的同時不念咒就發動「光明」，讓光球維持一段時間才消失。

「如您所見，我確實做得到，不過您也一樣吧？」

「是的，我也可以。但目前艾琉席恩辦得到無詠唱的只有我和你，以及麥格那跟你的弟子們。我在這裡住了一百年以上，除了我撿回來鍛鍊的麥格那外，我從來沒看過其他不用念咒的人。」

聽校長說他學會無詠唱好像是近百年前的事。現在的校長超過四百歲，所以差不多是三百歲的時候吧。

剛才那番話有兩個部分令我驚訝。一個是打破用了三百年以上的魔法常識的校長，另一個是除了我們外，校長從沒見過不用念咒的人，可見魔法的常識有多麼根深柢固。

我們接著討論了一下無詠唱的做法，校長幾乎跟我一樣。

「強烈的想像能讓無詠唱化為可能，使魔法擁有更大的可能性。我試圖推廣這個辦法，卻沒人相信。大家都說『因為你是天才啊』。傷腦筋。」

校長的「三屬性」似乎跟看得見精靈的人一樣罕見。

除此之外，大家都知道他是不斷鑽研魔法的人，所以無論他怎麼說明，都會被人覺得他做得到的原因是因為天才吧。這是有才能的人才懂的煩惱。

從他自嘲的模樣看得出他有多麼苦惱。

「所以我希望你跟我打一場，把『除了我以外沒人做得到』這個常識徹底摧毀。

我想讓大家知道魔法有無限的可能性！」

「……意思是叫我當範本囉？」

「簡單地說是這樣沒錯。你也能成為大家的希望，告訴他們即使是無屬性，只要努力還是能變得這麼強。我知道你凡事喜歡保密，所以不會勉強你，不過如果你答應這件事，只要在我的能力範圍內，我什麼都願意做。」

什麼都願意做嗎……聽起來雖然非常吸引人，答應的話我絕對會變得很引人注目。

我之所以隱藏實力，是為了避免難搞的大人物來招攬我，或是被人視為危險的存在，想要取我性命。只有我也就算了，絕對不能讓還沒長大的弟子們被人盯上。

可是艾琉席恩的國王與王女已經知道我的實力，弟子們也變強了，足以獨當一面。他們也不再是會被人看不起的小孩，或許該停止隱瞞了。

「我聽說你未來想當老師，不過我認為和學生一起成長也是教育的一環。請你多多陪在他們身邊，不要只是在身後守望他們。」

「……是啊。」

弟子們因為這起事件露出的悲傷表情，真的讓我挺心疼的。校長說得沒錯，我應該再靠近他們一點。我也還有得學啊。

「我明白了。這張戰帖……我收下了。」

「請你使出全力喔？」

「嗯，我會全力以赴。」

就這樣，我和校長的決鬥定下來了。

繼剛劍萊奧爾後，這次的對手是魔法大師羅德威爾。

萊奧爾爺爺是我擅長應付的類型，我跟他打起來略占上風，可是魔法又是另一種領域，所以我無法預測戰況。

只能確定校長絕對是個強敵。

真期待以我的實力可以跟他拉鋸到什麼地步。

決定與校長對決後，我們接著討論細部事項。

首先是地點，我們選在學校的競技場。大小要能讓我們盡情戰鬥，又要讓學生們見識魔法的可能性，除了競技場外沒有其他選擇。

可是我跟校長認真起來的話，我怕波及到觀戰的人。我們會用魔法互相攻擊，流彈──不對，流魔法很有可能往觀眾席飛過去。

不過這點校長似乎已經想好對策。

校長把革命事件時覆蓋全校的結界，設置在觀眾席和比賽場之間。他拿上次發現的缺點當參考，進行了各式各樣的改良與強化，還能跟遙控器一樣自由開關結界。

這麼晚才決定我的畢業考考題，似乎就是在等這個結界做好。意思是不管雷烏斯有沒有惹事，校長一開始就打算跟我打嗎？

總之，看來我們可以不必顧慮其他人。

「時間定在兩天後，供人自由參觀……之後就是要宣傳了，請每位老師告訴學生吧。」

「對手是我，說不定會有很多人覺得根本不用比，沒人來看喔。」

「那還真傷腦筋。跟他們說不來看就取消他們的畢業資格好了。」

「會有學生來抱怨吧。」

「這樣正好。如果他們當天來競技場跟我抱怨剛好，在那之前來的話，只要說服他們來看即可。」

校長的應對方式實在很隨便，或許是因為他太期待讓大家看到我們的對決。講什麼都會被人回「因為你是天才」，活到現在看了一堆得到一定程度的力量就滿足的人，應該很不好受吧。

最後，校長決定把這當成臨時加開的特別課程，叫所有學生都來觀戰。

「這場比賽結束後，大家的世界想必會產生巨大的變化。」

「事到如今我也不會阻止您，可是應該會有人因為等級跟我們差太多，直接放棄吧？」

「那就到時再說。這可是個讓有權者理解整體素質低下的好機會。」

我們在討論時不時夾雜幾句抱怨，把事情商量好後，我離開了校長室。

場地準備及其他細節全都由校方處理，我要做的只有在當天做好萬全的準備。

由於限定只用魔法的戰鬥對我不利，校長也允許我攜帶武器和展開肉搏戰，我只要使出全力就行。

離開校長室後，我直接往鑽石莊前進。

弟子們八成在等我回來，得快點跟他們報告結果。

我回到鑽石莊，一面安撫為我操心的弟子，一面告訴他們我和校長談了什麼。

為了讓雷烏斯自我反省，我沒提到破壞牆壁和差點傷害貴族學生的處罰沒了，不過聽到我要跟校長對決，弟子們都目瞪口呆瞬間僵住。

然而下一刻，他們馬上笑著開始歡呼。

「啊啊……終於，讓大家知道天狼星少爺有多麼厲害的時刻終於來了！」

「打倒校長，給那些瞧不起大哥的人一點顏色看看！」

「我也會為你加油。可是對手是那個魔法大師，小心別受傷唷。」

弟子們如此期待我的表現。

我重新鼓起幹勁，絕對不能讓他們看到我難看的樣子。

兩天後……我在競技場的準備室做暖身運動，檢查裝備。

昨天我有充分休息，因此身體很輕，這樣應該能以萬全的狀態迎戰。

「……好。準備完畢。」

武器雖然可以自由攜帶，對上校長我想展開肉搏戰的機會應該不多，所以我沒有帶迪給我的劍。

平常用的祕銀刀和幾把飛刀，再加上一些攻擊用的道具就夠了吧。總之一定會需要四處跑動，因此我檢查了一下武器有沒有牢牢固定在皮帶上，以免打到一半掉下來。

至於防具，只有學校的制服。

校長是能連續發射魔法的對手，停下腳步的瞬間就輸定了。我本來的戰術就是著重於迴避，因此不成問題。

仔細檢查好裝備後，有人來通知我比賽要開始了，我便走向競技場。

我走出準備室，迎接我的是坐滿觀眾席的學生。

我在眾人矚目下走到中央，聽見響徹整個競技場的聲音。

『讓各位久等了。校長與天狼星同學的對決即將開始。』

是麥格那老師的聲音，他在觀眾席一角的實況區，用能增大音量的風魔法「風響」的魔導具說話。形狀雖然不同，那個魔導具就像我上輩子的擴音器。

我環顧四周，觀眾席除了學生外，也有一些成人貴族。

大概是校長請來的吧，為了讓那些腦筋死板的貴族和滿足於現狀的人看看這場戰鬥，讓他們知道自己以前說的是對的。

是說坐在貴賓席的好像是我認識的人……

『此外，今天艾琉席恩的下任女王候補莉菲爾公主也蒞臨觀戰。請各位多加留意自己的儀態舉止。』

莉菲爾公主站起來向大家揮手，旁邊是賽妮亞和梅爾特，學生們紛紛歡呼。受歡迎是很好，不過沒想到她會特地來看我跟校長比賽。這個人還是老樣子很有行動力，我不禁有點傻眼。

我望向坐在觀眾席的莉絲，她不停對我低頭道歉，看來是被下封口令了。

我嘆著氣收回視線，這時莉菲爾公主發現我在看那邊，對我揮揮手，所以我也揮手跟她打招呼。

『我雖然跟校長很熟，對天狼星同學卻不甚瞭解，因此這次特別帶了兩位解說員來。』

『我是赫爾提亞家的次男，馬克·赫爾提亞。天狼星同學教了我許多知識，我想我多少可以幫忙解說一些。請各位多多指教。』

『我是天狼星少爺的隨從，艾米莉亞。有關天狼星少爺的事就統統交給我吧。』

馬克也就算了，艾米莉亞啊……妳到底在那邊做什麼？

認識的人若無其事地坐在那裡當解說員，害我一個頭兩個大，但我還沒看到雷烏斯，那傢伙實在不像會乖乖觀戰的人，到底在哪裡……

「大・哥・大・哥！加油加油！」

「老・大・老・大！加油加油！」

我還想說觀眾席某個角落怎麼特別吵，原來是因為雷烏斯揮著一面大旗子，和他的小弟一起大聲加油。

昨天他就偷偷摸摸的……結果是在搞這個啊。我覺得很丟臉，非常想回去，雷烏斯卻像在揮劍一樣，不停揮那面旗子。

旗子不是用那麼快的速度揮的東西吧。

『雷烏斯！你在做什麼！』

我才剛這麼想，艾米莉亞就用魔導具擴大音量斥責他。

很好。就這樣讓那群丟臉的啦啦隊閉上嘴巴。

『你這樣揮旗子看不清楚啊！姊姊不是教過我們嗎？揮旗子時要像在空中劃出一道大大的圓弧！』

「對喔！」

……真的好想回去。雖然我說要回去也沒用。是說會教他們這種事的姊姊，就只有那個愛作怪的貓耳隨從吧？下次見面我絕對要賞她一記鐵爪功。

我的精神已經相當疲憊，那三個人卻還在繼續實況。

『兩位對這場比賽有什麼看法？我認為我的老師——也就是校長會贏，但天狼星同學的實力仍是未知數，個人認為他的表現應該會不錯。』

『正常來說應該要回答校長贏，可是天狼星同學的實力我算略知一二。我想一定會是場精采的對決。』

『當然是天狼星少爺贏！』

『兩位對天狼星同學的評價很高呢。不過其他同學好像並不這麼想……』

半數以上的學生都在碎碎念「幹麼去跟校長打啊……」或是「無能幹這種有勇無謀的蠢事……」等等，不屑地看著我。

『話說回來，天狼星同學的防具只有制服，這樣沒問題嗎？』

『天狼星少爺的戰鬥方式以迴避為主。他認為被打中任何一擊都不行，因此裝備自然而然也會偏重於用習慣的或是方便活動的東西。』

『原來是這樣啊。仔細一想被校長的魔法打中不可能不受傷。某種意義上來說，確實是適合應戰的裝備。』

『我明白了。好了，兩位選手似乎都已經準備完畢。』

我走到比賽場中央時，校長從對面的通道中走出。

校長穿的不是平常那件長袍，而是上面鑲滿飾品的高級長袍，很符合「魔法大師」之稱的打扮。

『校、校長！您是說過會使出全力沒錯，不過竟然把那件長袍拿出來用，您在想什麼啊！這樣未免太幼稚了！』

『麥格那老師，校長穿的長袍看起來很高級，請問那到底是什麼東西？』

『……那是校長上戰場或與強敵對決時才會穿的防具。用只有妖精知道怎麼製作的祕銀絲編織而成，所以非常輕，是比鐵製鎧甲還要堅固的高級長袍。連這麼厲害的東西都拿出來了……表示校長很期待天狼星同學的表現吧？』

校長好像祭出非常好的裝備，但我不會因此罵他奸詐。

他事前就告訴過我他會穿最好的防具應戰，甚至準備他自己的稀有防具及飾品，叫我挑喜歡的借走。

然而我並沒有接受他的好意，決定憑雙方自己擁有的裝備分出高下。

因為這不是在互相殘殺。

我和校長只是想盡全力跟對方打一場而已。

校長緩緩走到我面前，笑得很開心，眼中的鬥志卻讓我有種全身緊繃的感覺。

「天狼星，這一天終於到了。我再問一次，你真的願意與我交手嗎？現在還來得及回頭喔？」

「您別說笑了。為了邁向更高的地方，我要請您當我的墊腳石。」

「要我當墊腳石是可以，不過我可不好對付喔？那麼，差不多該開始了。」

做完最終確認後，我們暫時拉開距離。

比賽場是平地，沒有障礙物阻擋魔法，因此乍看之下對我不利，不過基於校長的要求，我們決定一開始先走表演路線。

等到學生明白這場戰鬥不是餘興節目，我們再拿出真本事。

雙方都就定位後，校長發動「風響」對所有學生說：

『你們現在八成在想「這麼浪費時間的戰鬥有意義嗎……」。對一名學生使出全力的幼稚的我，以及對魔法大師下戰帖的有勇無謀的挑戰者，這兩個人的對決確實會讓人懷疑有沒有觀戰的價值。然而這場比賽結束後……你們會發現自己錯得離譜。』

校長停了幾秒，環顧周遭，掀起斗篷放聲宣告：

『所以請各位仔細看看這場比賽。你們會知道魔法有無限的可能性，才能不代表一切。站在我面前的天狼星是無色，這是眾所皆知的事實。不過，給我看清楚被人說成無能的無色，靠著努力可以爬到多高的境界。什麼都不知道就笑著鄙視別人的時代，將在今日告終。』

觀眾席和比賽場間在演講結束的同時出現一道結界。

確認結界發動後，校長看向實況區，麥格那老師點點頭，從懷裡取出魔石。

『那麼，校長和天狼星同學的對決即將開始。』

從魔石射出的「火焰槍」高高射向空中，為我和校長……不對，為我和羅德威爾的戰鬥揭開序幕。

「先讓我見識一下你的本事吧。」

我讓羅德威爾先攻。

不愧是魔法大師，無詠唱自不用說，一次製造出近十根「火焰槍」也跟暖身運動沒兩樣，不費任何工夫。羅德威爾毫不留情將「火焰槍」射向我，彷彿在對我表示「這對你來說不成問題吧」。

雖然他說過一開始要當成表演，突然用十根「火焰槍」攻擊人難度會不會有點高？一般學生遇到這招就玩完了喔。

坐在觀眾席的學生一副「要結束了」的樣子，我揮了下手，「火焰槍」就同時在空中爆炸。

與「火焰槍」數量相同的爆炸聲與暴風炸裂開來，學生們紛紛開始交頭接耳，討論發生了什麼事。

『……剛才到底怎麼了？』

『那是天狼星同學的「衝擊」吧。我在跟他一起訓練時看過好幾次，不過真沒想到可以同時擊破十根「火焰槍」……』

『以天狼星少爺的實力來說，這是當然的。』

「大哥——！不愧是大哥！」

學生們目瞪口呆，羅德威爾則再度射出十根「火焰槍」，我跟剛才一樣迎擊，將它們統統擊落。

重複兩次後，羅德威爾暫時停止使用魔法，對麥格那老師使眼色。

『我想各位的注意力都放在天狼星同學如何迎擊那麼猛烈的攻勢上，各位是否發現，他施展魔法時並沒有詠唱咒文？根據我事前得知的情報，天狼星同學似乎是靠自學達到這個境界的。』

這番話是對注意到其他地方的學生說的。

學生們因此發現我沒有念咒，大吃一驚，不過這還只是剛開始而已。

「呵呵呵……這種程度果然稱不上暖身運動嗎？那麼，稍微提高一點難度好了！」

羅德威爾大概是興奮起來了，笑著使出對古雷葛里他們用過的「元素之力」。

魔法發動的瞬間，無數的炎槍、水球、風刃、岩槍出現在空中，羅德威爾手一揮就同時朝我射過來。

炎槍和岩槍只要用「衝擊」就能應付，可是水和風不僅很難徹底擊落，還可能改變路線，因此我故意沒有瞄準它們。

「『衝擊』連射！」

不是所有魔法都在我射得中的地方，所以我只有瞄準看起來可以直接命中的魔法，我自己也到處移動，閃躲攻擊。只要使用能讓大腦同時思考不同事情的「並列思考」，這並不算難。

我在比賽場上繞了一個大圈，閃避魔法之雨的攻擊，偶爾魔法的餘波會往觀眾席飛過去，但全都被為了這種時候設置的結界擋下來了。

即使學生們不想承認，無數魔法轟在結界上的景象，也能讓他們理解羅德威爾沒有放水吧。

『那個……我怎麼覺得天狼星同學做出了人類辦不到的動作？』

『少爺把那些岩石拿來當踏臺用。對於看得清雷烏斯劍路的天狼星少爺來說，這只是小菜一碟。』

『……不行。我沒自信防得住這招。到底怎麼樣才能做出那種動作……』

『全都是靠平常的訓練。少爺從小就一直自我鍛鍊，努力不懈。我和雷烏斯同時進攻也碰不到他一根手指頭，那種程度的攻擊應該不算什麼吧。』

視狀況而定，有時連莉絲都會加進來，三個人對我一個。

這種時候可以讓我練習一面抵擋雷烏斯的劍，一面閃躲艾米莉亞和莉絲射出的無數魔法，因此羅德威爾剛才的攻擊構不成威脅。

羅德威爾八成是知道我可以應付，慢慢增加魔法數量，最後增加到三十個左右……我卻還沒被打中。

這個狀態持續了一段時間，我的眼睛差不多習慣這些魔法的速度時，羅德威爾改變了攻擊模式。

他降低使用岩槍的頻率，開始讓我腳邊的土隆起，妨礙我的行動，或是在我面前做出土牆，阻止我逃跑。

即使如此我還是閃得掉攻擊，可是變麻煩了也是事實。

「『土工』嗎！厲害。」

「『土工』本來不是用來攻擊的，不過也有這種用法。比起這個，光躲是贏不了我的喔？」

是啊……學生們也已經明白羅德威爾是認真的，差不多該轉守為攻了吧。

「那麼我也要進攻了。『增幅』。」

用魔力強化身體後，閃躲起來更不費力，所以我對羅德威爾使出迎擊用的「衝擊」。

然而羅德威爾輕輕一跳就閃了開來，還用魔法回擊。以他的實力邊移動邊用魔法也沒什麼好奇怪的。想不到會變得跟移動砲臺一樣，真的很棘手。

「可惜，想打中我沒那麼容易。」

「那麼這招如何？『魔力線』。」

我高高舉起手，揮下做得比較粗的魔力線，魔力線像鞭子似的撕裂地面，襲向羅德威爾。

羅德威爾雖然嚇了一跳，這個攻擊畢竟是從正面而來的，所以一下就被他閃過。

「呼……嚇我一跳。把『魔力線』拿來這樣用嗎……不，能製造出這麼堅固的線的你更令人驚訝。」

「謝謝誇獎。但是，我的攻擊還沒結束喔？」

我之所以在比賽場上跑來跑去，是為了將我製造出的魔力塊設置在各個地方。

剛才的攻擊將羅德威爾引到了指定位置，一切都準備就緒。

雖然有幾個魔力塊被魔法波及到，我設置的魔力塊都用「魔力線」連接著，只要透過魔力線注入魔力，就能朝指定位置同時發射「衝擊」。羅德威爾之前都沒有減緩攻擊過，現在他終於發現周圍有其他人的魔力。

「這個……該不會背後也有？」

「沒錯。這一擊……您要怎麼躲呢？」

我將魔力透過「魔力線」輸送過去，接近二十道「衝擊」同時轟向羅德威爾。

『好、好激烈的攻防戰。尤其是天狼星同學使用的無屬性魔法，跟我所知道的魔法截然不同。難道是他發明的新魔法？』

『不是的。天狼星少爺只是強化了我們所知的無屬性魔法，改變了一下使用方式。少爺對我們說過好幾次，一切都是靠自己的想像。』

『他也跟我說過。不要把大家用的魔法視為理所當然，只要強烈、深刻地想像，就能有無限的可能性。雖然非常辛苦，拜他所賜我才能有所成長。』

在我好奇羅德威爾要如何對付這全方位的攻擊時，他做出一道半球型的土牆防禦。

那種厚度的防壁，我的「衝擊」應該轟得碎，接下所有攻擊的土牆卻完好無缺。防壁中的魔力量固然是土牆沒遭到破壞的原因之一，不過看那些從崩裂處流出來的細沙，主要原因應該是他模仿了我之前在交換戰用過的那招。

「原來如此……由對的人使用它，就會變得這麼堅固啊。」

「嗯，這是很優秀的防壁喔。我還順便改良了一個部分。」

本以為剩下的土牆會直接崩解，土的碎片卻結合成一塊朝我射過來。羅德威爾把它改良成能立刻轉守為攻、可攻可守的魔法了。

威力看起來比初級魔法的「岩彈」還弱，可是萬一被直接打中，我一定撐不了多久，因此我用力往旁邊一跳，閃了開來。

在我的腳踩到地面的瞬間……陷阱發動了。

「跟你引我中陷阱一樣，你也中了我的陷阱。」

腳邊突然出現一個用「土工」做成的大洞。

我立刻想用「空中踏臺」跳到上空，卻因為發現一件事，選擇乖乖掉到洞裡。

確認底部什麼機關都沒有後，我降落在地，抬頭一看……一塊比這個洞還大的岩石掉下來，把洞口堵住了。

要是我情急之下往上跳，說不定會撞到那塊石頭。

『那、那樣沒問題嗎？』

『那是校長常用的戰術之一。用來封住對手的行動，捕獲對方。想逃出去只能往旁邊挖洞，或是擊碎那塊巨大的岩石。』

『那就沒問題了。那種大小的岩石，天狼星少爺之前就打碎過。』

『那塊石頭確實很大，不過天狼星同學的「衝擊」應該可以應付吧。』

『天狼星少爺空手打碎過更大的石頭唷。』

『那個……妳是說……空手嗎？』

『是的，空手。用「增幅」強化身體，再用覆蓋魔力的拳頭打碎。』

『『…………』』

好了，只要擊碎堵住洞口的岩石就能逃走，可是我用「探查」一看，羅德威爾好像已經發動魔法，在外面伺機而動。就算我破壞岩石從這裡逃出去，當下就會遭到羅德威爾毫不留情的攻擊。

因此我沒有馬上試圖逃離，而是在做準備。

這是洞裡沒有機關才能做的事。照理說應該要在底部設置土槍，或是敵人掉下去後會灌水進來，羅德威爾卻沒有設這些陷阱，證明他也還想跟我繼續打吧。

過了一會兒，做好準備的我在對上方的岩石使出「衝擊」的同時，發動畫在地面上的魔法陣。

伴隨爆炸聲碎裂的岩石與沙塵，遮蔽四周的景象，羅德威爾迅速使出「疾風」吹散沙塵。

他正準備用事先召喚出來的魔法攻擊我……我卻不在他的面前。

「跑哪去了——啊!?」

「您的直覺真敏銳！」

雖然有些位置看不見，坐在觀眾席的學生應該注意到了吧。

岩石碎裂的同時，羅德威爾身後多出了一個洞。

我剛剛在洞裡畫了「土工」的魔法陣，趁他注意力被碎掉的岩石吸引住時，做出通往他身後的密道。

我趁他的注意力完全放在前方時從洞裡跳出來，朝背對著的羅德威爾發射「麥格農」。我想像的是橡膠彈，並非實彈，所以被打中也不會死。

羅德威爾慢半拍才回過頭，可惜我的子彈已經近在眼前。

這絕對躲不掉……我才剛這麼想，越來越接近目標的子彈彈道卻開始偏移，避開羅德威爾的身體射向其他方向。

『啊啊……校長祭出那招了啊。』

『麥格那老師，請問那到底是怎麼一回事？就我看來，校長的身體好像捲起一陣風……』

『那是校長穿的長袍的能力。雖然會耗費不少魔力，發動後就會跟你剛才看到的一樣，以身體為中心捲起一陣風，可以保護自己不被遠距離武器攻擊。』

『原來還有那種魔導具呀。』

在那麼近的位置強制讓彈道偏移，看來那陣風挺強的。

不過我不會覺得他卑鄙或幼稚。因為我也藏了用來畫魔法陣的道具，以及其他東西在口袋裡。

也就是說儘管道具的等級有差，我們彼此彼此。

「幸好我為了以防萬一發動了這招。你真的是不能用常理判斷的人。」

「您在說什麼啊？我做得到這種事，表示只要想得到，每個人都有能力辦到喔？只對我用另類的眼光看待太不公平了。」

「呵呵，確實如此。真是的……要是能更早遇見你，與你一起鑽研魔法，不曉得我們可以引發多大的革命。」

「您那麼看重我，我會很傷腦筋。那麼差不多該……」

「是啊，也該認真打了。」

身體都暖起來了，針對學生的表演可以告一段落了吧。

我們暫時停手，準備重新開戰，在正式開打前我提出一個意見。

「我有點在意，這個比賽地點是不是對您比較有利？」

「唔……可是只有這裡有結界，換地方會擔心波及其他人吧？」

被魔法餘波轟得到處是洞的比賽場上沒有像樣的遮蔽物，明顯對擅長魔法的羅德威爾比較有利。

一兩個不利因素我不會在意，可是由於上輩子我做的是那種工作，經常利用地形來戰鬥……

「所以，我可以改造一下場地嗎？很快就好了。」

「好吧。如果這樣能見識到你的真本事，請自便。」

「謝謝您。那麼……」

羅德威爾也同意了，因此我從口袋拿出魔石扔到地面，把手掌覆蓋在其上。魔石上的魔法陣是「土工」，我注入魔力，發動魔法……

「『土工』……臨界！」

魔石應聲而碎，龐大的魔力傳遍比賽場，引發地震。周圍的地面在同時凹陷，又開始隆起，平坦的比賽場最後變成高低起伏劇烈的高地般的地形。

我吸收回消耗掉的魔力站起身，和目瞪口呆看著我的羅德威爾對上視線。

「差不多這種感覺，您覺得如何？不行的話也可以弄回原狀。」

「哎呀……竟然這麼鎮定地做了我從來沒想過有人會做的事。我驚訝到說不出話來了。」

把價值數枚金幣的魔石當消耗品用，別人看了當然會驚訝。

不過校長的表情跟他說的話相反，笑容滿面，看起來很高興的樣子，我想應該沒問題吧。

觀眾席一片寂靜，再也感覺不到鄙視我的視線。

這場對決是我的畢業考，也是為了讓其他人承認我有資格當兩姊弟的主人，羅德威爾則是想讓大家知道魔法的可能性，以及除了他以外還有人施法不用念咒。

現在我們的目的都達成了，之後只要……

「那麼，我們繼續吧。」

「嗯，我也要認真起來了。」

只要拿出所有的力量，全力以赴。

以這句話為信號，我和羅德威爾同時狂奔而出。

我一面向前衝，一面射出魔法，羅德威爾則邊後退邊用魔法。我想拉近距離，對方想拉遠距離，會出現這種狀況極其自然。

不愧是以魔法戰為主的人，很擅長拉開距離。

再幾步我就能衝到他身前，可是羅德威爾大概看穿我的動作及目的了，使用無數魔法瞄準我的腳邊或我想移動到的地方，導致我一直無法靠近他。

除此之外，他還做出土牆和地洞妨礙我的行動，看來是想害我閃不掉攻擊。

對於用魔法戰鬥的人而言，這是理所當然的戰術，所以我不會覺得他卑鄙。

我當然也會抓準時機射出「麥格農」，但羅德威爾的動作比想像中更敏捷，還會用長袍的能力抵禦攻擊。

「你是很會閃沒錯，可是只要不讓你靠近就不會有問題了。」

「那我就直接從正面攻擊！」

我在千鈞一髮之際閃過羅德威爾射出的風刃，朝前方衝出去，羅德威爾卻立刻做出一道土牆，阻擋我的去路。

八成是想趁我閃開土牆的瞬間攻擊，不過這次沒有閃的必要。

「擋路的東西破壞掉就好。『射擊』。」

我射出的魔力彈在命中的瞬間釋放強力衝擊波，在土牆中央開出一個大洞。

我從洞裡瞄準羅德威爾，準備射出想像橡膠彈的「麥格農」，羅德威爾卻用了長袍的能力，逼我中斷攻擊。

「這可是連『火焰槍』都擋得住的土牆，你竟然輕輕鬆鬆就把他轟碎，我快失去信心了。」

「雖然外表跟『衝擊』一樣，剛才的魔法叫做『射擊』，是我自己發明的魔法。在我會用的魔法中著重於威力上，那種土牆當然轟得碎。」

「看來你還會用更加強力的魔法。太令人期待了！」

羅德威爾與我交談的期間仍在集中魔力，發動風屬性上級魔法「暴風」。

「暴風」是召喚包含無數風刃的巨大龍捲風，將目標捲入風中斬裂的魔法，他終於連上級魔法都用出來了。戰況會變得更加嚴峻，不過能跟會用上級魔法的人交手的機會並不多，我要趁機多累積一些經驗。

逐漸逼近的「暴風」是廣範圍魔法，照理說應該往旁邊閃，離開它的攻擊範圍，我卻故意朝龍捲風跑過去。

『天狼星同學！你在做什麼啊！就算是你，想要正面突破未免太困難了！』

『校長也是，又不是在跟軍隊打，請您別用上級魔法好嗎！』

『校長的「暴風」果然比我的還大。可是……』

我之所以選擇正面突擊，是因為我早已發現對付「暴風」的方法。

這個魔法是艾米莉亞的畢業考考題，我看她在鑽石莊練習的時候想到如何破解，實際試過後確實成功了。

乍看之下很難躲開，其實關鍵在於上方，只要用「增幅」強化肉體，再用「空中踏臺」跳過去就沒問題了。

接著再對從腳邊通過的龍捲風中心射出數發「射擊」，龍捲風便被來自內部的衝擊破壞，只留下幾道風刃。

『龍捲風的弱點在中心，天狼星少爺一出手就能破解。』

『確、確實很厲害。』

『是我看錯……嗎？天狼星同學怎麼好像在天上飛……』

『那是用雙腳使用「衝擊」，在空中跳躍。可是因為很難控制，一次只能用一、兩次。順帶一提，雷烏斯也會唷。』

「咦？姊姊，那招是這樣用的嗎？」

『乖乖揮你的旗子。』

「知道了！」

羅德威爾不是能讓我保留實力的對手，因此我不小心用了「空中踏臺」……幸好艾米莉亞幫我唬弄過去。要是被人知道我可以在空中自由移動，可能會有一堆愚蠢之徒來煩我，真是得救了。

我踢了附近的高臺一腳，想要一口氣接近羅德威爾，上級魔法被我破解的羅德威爾卻冷靜地發動「元素之力」，再度展開彈幕。

「我還以為你會更驚訝一點！」

「每次看到你做什麼都要驚訝的話會沒完沒了。我決定那些小事之後再想。」

為了在空中避開魔法，我把「魔力線」固定在附近的岩石上，藉此移動，魔法卻一直瞄準我攻擊，我便暫時躲在大石頭後面。

之後我繼續拿石頭及岩壁當遮蔽物，屢次試圖接近羅德威爾，然而他的攻勢太過猛烈，我至今仍然無法靠近任何一步。就他看來明明到處都是障礙物，還能精準地瞄準我，只能說他厲害。總之一旦停下腳步，我八成下一秒就會被幹掉。

『那個……我偶爾會看見天狼星同學在岩壁上跑……他是怎麼做到的？』

『只是單純的跑步而已。距離不長的話我和雷烏斯也辦得到，我想應該不算太難。』

『我倒覺得那不是簡簡單單就學得會的技術。』

『是嗎？我還想說總有一天要讓莉絲也挑戰看看……』

「我辦不到啦！」

我聽著場外的對話射出「麥格農」，設法將羅德威爾引到某處，因此不小心被幾個魔法打中，受了點輕傷，可是這些傷遠遠不足以致命，沒什麼大不了。

羅德威爾被我引到目的地後，我加快速度，從正面攻擊。

「事到如今還搞突襲嗎！」

羅德威爾雖然覺得奇怪，還是使出魔法攻擊我。我將「魔力線」固定在右側的岩石，同時用力一拉，幾乎拐了九十度的彎閃開魔法。羅德威爾緊盯著我的身影，我卻用同樣的方法移動，消失在他的視線範圍內。

我把他引到這邊，是想讓他被方便使用「魔力線」的岩石包圍住。

我沒有停下來，不斷上下左右移動，持續擾亂他，趁他完全跟丟我的那個瞬間繞到他背後。

「喝啊！」

羅德威爾慢半拍才回過頭，但我已經抬起腳來了。

目標是他的下巴，讓他的大腦受到衝擊，無法戰鬥。距離那麼近，他不會有時間用長袍的能力，應該踢得中才對。

巧的是我當初讓萊奧爾昏倒也是用這個方法，不同之處在於……

「你以為我不能打肉搏戰嗎？」

對手沒有大意，其實是懂體術的。

他不僅向後仰躲開我的踢擊，還在那個狀態下揮出右拳反擊。

我勉強閃開來，重新擺好架勢望向羅德威爾，發現他用兩根手指指著我。

看出他的指尖在凝聚魔力的瞬間……我想到他之前把防壁做成半球型，立刻伸出食指和中指使用魔法。

「『風霰彈』。」

「『霰彈槍』。」

魔法自我們兩人的指尖射出，接連不斷的巨大爆炸聲響徹競技場。

「霰彈槍」就跟它的名字一樣，是射出無數細小「衝擊」的魔法。射出去的衝擊彈雖然會呈扇狀散開，射程卻很短。不過這是針對整個面，而不是針對一個點的攻擊，是很適合用在肉搏戰上的方便魔法。

「風霰彈」則是它的風屬性版，是艾米莉亞模仿我發明的魔法，照理說應該只有她會用，想必是羅德威爾在革命事件時看艾米莉亞用過這招，學了起來。

我很想叫他不要偷學別人的魔法來用，可是看一次就能自己重現，值得驚訝。

是說雖然屬性不同，同能力的魔法撞在一起不曉得會怎麼樣？

結果……在無數的霰彈中，沒有互相抵銷的子彈直接射中我們兩個，我和羅德威爾一同飛向後方。

子彈幾乎都抵銷掉了，所以並沒有痛到哪去，可是距離被拉開還挺不妙的。

再加上我得知羅德威爾的身體能力好到躲得開我的突襲，也不能貿然跟他打肉搏戰。

「沒想到不只魔法，您連格鬥術都學過。」

「活得久人生歷練也會比較豐富嘛。不過閃得掉那一拳的你也很厲害喔，因為那其實是必殺一擊……」

「我也經歷過很多事，不練到這個地步是活不下來的。」

「哎呀……你這麼年輕，究竟有過什麼樣的經歷？希望哪天可以跟我分享一下。」

就算你這麼問，我也只能回答「其實這是我的第二人生……」。

如果是羅德威爾，我覺得他會相信我這段離奇的故事，但他可能會想對我做奇怪的實驗或狂問我問題，還是不要告訴他好了。

「來吧，我的魔力還很足夠！請你不要不支倒地啊。」

「您才是，小心不要不小心被我打中，害這場對決結束喔。」

不愧是人稱魔法大師之人，羅德威爾接連使出我只有在書上看過的魔法。

那種魔法非常難應付，但也是不錯的經驗。

土屬性上級魔法「地裂」能讓一定範圍內的地面崩裂，於敵人腳邊製造出無數的岩槍，我從側面踢擊刺出來的槍，逃到魔法範圍外。

火屬性上級魔法「爆炎」是能讓指定地點爆炸的簡單魔法，可是爆炸範圍廣，閃起來很辛苦。

就這樣……我和羅德威爾的攻防戰持續了好一段時間。

「……漂亮。老實說，我沒想到你這麼厲害。」

「呼……謝謝誇獎。」

我已經是第三次補充消耗掉的魔力。

我隨時都維持在增幅狀態下，閃躲攻擊時也會用到魔法，所以魔力才會消耗得那麼快，可是羅德威爾到現在都看不出魔力枯竭的徵兆。

羅德威爾大概是覺得再這樣下去沒完沒了吧，他暫時解除魔法，向我提議。

「雖然我想繼續跟你打，競技場好像快撐不住了。差不多該告一段落了吧。」

「是啊。觀眾似乎也嚇到累了。」

上級魔法大多是廣範圍魔法。

拜結界所賜，目前沒有學生受傷，但我們一直在給結界造成負擔，所以羅德威爾知道結界快不行了。

「天狼星，你大可感到驕傲。能在我的魔法攻勢下撐這麼久的，除了你只有剛劍一人。」

「您跟剛劍交手過嗎？」

「嗯。那是二十年前左右的事，公會委託我摧毀某個大型盜賊團時，我跟他交過手。他好像是被盜賊騙去當傭兵，面對我的魔法和鐵製巨石兵，全都只用一把劍砍斷，展現出驚人的劍技。」

之後他們在使出真本事前解開誤會，一起擊潰那個邪惡組織。

真是的……真想問那個老爺爺他到底在幹麼。

我想這應該是他失去幹勁前的故事，當時正好是全盛時期吧。我可以鮮明想像出萊奧爾笑著砍斷羅德威爾的巨石兵和魔法，以及兩位最強之人將盜賊團徹底摧毀的畫面。

「這麼說來，雷烏斯也跟剛劍一樣使用剛破一刀流呢。難道你們認識剛劍？」

「是的。我偶然遇見剛劍，自然而然跟他熟了起來。後來我把雷烏斯介紹給他，剛劍就幫忙教他劍術。」

雖然他現在最感興趣的是彷彿孫女的艾米莉亞。

「原來如此。那個男人只對強者感興趣，這樣用那招應該也沒問題吧……」

看來閒聊就到此為止，羅德威爾給人的感覺變了，因此我也切換成戰鬥狀態。

「好了，我們繼續吧。在開始前我先跟你說件事……改變地形會變得有利的，不是只有你一個人喔？」

羅德威爾在說出這句話的同時發動魔法，周圍的岩壁射出無數條鎖鏈。是用土鎖鏈束縛對手的中級魔法「土縛鎖」，不僅數量多，還從包含岩壁側面的四面八方襲來，不好迴避。

在戰鬥途中主動逃到對自己不利的地形，原來是為了這個嗎……

「我的速度比較快！」

只要在鎖鏈碰到我前飛奔而出，解決掉羅德威爾即可。

在我用力踏出一步的瞬間，前方出現一道土牆妨礙我，我用「射擊」射穿土牆中央，準備從那個洞跑出去時……感應到大量的魔力反應。

「這個魔法速度雖然不快，有時候還挺好用的。」

洞的前方有無數的「風衝擊」。

「風衝擊」跟「風霰彈」一樣，是艾米莉亞模仿我的「射擊」自創的魔法，製造出把風壓縮到極限的球，碰到東西就會爆炸，將裡面的風一口氣轟向對手。

想閃也幾乎沒空隙給我閃。只能做好覺悟了。

「暫時拉開距離！」

我用其他魔法引爆所有的「風衝擊」，被強大的風壓吹向後方。

然後在地上滾了好幾圈，用力撞上途中的岩石才終於停下。

『天狼星少爺!?』

『妳、妳冷靜點！麥格那老師，趕快中斷這場比賽！』
『校長！就到此為止吧——校長!?』
麥格那老師馬上要求中斷比賽，看到比賽場上的景象卻說不出話來。
因為被吹走的我立刻站了起來，反而是羅德威爾痛得蹲在地上。
我之所以沒事，是因為在被「風衝擊」擊中前先用了「空中踏臺」躍向後方，減輕傷害。
代價是我跟羅德威爾拉開了一大段距離，不過我也沒有白白挨打。
我在飛出去前對羅德威爾旁邊的石頭射出「麥格農」。調整過威力的魔力彈一面破壞岩石一面彈跳，直接射中羅德威爾的側腹。這是利用跳彈從視線死角攻擊的一擊，看羅德威爾按著側腹站起來，似乎沒有造成有效的傷害。
不管怎麼樣，這招應該沒辦法再對他用了。
「唔……厲害。想不到你會在那種狀況下攻擊。害我集中起來的魔力差點被打亂。」
「謝謝誇獎。話說回來，您特地拉開距離的意思是……」
「是的，這個魔法就是最後一招。被直接打中會死人的，請你小心不要下錯判斷喔。」
我好歹是這裡的學生，笑著對我講出這種臺詞不太好吧。

羅德威爾在跟我講話的途中也在凝聚魔力。他集中了好一段時間終於發動的魔法，一言以蔽之……就是很大。

周圍的大量石頭及岩塊開始浮上空中，悉數集中在羅德威爾正上方……

『校長！您未免做得太過頭了！』

『這、這是魔法嗎!?魔法大師到底厲害到什麼地步……』

『天狼星少爺！』

石塊凝聚成足以掩蓋一半比賽場的巨大岩石。

巨石緩緩移動，以我為中心開始墜落。

這個……已經可以說是一座小山了。「射擊」不太可能破壞得了它。

「這是我經過長年研究發明出的魔法『山崩』。為了你我特地做得比較大喔。」

誰要這種特別服務啊。

我差點忍不住吐槽，不過現在得想辦法處理那座山。

幸好離它墜落還有一段時間，照理說應該逃進通往準備室的通道，或是用魔法陣挖一個洞躲進去。羅德威爾大概也預料到這點了，在巨石掉下來前幫我在附近做了一個頗深的洞。

陷阱的可能性很低。因為羅德威爾讓巨石自由墜落後，露出好像在期待什麼的嚴肅神情。

也就是說，羅德威爾並非想用這招打倒我。

對我使用如此巨大，以對付一個人來說太過大費周章的魔法的原因……恐怕是在測試我。

這場對決只要稍有失誤就會危及性命，羅德威爾卻從途中開始就在期待我會怎麼破解他的魔法。

「你會怎麼做呢……？」

而我也很享受這種命懸一線的戰鬥。

這種感覺……我有印象。

不是前世，是數年前……跟那個剛劍萊奧爾交手時經歷過的感覺。

剛劍萊奧爾和人稱魔法大師的羅德威爾。

這兩個人都持續追求一個目標，不小心變得太強，找不到能與之為敵的人，渴求能讓自己使出全力的對手。

他們身心明明都是成熟的大人，卻跟小孩子一樣期待與我交手。

所以……我想回應他的期待。

不，我也跟他們倆一樣，想要測試自己的全力。

『竟然對學生使出對龍用的魔法，您瘋了嗎！請您立刻解除魔法！』

『天狼星少爺該不會……』

『天狼星同學，為什麼要站在原地！以你的速度應該逃得到魔法範圍外才對！』

『少爺該不會是想破壞它吧……』

『『……什麼？』』

好了……讓我抵抗到最後吧。

離巨岩砸中我……差不多十幾秒吧？

我先發射「麥格農」調查巨石的硬度，表面輕輕鬆鬆就被我擊碎，開出一個小洞，我想應該不會太堅固。不意外，畢竟它本來就是用沙子和石頭硬湊而成的。

然而它的尺寸太大，用「麥格農」的話，一整天都沒辦法把它徹底轟碎。

我接著對巨石中央使用「射擊」，儘管轟出一個非常大的洞，離完全破壞還有一段距離。就算把剩下的時間都拿來用「射擊」射它，八成也只能轟掉三分之一。

也就是說，一定強度以上的衝擊雖然可以擊碎它，問題在於質量……要讓衝擊遍布整塊石頭才行。

我深深吸了口氣，將全身的魔力集中在右手。

「反器材步槍……設置。」

我想像的是反器材步槍。

上輩子也叫做反坦克步槍，威力跟它的名字一樣，連鋼鐵做成的坦克車都射得穿。

不過想像反器材步槍的全力一擊，究竟會有多大的威力……老實說我無法想像。畢竟我認真使出的「麥格農」和「狙擊」不僅是威力，連射程都遠超實物。

這一擊搞不好連地形都有辦法改變，但我面前的這塊巨石就是改變地形做成的。要使出全力只能趁現在。

『……看來他是認真的。』

『沒、沒問題嗎？』

『天狼星少爺，請盡情發揮吧！我會看在眼裡！』

把右手的魔力集中在一個點壓縮後，我立刻補充魔力，再度將它集中於右手，然後壓縮。

集中……壓縮……集中……壓縮。

如此反覆之下，我右手的魔力塊變得會散發淡淡的光芒。

魔力是無色透明的東西，本來應該無法用肉眼看見才對，代表這顆子彈蘊含了多麼龐大的魔力。

「……不行。」

可是……這樣是不夠的。

這種程度恐怕會在途中卡住，衝擊無法擴及整顆岩石。

然而現在的我因為經歷過好幾次魔力枯竭，全身都在發疼，一分心可能就會昏倒。因為補充魔力雖然能減緩身體的疲勞，倦怠感卻不會消失。

不過就算失敗，羅德威爾這麼厲害的人，應該會在我腳下做出一個洞救我一命吧。

時限差不多快到了，我也快要無法繼續維持魔力，可是……

「……還不夠！」

即使如此，我還是咬緊牙關，再度將魔力集中在右手。

不夠的話……只要再重複一次就好。

如果威力太強貫穿過去，前方是天空所以用不著擔心。

我剛才以為自己再也維持不住魔力，可是我的弟子藉由訓練得到成長，跨越了好幾次極限。

「身為師父的我……怎麼能不超越極限！」

雖然因為目標過於巨大，距離感抓不太準，我將魔力凝聚到極限，伸出右手，將準心對準巨石正中央。

「『反器材射擊』……發射！」

我射出的魔力彈造成的風壓，足以將附近的沙塵及小石頭統統吹走，留下一道軌跡直接命中巨石。

被子彈射中的巨石中心開出一個大洞，裡面傳出巨大的爆炸聲，巨石各處開始出現裂痕。

經過壓縮的衝擊應該在內部不停爆炸，貫穿岩石吧。

接著，裂痕遍布整顆岩石……

『『碎掉了!?』』

『啊啊……不愧是天狼星少爺。真是太厲害了！』

「大哥果然是最強的——！」

要把它轟成碎屑實在有難度，所以我一邊閃躲掉下來的碎石，一邊望向羅德威爾，他笑得超級開心，毫不顧忌有其他人在看。

儘管很累人，他滿意就好。

「啊哈哈哈哈！太棒了！一個魔法就能把那塊岩石擊碎，魔法的可能性真的是無限大！」

「……不好意思在您高興的時候打擾，可以讓我說句話嗎？」

「請說？」

「比賽還沒結束喔？」

我趁羅德威爾大笑時補充魔力，不過這一擊應該就是最後了。

我忍著從全身上下傳來的痛楚，將魔力注入之前射出去的「魔力線」，羅德威爾旁邊高高聳立的岩石便發出響徹四方的爆炸聲。

那是我在岩壁上奔跑時設置的魔力塊，擊碎巨石後我射出「魔力線」連接住它，跟所謂的有線式遙控炸彈一樣。我計算角度發動「衝擊」，石塊朝羅德威爾直線墜落。

「啊哈哈哈，你還留有這種陷阱啊！」

羅德威爾笑咪咪的，但看他沒有破壞掉下來的石頭，而是靠移動來迴避，表示他的魔力也所剩無幾。

岩石砸在地面上，掀起一大片塵埃……我向前狂奔而出。

「原來如此！『衝擊』還有這種用法。你真的很有趣！」

「謝啦！」

「可是，我不會讓你得逞的！」

我混在沙塵中一口氣衝到他前面，羅德威爾卻冷靜地揮下右拳。

迅速的一拳完全捕捉到我，朝我的臉揍過來，然而——

「也只有快而已。」

雖然之前被他閃掉過，論肉搏戰我絕對比他厲害。

我驚險地閃掉這一拳，再度向前踏出一步。

然而羅德威爾判斷他的拳頭會被我閃過，立刻用左手對著我。

「風霰——」

「還沒完！」

我用手肘推開他準備使出「風霰彈」的手，反手拔出祕銀刀，抵住羅德威爾的脖子……

「肉搏的時候，刀子比魔法更快喔。」

將軍。

其實應該是「刀子比槍更快」，以這個世界來說換成魔法更貼切吧。

在遮住觀眾席的沙塵中，羅德威爾感覺到脖子傳來的冰冷觸感，閉上眼睛，對我露出溫和微笑。

「是我……輸了。」

羅德威爾明明輸了，臉上卻帶著神清氣爽的笑容。他的年紀比我大了好幾倍，輸給小孩卻有氣度乾脆承認，真不簡單。

不過這句話……說得太早了。

「不。輸的人是我。」

「咦？」

他露出「你在說什麼啊？」的錯愕表情，但我本來就打算無論戰況如何，最後都要讓自己輸掉。

因為我贏的話校長會顏面盡失，而且我絕對會惹上一堆麻煩。

雖然我不小心做了一堆一般人做不到的事，事到如今也來不及了，可是看到剛才的戰鬥，應該不會再有人瞧不起我了吧。我的目的已經達到，所以沒必要獲勝。

「就是這樣，之後就交給您了。」

「等、等等，天狼星!?我都認輸了，你怎麼這樣！」

「既然如此，就請您當成我用勝者的權力讓這場戰鬥以校長的勝利作結。沙塵快散了，請您快一點。」

「啊啊，真是……沒辦法。敗者只能照勝者說的做。」

我離開被我搞到頭痛的校長，收起祕銀刀，裝成被魔法擊中的樣子倒在地上。

沙塵散去，觀眾們看到的畫面……是羅德威爾俯視著倒在地上的我。誰輸誰贏一目了然。

『這、這是!?雖然不清楚發生了什麼事，看來勝負已定。』

『天狼星少爺!?』

「大哥——！」

『麥格那老師！既然已經分出勝負，請您趕快解除結界。艾米莉亞同學和雷烏斯同學失控了！』

我偷偷睜開眼睛望向觀眾席，看見被馬克制住的艾米莉亞、臉色蒼白的莉絲，

以及不停毆打結界的雷烏斯。假如雷烏斯認真起來，可能有辦法打破這道結界，他說不定還留有一絲理智。

不管怎麼樣，我好像害弟子們非常擔心。他們過來後可能會瘋狂關心我，還是做好覺悟吧。

依然皺著眉頭的羅德威爾對麥格那老師揮了下手，保護觀眾的結界就消失了。

『這場戰鬥激烈到我不曉得該如何用言語形容。方便告訴我們天狼星同學平常都在做什麼樣的訓——艾米莉亞同學跑哪去了？』

『她在結界消失的瞬間衝去找天狼星同學了。』

艾米莉亞從實況席用力一跳，用風魔法穩穩降落在比賽場上，飛奔過來。雷烏斯則在觀眾席呼喚莉絲，在找到她的瞬間背著她跳下來。

最先到的是艾米莉亞，她一站到慢慢坐起身的我前面，就帶著快要哭出來的表情開始檢查我的身體。

「天狼星少爺，您沒事吧！雷烏斯正在帶莉絲過來！」

「冷靜點。這些全是小傷，沒事的。我會這麼累是因為魔力枯竭，放著就會好。」

「啊啊……太好了。您平安無事就好。瞧您被弄得這麼髒……失禮了。」

我的傷勢並不嚴重，全身上下卻因為打了一場激戰和沾到塵土的關係，搞得髒兮兮的。

艾米莉亞看不下去，拿出毛巾幫我擦掉臉和身上的灰塵，總覺得好難為情。不過我害她這麼擔心，這次就隨她的意吧。艾米莉亞力道控制得很好，所以擦起來挺舒服的也是事實。

「我還準備了水。您還需要什麼東西嗎？」

「不，這樣就夠了。謝謝。」

我從艾米莉亞手中接過水杯，摸摸她的頭，艾米莉亞高興地搖著尾巴。

「艾米莉亞準備得真周到。」

「身為天狼星少爺的隨從，這是應該的。校長也要喝嗎？」

「那我就不客氣了。呼……疲勞的身體都被滋潤了。」

我和羅德威爾喝完水吁出一口氣，這時動作比較慢的雷烏斯和莉絲來了。

「大哥——！」

「等、等一下，雷烏斯!?好了啦！該放我下來了——！」

雷烏斯背著莉絲猛衝而來，似乎沒把莉絲的話聽進耳裡。

他一直線衝到我面前，放下莉絲推著她的背。

「莉絲姊！快幫大哥治療！」

「我知道啦，你冷靜點。我看看……顯眼的小傷很多，不過好像沒有太嚴重的傷。」

「別看我們打得那麼激烈，校長還是有手下留情的，全是擦傷或輕微的燙傷，你們大可放心。」

「你之前不是說過『就算是擦傷也不能大意』嗎？不要動喔，我馬上幫你治療。」

莉絲發動治療魔法，從她手中冒出來的水開始覆蓋傷口，溫暖的感覺傳遍全身。是很舒服沒錯，但我剛才在被水魔法弄溼的地面滾了好幾圈，弄得全身是泥，真想快點去洗澡。

仔細一想，我難得接受莉絲的治療。因為入學後我從來沒受過需要用魔法治療的傷，而且如果只是一點小傷，我自己治就好。

我發著呆讓莉絲治療，發現莉絲在看著我的臉笑。

「我知道講這種話不太好，可是能像這樣幫你治療，我有點高興。因為你根本不會受傷嘛。」

「大哥只有跟萊奧爾爺爺打的時候會受傷。」

「少受傷不是很好嗎？」

和師父對決被痛打一頓、在戰場上被槍射中等等，我上輩子就習慣疼痛了。故意被閃得掉的攻擊打中一點好處都沒有。

治療結束後，我摸摸雷烏斯和莉絲的頭，這時麥格那老師困擾的聲音從實況席傳來。

『校長，可以了嗎？』

「噢，現在可不是在這邊閒聊的時候。」

校長說了句「謝謝招待」，把杯子還給艾米莉亞，發動「風響」為這場決鬥下結語。

『各位學生都看到剛才的戰鬥了嗎？這次我雖然贏了，應該也有人看到一半覺得天狼星會贏吧？』

坐在觀眾席的學生一半以上都呈現恍神狀態，聽到校長說的話，有少數的學生點點頭。

我看到前幾天差點被雷烏斯揍的貴族，他張大嘴巴，愣在原地，一跟我四目相交就嚇得發起抖來，不過除了他以外還有一堆學生在發抖。應該是之前瞧不起我的那些貴族吧。

那群人大概是怕我報復他們，但只要他們不來惹我，我並不打算對他們做什麼。希望他們以後做事前多想一下。

整體上來說，大多是驚愕的學生，可是我也感覺到一些想要籠絡我的欲望表露無遺的視線。

『天狼星展現的驚人動作及魔法，你們應該都看到了。麥格那老師在中途也說過，他靠自學學會無詠唱，得到足以破壞那塊岩石的實力。』

那個「山崩」真的很驚險。

儘管我勉強成功迎擊，要是校長一開始就用這招朝我連發，輸的人絕對是我。畢竟他消耗了那麼多魔力，還有力氣在這邊演講。

『即使是無色，只要努力不懈還是能變得這麼強。而且他使用的攻擊魔法都是從基本的「衝擊」進化而來的。他完美體現了我在比賽開始前說的魔法的可能性。』

觀眾席因為校長這番話騷動起來，從隱約聽得見的交頭接耳聲中，大多是「因為他是天才」、「因為他有才能」這種放棄努力的發言。

校長深吸一口氣，用從未有過的大音量對學生吶喊：

『別再用天才和才能當藉口逃避了！就跟魔法有無限的可能性一樣，你們只要不斷努力，同樣也有無限的可能性。願你們從這場戰鬥中得到的經驗不會白費。』

校長傳達完自己的想法，滿意地笑了，對麥格那老師使了個眼色後解除「風響」。

接著，麥格那老師向大家說明之後的行程，弟子們則笑咪咪地圍住治好傷口站起身的我。

只有雷烏斯看起來有點不服。

「大哥，你真的好厲害喔！可惜差一點就贏了說。」

「呵呵……放心吧雷烏斯。剛才我雖然說贏的人是我，其實是天狼星贏了喔。」

「校長？」

我還想說他怎麼一臉滿足，竟然給我突然揭發真相。

「風響」已經解除，他的音量應該只有弟子們聽得見，不過羅德威爾到底有何用意？

「天狼星，這樣不行喔。就算你是因為不想惹上麻煩，至少要把真相告訴你的徒弟。無論對手有多強，自己的師父輸了總是會不甘心吧？」

看到弟子們頻頻點頭，我發現自己做錯了。也許是因為我的師父不僅沒輸過，連傷都沒受過，所以我在這方面比較遲鈍。

這可是前輩教師給的忠告，應該把實情告訴弟子們。

「抱歉，我該跟你們說實話的。」

「天狼星少爺不需要道歉。所以說……」

「嗯，校長說得沒錯。是我贏了。」

聽見我的勝利宣言，艾米莉亞和莉絲興奮地握住對方的手，雷烏斯則舉雙手歡呼。

「太強啦！大哥果然最棒了！總有一天我也要變得跟大哥一樣強！」

「我該說什麼呢？我們的師父真的好厲害！」

「唉……天狼星少爺戰鬥時的英姿，不曉得讓我重新愛上他幾次了……」

看他們的反應我想也用不著確認了，我這個師父似乎順利保住面子。

「對了，校長，我們直接回去就好了嗎？」

「不，現在離開還太早。這次身為王族的莉菲也有來，得讓她對你說幾句話才行。」

「當然是來看你們有多厲害呀。」

「姊姊……她來做什麼的呀？」

「姊姊!?」

剛才還坐在貴賓席的莉菲爾公主帶著兩位隨從出現在比賽場，除了我和校長，其他人都屏息看著這裡。校長大概是因為知道公主會來，我則是已經習慣她的神出鬼沒，所以不會動不動就被嚇到。

待在後面的賽妮亞拿著魔導具，上面好像畫著「風響」的魔法陣。

看來是要特地在我們面前致詞，我還以為她會待在貴賓席。

是說莉絲啊，妳用這麼大的音量叫她姊姊不好吧。

「姊姊？難道妳想當我的妹妹？如果是人稱青之聖女的妳，我不介意唷。」

「啊……非、非常抱歉！」

莉絲是王族這件事沒有公開，所以莉菲爾公主巧妙地幫這句可能會被觀眾聽見的失言，做了合理的解釋。

不對，看她的表情，莉菲爾公主是認真的。她想讓莉絲在大庭廣眾之下也能叫她姊姊。

總之雖說是認識的人，在公共場合對王族太隨便並不好。因此除了校長外，我們全都跪下來對公主表達敬意。

『那麼，請莉菲爾公主對兩位說幾句話。』

莉菲爾公主苦笑著望向賽妮亞，賽妮亞便將魔力注入「風響」的魔導具，準備好擴大莉菲爾公主的聲音。

『你們先站起來吧。羅德威爾，還有天狼星……你們剛才的表現我都看見了，只能說非常精采。我從來沒看過這麼激烈的對決。』

帶著柔和笑容褒獎我們的莉菲爾公主，怎麼看都是個優雅的王女。

不過我知道學生們都在專心觀戰的時候，妳太過激動，脫口而出「給我把叔叔打得遠遠的」一喔。

『剛才的戰鬥雖然有許多精采之處，我認為最該注意的是對上魔法大師還能堅持到最後的天狼星。』

……我怎麼覺得話題在轉向不太妙的部分。

我有種不祥的預感，莉菲爾公主的近衛梅爾特卻不顧我的擔憂，走過來遞給艾米莉亞一個魔導具。

那個魔導具和賽妮亞手上的是同一種，看來我似乎也得說些什麼。不祥的預感越來越強烈。

『天狼星，我知道你是無色又是平民。但是，我認為你的能力優秀到這些因素並不構成影響。你願意……將你的力量為我所用嗎？』

果然是要挖角！

在這麼多人的注目下拒絕王族的邀請，等於害對方沒面子，事情會變得非常麻煩。外加她是莉絲的姊姊，又是我有好感的人，我不想讓她丟臉。

把我的退路完全阻斷再來挖角——這個王女還是老樣子，絲毫不容大意。

學生們因莉菲爾公主的發言騷動起來，艾米莉亞則喜孜孜地準備好用魔導具幫我放大音量，大概是因為我的實力被人承認，她很高興吧。

我對莉菲爾公主投以責備的目光，她卻閉上眼睛，一副「交給我處理吧」的樣子。

她好像有什麼打算，看來只能先答應了。

『……如果我夠格的話。』

我的回答引起更大的騷動。

其中也有一臉懊悔的人，我想八成是想籠絡我的，這時我終於發現莉菲爾公主的意圖。

只要我接受身為王女的莉菲爾的邀請，其他貴族就不能再對我出手。因為想要挖走受到王女邀請的我，等於是與王女——更甚者是與整個國家敵對的行為。

雖然自己講這種話有點奇怪，我擁有能跟艾琉席恩最強戰力的魔法大師打得不分上下的能力，應該很多人想要我的力量。照理說之後八成會有很多煩人的貴族來找我，或許該感謝莉菲爾公主先幫我解決這個問題。

然而，這樣下去畢業後就得到城裡工作了。

我講過好幾次我想出去旅行，最壞的情況就是連夜逃亡吧？

莉菲爾公主無視在腦中擬定逃亡計畫的我，繼續演講。

『可是……你還可以變得更強。既然你未來將成為我的家臣，就該變得更強，更加瞭解這個世界。天狼星……我立刻對你下達第一個命令。我命你繼續待在學校，畢業後踏上巡迴世界的旅途。』

原來如此……來這招嗎？

這樣我就能毫無顧忌出去旅行了。

『等你回到我身邊，應該已經成長得更加茁壯。到時候再打倒魔法大師給我看吧。』

『我明白了。總有一天我一定會做到。』

莉菲爾公主滿意地點點頭，讓賽妮亞放下魔導具，露出遠看看不出來的笑容後，用只有我們聽得見的音量說：

「……我剛才叫你打倒叔叔，其實你已經打贏他了對不對？我知道的喔。」

「不愧是公主殿下。」

「看叔叔一臉不甘心和莉絲滿足的笑容就知道了。」

莉絲是看得出來沒錯，校長的表情我卻看不出有什麼不同。大概是因為莉菲爾公主的觀察力優秀，再加上他們有多年的交情吧。

「雖然我在這麼多人面前找你為我做事，既然你可以出去旅行就沒問題了吧？」

「您在說什麼呢，明明是您誘導我這麼回答的。您剛才說的話我會統統當真，所以我應該可以暫時不用回來對吧。」

「這樣我會有點傷腦筋喔？我之前也說過了，我會把艾琉席恩治理成你想在那裡工作的國家等著你，你一定要回來。」

「是，我會期待的。」

「很好。話說回來，剛才那一戰真的很精采耶。尤其是你把叔叔的鼻梁打斷那邊，真是太棒了！」

「莉菲，妳這樣說太過分了。」

「這是事實呀，而且你之前憋了那麼久，現在大打一場應該挺爽快的吧？那叔叔好像也快不行了，就這樣結束吧。賽妮亞，麻煩妳了。」

「是。」

校長一副若無其事的樣子，其實他已經因為魔力枯竭，連站著的力氣都快沒了。即使如此，他仍然沒有倒下，這就是魔法大師的毅力吧。

賽妮亞再度發動魔導具，莉菲爾公主從梅爾特手中接過一大塊布遞給我。

『那麼我將它授予你。我會等待你披著它站在我身邊的那一天到來。』

她攤開那塊布，是上面繡著艾琉席恩國徽的高級斗篷。

用高級魔法絲縫製的這件斗篷稱不上華麗，卻跟梅爾特的斗篷一樣，是身為莉菲爾公主近衛的證明。

也就是說，披著它代表有王女當你的後盾。

我不打算利用王族的權力，但我既然收了這麼厲害的斗篷就更不能逃了。平常還是不要披好了，八成會有人看了眼紅。

最後，莉菲爾公主留下令觀眾席學生入迷的笑容，離開競技場。

『那麼特別課程就到此結束。請各位學生回到教室。』

學生們之後還有課，我和校長也因為激戰過後累積了不少疲勞，大家便直接解散。這也是為了不讓其他學生遇見我們吧。

要是我就這樣回到教室，想必會被其他人團團圍住問東問西。今天我真的累了，所以我很感謝麥格那老師的安排。

然而，一想到走下比賽場時參雜各種情緒的無數視線落在我身上，真不知道明天以後會變成什麼樣子。

明天上午有排一般課程，只能做好覺悟去學校了。

※　※　※

接著我們回到鑽石莊，洗完澡後吃了晚餐。

中途動不動就有學生和貴族來鑽石莊找我，我都說我累了，請他們回去。裡面也有堅持不離開的貴族，這種時候就用艾米莉亞不容反抗的笑容和雷烏斯的氣勢逼對方回去。

但是都過那麼久了，兩姊弟還是興奮到不行。雷烏斯在外面大喊著揮劍，艾米莉亞則非常激動，像在撒嬌似的咬我肩膀，不過以她來說還挺安分的，我因此納悶不已。

到了睡覺時間，我一面回想今天發生的事，一面躺進床鋪。然後回味著許久沒有使出全力戰鬥的充實感，閉上眼——

「失禮了。今天天氣很冷，需要侍寢服務嗎？」

……沒有閉上。

因為艾米莉亞穿著睡衣，想要鑽進我床裡。

我還想說她之前才說重新愛上我了，怎麼這麼乖……原來是有這種企圖嗎？

「鑽石莊的規矩『禁止夜襲』……妳忘了嗎？給我回自己的床上睡。」

「那個……我太興奮了，睡不著。所以我想乾脆待在天狼星少爺旁邊，或許會比較冷靜。」

妳該不會是興奮過頭發情了吧？而且跟我一起睡總覺得會有反效果，總之只要讓她冷靜下來就好。

「唉……回妳房間去，我會摸妳的頭直到妳睡著的。小心別把莉絲吵醒。」

「請您放心。我把莉絲也帶過來了，不用怕吵醒她。」

「打、打擾了……」

房門敞開，穿睡衣的莉絲兩手抱著枕頭走進來。

她看起來很害羞，又是被艾米莉亞教唆的嗎？

「我也在喔，大哥！跟之前救出莉絲姊的時候一樣，大家一起睡吧！」

「…………」

雷烏斯也出現了，一副理所當然的樣子，準備在地上鋪棉被占位置。

沒有意圖跟我睡同一張床算是有成長了，不過……

「給我回房間睡！回去！」

某種意義上來說，把弟子們勸回房比跟校長交手還要累人。

之後我好不容易把所有人趕回去，艾米莉亞躺回自己床上後，我摸了一會兒她的頭，她就沉沉睡去了。

隔天……我的校園生活產生戲劇性的變化。

首先是早上。

做完晨練吃完早餐後，我來到學校，學生們的視線立刻集中在我身上。

昨天我跟校長打得那麼激烈，會引人注目也不奇怪，可是當我穿過校門……

「早安，天狼星學長！」

「老大早！」

「早、早安，天狼星同學。」

至今以來，大部分的人都會跟姊弟倆問好，跟我打招呼的人包含學弟妹連一成都不到……現在卻變成這樣。

雷烏斯的小弟和學弟妹也就算了，連別班的同學都對我鞠躬。裡面還有比我年長、目中無人的貴族，所有人都讓道給我走。

比例差不多是恐懼與尊敬各占一半吧？

看到其他人的反應差這麼大，走在我身後的姊弟倆驕傲地挺起胸膛。

「大家終於理解天狼星少爺有多厲害了。」
「對啊姊姊！知道了吧，這就是我們的大哥！」
「住手，這樣很丟臉。」
兩人高興得像自己被崇拜一樣，我一邊叫他們安靜點，一邊走向教室。
在路上跟我打招呼的人源源不絕，還有人看到我就逃。那些逃走的人八成是以前笑過我的人。雷烏斯宛如一隻獵犬想跑去追他們，叫他們為之前的行為道歉，我用「回來」的命令制止他。
雖然順利抵達教室前面了，想不到光是走到這裡就這麼累。
我們班的人對我有一定程度的瞭解，希望不會有太大的變化。
「……大家早。」
「啊，天狼星同學，艾米莉亞，早安呀。」
「早安，老大，大哥。」
我走進教室跟同學們問好，大家都一如往常地回話，不像其他學生，令我鬆了一口氣。
我在眾人注目下坐到自己的位子上，平常同學都會圍在艾米莉亞和雷烏斯旁邊，今天則如我所料，朝我聚集而來。
「天狼星同學，你昨天好厲害喔！」

「對呀！是說你為什麼要隱藏實力啊？啊，是怕被貴族纏上嗎？」

「你的『衝擊』是有多厲害啦，竟然能把校長那塊大石頭轟碎！就算用上級魔法都破壞不了吧？」

我被班上同學包圍住，逃都逃不了。

他們問了我一堆問題，簡單地說就是……我是如何變強的。

就算他們這麼問，我也只能回答「靠日積月累的努力」。在我煩惱大家會不會接受這個答案時，馬克從人群中颯爽登場。他明明一句話都沒說，大家都自然而然為他讓路。我是因為壓倒性的力量讓人心生恐懼，馬克則是因為純粹的領導才能。在各種意義上讓我看到了我跟他的差距。

今天馬克也帶著爽朗笑容向我打招呼。

不知為何，我只有在跟馬克講話的時候同學不會來打擾。角落有個女生看著我們在瘋狂喘氣……別管她好了。

不過跟馬克講話可以放鬆一點，沒人打擾最好。

「早安，天狼星同學。如我所料，你好受歡迎啊。不過你讓人看到那麼強的能力，這也是理所當然。」

「早安馬克。我也多多少少料到了，可是真沒想到會差這麼多。」

「哈哈哈，你就是做了那麼厲害的事。你看，你那兩位隨從也因為主人受歡迎，高興得不得了，我認為你可以更自豪一點喔？」

我望向一旁，兩姊弟坐在位子上，看起來真的很開心。

我對他人的認同不感興趣，但他們應該一直在等待這一刻來臨吧，真對不起他們。

「昨天真的好可惜。我是認真覺得你說不定打得贏校長。」

「要贏魔法大師實在太高難度。光躲過那陣魔法雨我就竭盡全力了。」

「你要知道，能躲過那陣攻擊就已經夠不正常了。雖然入學後你讓我見識了很多東西，你的力量真的是未知數。所以我以班級代表的身分問你。你究竟做了什麼樣的訓練？」

附近的同學聽見馬克這麼問，一同點頭。我做的訓練又不是祕密，告訴他們也無妨，可是他們聽了絕對會嚇到吧。

而且老師差不多要來了，時間不夠我說明。

「各位早安。請各位坐回——果然變成這樣了嗎。」

我才剛這麼想，麥格那老師就走進教室。

我以為這樣這件事就暫時告一段落，某位同學卻舉手對麥格那老師說：

「麥格那老師，我們正要向天狼星同學請教他變強的祕密。請給我們一點時間。」

「哦？」

麥格那老師皺起眉頭。不意外。

我會在下課前整理好詳細內容，快點開始上課吧。

「其實我也想知道，所以我同意了。天狼星同學，請到臺上來。」

「什麼!?」

「不愧是麥格那老師！好了好了，大家坐好！」

聚集在一起的學生們紛紛散去，回到自己的座位。在我因為這群瞬間團結起來的人傻眼之時，準備回座位的馬克問我：

「對了，莉絲同學呢？她沒跟你在一起真稀奇。」

「莉絲請假。她說今天有要事跟家人談。」

「這樣啊，家裡的問題是很重要的。那麼天狼星同學，我期待你等等會跟大家說些什麼。」

我目送馬克笑著離開，心不甘情不願地站起來。

我帶著姊弟倆當我的助手，站到講臺上，環視全班開口說道：

「那基於大家的要求，我來說明一下。但我話先說在前頭，我是因為從小就在訓練，希望你們不要以為模仿我就能立刻變強。我想想……艾米莉亞記得自己是從什麼時候開始接受我訓練的嗎？」

「我是九歲，雷烏斯是七歲。我記得天狼星少爺是五歲對吧？」

正確地說是從投胎轉世後，我有意識的時候開始。儘管不到訓練的程度，我當時就會在不傷害身體的前提下做運動。

不知不覺全班都靜下來了，可是我毫不在意，繼續說明訓練內容。

「首先要鍛鍊耐力，所以我不停跑步。不是單純的跑步，偶爾要跑到沒力，藉此鍛鍊身體。」

「以前我都邊跑邊跟大哥抱怨……」

「我們現在會特地早起，去鑽石莊後面的山跑一圈。然後──」

「我、我有問題！『後面的山』是指那座山嗎？雖然遠看看不清楚，那座山挺大的不是嗎……」

「嗯，跑起來挺有成就感的。因為樹木生長得很茂盛，障礙物多，實際跑起來應該會覺得距離更長。不過這也可以順便鍛鍊反射神經。跑到山頂後是做這種肌肉訓練。」

我倒立後雙手各用三根手指撐住身體，反覆屈伸手臂。

這個動作要維持身體平衡，還需要能支撐全身的肌力，做起來很辛苦，可是只要用上「增幅」就能輕易辦到。順帶一提我是沒有用「增幅」的。

雷烏斯也在旁邊做給大家看，所以他們應該不會覺得只有我做得到。

「接著回鑽石莊打模擬戰，吃完早餐去上學，這就是我們早上的行程。」

「……真的假的？我不認為做完這一連串還有體力去學校耶？」
「你在說什麼啊。我不就來上學了嗎？」
「說、說得也是。原來如此……每天都這麼做當然會變強。」
「放學回家後再去後山——」
「「還有啊!?」」
我自己也知道我的訓練方式不正常。
怎麼看都只會讓人覺得我腦袋有問題，但旁邊這對姊弟就是我鍛鍊出來的，我會給予他們營養均衡的三餐，偶爾還會用我的「再生能力活性化」幫忙治療。大家應該會明白我的教法不是學校這種針對多數的，而是用來培養少數菁英的。
聽完排到晚上的緊密訓練行程，同學們的反應全都一樣。
「「辦不到！」」
不，怎麼會辦不到？
只要靠氣魄、努力及毅力就辦得到。這裡就有兩個範例。
我在同學們驚恐的目光下，仔細教導他們何謂現實。

——莉絲——

我在鑽石莊一個人泡茶。

對我來說非常重要的客人來了，因此我泡得很用心。儘管比不過艾米莉亞，我認為我泡得還算不錯。

「姊姊，爸爸，紅茶泡好了。」

「謝謝。嗯……妹妹泡的紅茶真是太棒了！」

「女兒泡的紅茶嗎？想不到會讓人如此滿足——好燙!?」

坐在我對面的是喝紅茶喝得很開心的姊姊，以及想要一口氣喝光剛泡好的紅茶，燙到舌頭的爸爸。

其實昨天，在競技場跟姊姊道別前，姊姊說有重要的事要跟我談，問我有沒有安靜的地方。

我問了天狼星前輩，他提議在鑽石莊談，姊姊也表示同意，所以她就來了。不過爸爸也在倒是出乎我的意料。

順帶一提，賽妮亞和梅爾特先生在鑽石莊外面看門。也就是說，這是只屬於我們一家人的要事吧。

「姊姊，今天為什麼只找我一個人……」

「妳知道的吧，莉絲？是關於妳的將來。」

不只是姊姊，連爸爸都來了，自然是要討論這種事。

我的將來……我到底想做什麼呢？

腦中浮現的是穿著漂亮禮服的我站在天狼星前輩旁邊，跟他結婚——呃，不對不對！姊姊說的將來不是這個意思。

「欸，莉絲畢業以後打算怎麼辦？妳再不決定，不只天狼星，我也會很困擾的。」

沒錯……我還在猶豫。

畢業後要跟天狼星前輩他們一起去旅行，還是要留在這裡輔佐姊姊。

如果是剛來艾琉席恩的我，或許會毫不猶豫選擇前者……然而現在不同。

雖然自己講這些話很難為情，現在我擁有被人叫做青之聖女的實力，之前最煩惱的父女問題也解決了。

姊姊看中我的治療能力，告訴我「要我雇妳當我的專屬治療師也沒問題……不如說非妳不可」。

所以留在這裡也不錯，可是要和讓我改變的天狼星前輩、我的摯友艾米莉亞、跟弟弟一樣的雷烏斯分別……我非常痛苦。

反過來也很痛苦，我到底該選哪一邊……

父親正經地看著煩惱的我。

「莉絲啊，我不會阻止妳以冒險者的身分跟那個男人一起走。不過，假如妳要選擇這條路，給我捨棄巴德非爾多之名。」

「咦⁉」

看到我因為這句話當場愣住，姊姊急忙往爸爸的頭打下去。

「爸爸大白痴！你怎麼能這樣說！」

「很痛啊，莉菲爾！但這是必要的！」

「你的表達方式不對啦！看，莉絲都快哭了。」

姊姊探出身子抱緊我。被姊姊抱著真的會讓人平靜，從我跟她第一次見面的時候開始就是這樣。

「沒事的，姊姊。雖然有點受到打擊，爸爸提出這種要求也是正常的。」

「剛才只是爸爸講得不夠清楚，不是要妳跟我們斷絕關係唷。是叫妳要抱持這種決心踏上旅程。」

「太好了。我還以為不能再叫你們姊姊和爸爸。」

「這還用說嗎！不管怎麼樣妳都是我女兒。說實話我很想全力阻止妳，但我自己以前也因為想當冒險者就出去旅行，沒資格勉強妳。」

一切都由我決定。

這是我自己的事，當然要自己決定，但我聽說一般而言，貴族和王族連選擇的權力都沒有。所以能煩惱也是種幸運吧。

要在艾琉席恩跟家人度過平穩的生活，還是和天狼星前輩他們一起走上伴隨危險的冒險者之路。

姊姊豎起食指，給煩惱不已的我一個建議。

「決定不了的話試著想像看看如何？妳先想想看假如自己跟天狼星他們一起去旅行。」

我照姊姊說的閉上眼睛，慢慢思考。

和姊姊與爸爸道別，離開艾琉席恩的我……

「非常……痛苦。好不容易跟爸爸和好，結果又要分開了……」

「接著想像和天狼星他們分別的自己。我是覺得他們總有一天會回來，不過要環遊世界的話，最好做好至少十年見不到面的心理準備。」

世界很大，天狼星前輩一定有辦法踏遍每個角落，不會太快回來。

我目送天狼星前輩、艾米莉亞和雷烏斯離開，下次見面是十年後……

「……咦？為什麼我……？」

等我注意到時……淚水已經從我的眼眶滑落。

明明只是想像，大家現在還在我身邊，我卻這麼……難過。

「這就是妳的答案。真是，好嫉妒那些妳比我們還要信賴的孩子們喔。」

「不是的……姊姊跟爸爸對我來說也很重要呀！」

「好好好，我知道啦。所以……妳決定好了嗎？」

「……是的。我要跟大家……一起去旅行。」

對，跟家人分別是很寂寞沒錯，不過我更不想離開大家。

或許是因為我喜歡天狼星前輩，但就算不是這樣，我也想跟大家一起旅行。就像曾經是冒險者的媽媽一樣，我也想成為冒險者，看看這個世界。

不被人逼到這個地步就下不了決定，我還不夠成熟呢。

聽見我下的決定，姊姊對我笑了笑，爸爸則一臉不甘願，被姊姊打了後勉強扯出笑容。

「這是莉絲自己的決定，你別礙事喔。」

「唔……我的腦袋明白，可是心裡很難接受。即使是因為我之前不知道妳的存在，我把妳放置那麼久，我的罪還沒有償還完啊。」

「對不起，爸爸的心意都有傳達給我。」

「別在意，這是我自己任性的想法。妳只要……自由自在地生活就好。」

爸爸好像同意了，雖然他雙手握拳，一副後悔莫及的樣子。

姊姊勸爸爸喝口紅茶冷靜下來，爸爸卻握緊拳頭，彷彿下定了什麼決心。

「我還是會擔心！乾脆趁這個機會讓出王位，我這個冒險者前輩也一起——」

「住手，丟臉死了！有打贏叔叔的天狼星在，比跟爸爸一起去安全多了。」

「他真的贏了嗎？只是那個老頭放水吧？」

「我都親眼看見了，你不相信嗎？對不起唷莉絲，可不可以給我一點時間？我馬上說服爸爸。」

「呃……好的。那我去準備午餐。」

現在吃午餐還有點早，不過今天我打算親自下廚。

要花時間處理的部分我已經先準備好了，應該不會讓他們等太久。

我站起身說要去煮午餐，姊姊和爸爸便停止交談，抬頭看著我。

「什麼！莫非妳要做菜給我們吃？」

「我在天狼星前輩的指導下變得挺會做菜的唷？好好期待吧。」

「喔喔……女兒親手做的料理啊。不過，又是那個男人嗎？」

「太好了，看來妳的新娘技能也有磨練到。我會期待的。」

「嗯，我也很期待。就算端上桌的是毒我也吃給妳看。」

「爸爸，我明白你的心情，可是講這種話超失禮的，你最好注意一點。」

我放著又開始吵架的兩人，走到廚房開始準備。

因為我們談完要事而進到鑽石莊的賽妮亞過來說要幫忙，我便請她跟我一起做菜。

「呵呵……想不到竟然有機會跟莉絲殿下一起下廚。那麼我該做些什麼呢？」

「嗯——那邊那個叫『冰箱』的箱子裡有蔬菜和肉，可以幫我拿出來切成一口大小嗎？我來煮湯。」

「好的。原來如此，是用水魔法陣降溫——哎呀？」

打開冰箱的賽妮亞愣了一下，突然遮住嘴巴笑了出來。

對了，今天早上天狼星前輩好像在廚房做了什麼放進冰箱。

我站在賽妮亞背後探出頭，裡面有一個天狼星前輩叫它「水果塔」的蛋糕。看起來好美味……可以吃嗎？

這時我發現水果塔旁邊附了一張上面有寫字的紙，看來賽妮亞是看到它才笑出來的。

『大家分著吃吧。不過不可以吵架。』

那個人真的是……

「他真的很為莉絲殿下和其他人著想。面對王族也毫不畏懼，真是個不可思議的男孩。」

「……嗯。我真的很慶幸能遇見天狼星前輩。」

之後我做好午餐，把梅爾特先生叫進來吃飯。他們兩個是隨從，所以都婉拒了，但爸爸也沒反對，我跟姊姊便努力說服他們一起用餐。

我做的是用野菜煮的火鍋。

這是天狼星前輩第一次煮給我吃的料理，對我而言充滿回憶。

姊姊之外的人都對這道所有人吃同一鍋的料理感到困惑，不過他們都誇我煮得好吃，我很高興。

吃到一半我跟大家說明火鍋是全家一起吃的料理，賽妮亞跟梅爾特先生聽了後，變得非常惶恐不安。

可是姊姊卻說……

「那就沒問題啦。賽妮亞早就跟家人沒兩樣，梅爾特未來也會跟我們變成一家人吧？」

聽見這句話的爸爸釋放出驚人殺氣，梅爾特先生開始狂冒冷汗。我只能為他打氣……加油，梅爾特先生。

等他們回去後，馬上跟天狼星前輩他們報告，說我想一起去旅行吧。

之後大家和樂融融地分食冰箱裡的水果塔，我跟家人度過愉快的團聚時間。

「爸爸，你那塊水果是不是比較多？分我一點。」

「我才要問妳。妳的水果塔比較大吧？」

「那個……請兩位不要吵架……」

「「啊!?」」

「嗚!?」

「不希望我們吵架的話，就從梅爾特開始吃吧。莉絲也去吃。」

「好！我開動了，梅爾特先生。」

「……我看得出你將來會被妻子吃得死死的。」

我們對食物絕不妥協。

天狼星前輩叫我們不可以吵架，可是這件事最後和平落幕，我認為沒有問題……所以還是別告訴他好了。

《可能性的種子》

「好——接著是背重物跑步！」

「「咦咦咦咦咦——!?」」

雷烏斯的吶喊聲響徹競技場，接著傳來的是學生們的哀號聲。

「既然有力氣大叫就沒問題了。因為大哥說真的撐不下去的人一點反應都不會有。」

裝滿沙子的袋子，隨便算應該都超過三十公斤。雷烏斯背著它跑了將近一小時，現在還很有精神。

相較之下，什麼東西都沒背，跟在雷烏斯後面跑的學生們喘得上氣不接下氣，帶著快要死掉的表情趴到地上。

「那個，雷烏斯學長。你真的每天都跑這麼久嗎？」

「對啊。而且平常我跑得更快，又是在山裡跑，障礙物更多。跟那比起來這算輕鬆的，我還覺得不夠咧。」

「好、好可怕……」

山裡的路比較不穩，不能照直線跑，因此疲勞程度完全不能比。

儘管如此，學生們卻一副要死不活的樣子，看來基礎訓練得再加強一些。

雷烏斯想叫他們背著重物繼續跑，我便開口阻止他。

「今天只是要知道他們的極限，鍛鍊等下次再說。不能害他們受傷，所以到此為止吧。」

「知道了，大哥。我可以再跑一下嗎？」

「可以啊，剩下的交給我就好，你愛跑多久就跑多久。」

「嗯！」

雷烏斯用比帶學生跑時還要快好幾倍的速度飛奔而出，倒在地上的學生看得瞠目結舌。

我走到前面拍拍手，讓他們的注意力集中在我身上。

「我一開始也說過了，你們目前最好不要想跟上雷烏斯。今天我叫大家跑步是為了讓你們知道自己的極限，我只能教你們提高極限的辦法。」

他們好像聽得一頭霧水。很遺憾由於沒有時間，從現在開始訓練的話，頂多只能練好基礎。

「有怨言或是覺得自己跟不上的人，最好盡早退出。因為就我們看來，剛才的算不上訓練，比較接近暖身運動。」

「那個……不能教我們劍術嗎？像雷烏斯學長那樣。」

「教雷烏斯劍的人不是我。關於劍術我能做的只有幫你們鍛鍊出可以盡全力使劍的體力。」

大部分的學生聽了都失望得垂下肩膀，對此有誤會的人比我想像中還多。

無論我教你多厲害的劍技，只要身體跟不上就沒有任何意義。尤其剛破一刀流對身體造成的負擔很大，不好好鍛鍊絕對會搞壞身體。

其實我希望他們自己察覺這點，不過偶爾給個契機也是必要的吧。

因此我把我的想法傳達出去，半數以上的學生都注意到了。

「有問題明天再問。今天就這樣解散吧。」

精疲力盡的學生們搖搖晃晃站起來，回到宿舍。這次參加的有三十人左右，明天大概會只剩一半。

一開始叫他們跑步不只是為了測出個人的極限，也是要判斷他們是不是認真的。我沒空教來玩的人。

「唔喔喔喔喔喔——！」

今天雷烏斯依然全速在訓練場奔跑，揚起一大片沙塵。

之後是用綁重物的木劍空揮。有幾個學生不想輸給雷烏斯，拚命追在他身後。

他們是雷烏斯的小弟，同時也是誠心想變強的人。

「大、大哥，等一下！你跑太快了！」

「不愧是大哥。可是我不會輸的！」

「我、我怎麼能輸！我可是亞加特家的下任當家！怎麼能輸給平民！」

迷宮事件時找雷烏斯宣戰的哈路德也在。

想當然耳，裡面也有累得昏倒的人，但我叫了幾個負責照顧人的學生在旁邊待命，應該沒問題吧。

我離開訓練場，走向在不遠處集合的學生。

「……就是這樣，沒必要照課本教的方式用魔法。」

「重要的是想像力。不要以為魔法就是別人用給你看的那個樣子，要相信自己做得到。」

艾米莉亞和莉絲在那邊上魔法課。

雷烏斯是劍術和體力的話，這邊就是強化魔法的訓練。

將近三十名學生坐在地上，兩人則在他們前面搭配實際操作，將我教給她們的施法方式告訴學生。

今天還有第一次來上課的學生，那名學生舉手提問：

「『相信』是要怎麼相信呢？」

「只要相信天狼星少爺就好。既然天狼星少爺說做得到，就一定做得到。實際上，我才花幾天就學會了。」

「艾米莉亞和雷烏斯是特例，我想對大家來說這並不簡單唷。所以先從想像自己有辦法不念咒開始吧。來練習不念咒發動初級魔法好了。」

兩人禁止學生念咒，叫他們只念魔法名稱發動魔法，可惜果然沒那麼順利。

想打破根深柢固的常識，憑半吊子的心情是辦不到的。

連如今可以自然地不念咒施法的莉絲，都花了很長的時間。外加這些學生對魔法已經有一定程度的瞭解，難度就更高了。

不斷想像，不斷朗誦魔法名稱。這不是馬上就能看到成果的訓練，所以要看他們能不能持續這個過程。想像固然重要，不過堅持下去的意志力也是關鍵。

才練幾天實在不可能學會無詠唱，但從一開始練到現在的一名女學生，已經出現無詠唱的徵兆。她是小我們一歲的學妹，儘管只維持了幾秒，她在念出「火焰」的瞬間，製造出一顆火球。

「艾、艾米莉亞姊姊，我成功了！」

「嗯，做得很好。這麼快就抓到訣竅，妳很厲害唷。」

「都是因為姊姊說做得到。全是託姊姊的福！」

她看著艾米莉亞的眼神，完全是墜入愛河的少女。

那名學生對入學後遇見的艾米莉亞一見鍾情，在那之後都叫艾米莉亞「姊姊」，是非常仰慕她的孩子。

喜歡的人說的話果然就是不一樣，她比其他人更快抓到訣竅。跟當初的艾米莉亞一模一樣。

儘管有點令人不安，有常識的莉絲也在，放著不管應該也不會有問題吧。

艾米莉亞上課上到一半發現我，但我只有對她揮揮手，接著便離開了。

讓弟子們也去教學弟妹，是因為這也是種經驗。有些東西透過指導他人會理解得更清楚，這也是訓練的一環，因此我積極地讓他們教人。

雷烏斯與其說在教人，不如說是跑到前面讓大家追在身後，這也是一種教育形式，所以我都讓他照自己的意思做。

當然我也會親自出馬，指點有一定基礎的學生之後的練習方針，忙得不可開交。

總之每個人的訓練似乎都挺順利的。今天是跟校長報告的日子，我回去又看了弟子們一次後，便前往校長室。

我和校長的對決已經過了半個月。

我順利得到畢業資格，本來想在畢業前的幾個月做好旅行的準備，悠閒度過，知道我有多強的學生卻希望我幫他們訓練，教他們無詠唱的辦法。

老實說，我是想鍛鍊他們看看沒錯，不過基於各種理由，我一直沒有答應。

某一天，校長把我叫過去。

本以為他又要催我做蛋糕，這次卻不是校長室，而是叫我到老師們用來開會的會議室。

會議室裡有一張大長桌，全校老師齊聚一堂，校長坐在上座，我則被指定坐在校長對面。我心想「所有老師都在，真是難得的景象」，環顧四周，其中一名老師瞪著我大叫：

「校長！您真的要讓這個學生教人嗎？我反對！」

「對啊！您以為我們這些老師是幹麼的？就算您是校長，這未免太失禮了！」

疑似貴族的老師怒吼道，跟贊同他意見的數名老師一起對校長抗議。

然而校長卻泰然自若地喝著紅茶，無視他們。

到底是怎樣？莫名其妙叫我過來，一進來就被一堆老師瞪，我完全搞不清楚狀況。

「請問，您找我有什麼事嗎？」

「不好意思。各位老師，麻煩不要放著什麼都不知道的學生各說各話。麥格那老師，請你跟天狼星說明。」

「好的。天狼星同學，你跟校長交手後，其他學生是不是有去拜託你訓練他們？」

「是的。他們想參加我們的訓練，或是希望我教他們無詠唱的方式等等，但我再不到半年就畢業了，所以沒有答應。」

對其他老師不好意思也是原因之一，不過最主要的因素是時間不夠。只有幾個月的時間，連能否幫他們打好基礎都不知道，更重要的是學到一半是最危險的。因為我看過好幾個變得比其他人強一些就因此得意忘形的人。

剛才對校長抗議的老師得知我沒有答應，頻頻點頭。

「正確的判斷。我不希望我的學生被別人灌輸多餘的智慧。」

「多餘的智慧究竟是指什麼？至少我不認為無詠唱的方法是多餘的。」

「這、這個……不只是魔法，那個莫名其妙的訓練也很可疑。」

「可疑？但赫爾提亞家的馬克在他的訓練下，前幾天終於同時使出五根『火焰槍』，並且完全擊中目標。結果你竟然說他的訓練莫名其妙？再說，我不記得校規有規定學生不能互相指導喔？」

與其說訓練馬克，我只是陪馬克練習、給他建議而已，但現在這個狀況不適合我插嘴，我還是什麼都別說好了。

「可是我們有自己的教育方針！萬一我們指導的學生接受他的訓練出了什麼問

題，他要怎麼負責！」

貴族教師被校長的回應搞得驚慌失措，即使如此，他還是試圖回嘴。我不是不能理解這位老師的想法。如果是給其他老師教也就算了，把自己的學生讓還是小孩的學生指導，自然會不甘願。

我本來想貫徹旁觀者的立場，校長卻往我這邊看，看來不能再旁觀下去了。

「我明白了。對了天狼星，假如你要訓練學生，你打算怎麼訓練他們？」

「這個嘛……大概是提升基礎體力和教他們無詠唱的訣竅吧。考慮到離我畢業只剩幾個月，這樣就是極限了。」

「所以，接受這些訓練對你們的教育方針會有什麼影響嗎？我倒覺得只有好處呢。」

「我不認為無詠唱有那麼好學。而且這樣我之前教的……」

校長看著聲音越來越小的老師，故意嘆了口氣給他們看。

嗯，我慢慢看出校長想做什麼了。

「覺得不好學就不讓學生學是什麼意思？各位也趁這個機會順便學習無詠唱吧。由我來好好指導你們。」

「什麼!?這種事怎麼可能做得——」

「可別說做不到喔。不只是我，天狼星和他的徒弟艾米莉亞及雷烏斯都辦到了。

輸給年紀還小的他們，各位不會覺得不甘心嗎？」

校長的語氣莫名挑釁，他一定是希望不只學生，連老師的素質都能提升。雖然不是絕對，不過老師的知識都不夠豐富了，學生也不可能多優秀。

「因為自己是老師就能驕傲自滿的時代結束了。天狼星，你不想教教看那些想向你學習的學生嗎？」

「可以的話我想試試看。我認為只要努力一點，應該能練到初級魔法不用念咒。」

「那方便拜託你嗎？只要盡力就好，發生什麼事我都不會向你追究。然後來跟我比賽吧。看是你的學生先學會無詠唱，還是我教的老師先。」

「「「什麼!?」」」

有的老師對校長擅自決定的比賽表示反對，被校長一瞪就縮回去了。

「我希望你們更有危機意識一點。這樣下去，我甚至想像得出你們遲早會輸給學生的模樣。」

「這未免說得太過分了！我們也付出了相應的努力，不會輸給區區學生！請你收回這句話！」

「那麻煩你們跟這位學生天狼星打一場。等各位贏了我再收回。」

老師們的視線統統集中在我身上，可是大部分的人才看我一眼就立刻別開目光。

校長跟其他老師之間的實力差距似乎很大，他們知道自己贏不了能跟校長打得勢均力敵的我。這句話是可以讓他們立刻閉嘴沒錯，但萬一有些得意忘形的人真的要跟我打，事情會變得很麻煩，真想叫他不要隨便利用我。

不過裡面也有一些老師對我露出善意的微笑，大概是認同我的實力吧。

「那就這樣決定了。雖然時間所剩無幾，請你在學校帶起一股新風潮。」

因此，我找了想上課的學生來教。

校長之所以當著全校教師的面向我提議，八成是為了防止他們妨礙我。也可以避免有學生在我的教育下學會無詠唱後，他們用「那只是特例」來推託。一言以蔽之，這所學校正在進行革命。

我有種被利用的感覺，但我也不認為這樣有什麼不好。我可以教人，又是可以調查從小接受訓練的艾米莉亞他們跟其他學生的成長差距的好機會。我也很期待僅僅數個月，他們可以進步多少。

我在思考的期間走到校長室，跟校長報告訓練內容。

「哦，已經有一個人有學會無詠唱的跡象？挺順利的嘛。」

「帶著玩玩的心情來上課的學生，以及看到狂奔的雷烏斯放棄的學生，我也看習慣了。」

「沒關係，這樣就好。你終究只是給學生建議的老師。只要之後那些學生和別人的差距體現出來，讓其他學生產生興趣，把這觀念傳播出去就好。」

意思是我只是負責點火的，之後要靠學生自己的意志，和重新學習過的教師的努力。

順帶一提，校長的教學好像進行得不怎麼順利。要打破既定觀念果然不簡單。

「我們也快畢業了。起初我進這所學校，是想找個安全的環境鍛鍊自己跟弟子們……結果發生了那麼多事。」

遇見莉絲、在迷宮擊潰殺人鬼集團、牽扯上王族的問題，最後是革命事件。真是充實的五年。

我感慨地回顧過去發生的事件，校長則和我不同，嘆了口氣，一副深感遺憾的樣子。

「唉……你畢業就暫時吃不到蛋糕了。」

「賈爾岡商會不是開始賣了嗎？那是請專業甜點師做的，應該比我做的好吃才對。」

「嗯。我去那邊試吃過好幾次，挺美味的。不過……不一樣。好吃歸好吃，可是跟你做的不一樣，少了什麼東西！」

經他這麼一說，弟子們去賈爾岡商會試吃時的反應也很微妙。他們說賈爾岡商會的蛋糕固然好吃，我做的卻比賈爾岡商會的好吃好幾倍。

札克說「是媽媽的味道吧」，弟子們同時拍了下手。我什麼時候變成你們的母親了？我們年紀明明差不多。

「天狼星，你要不要放棄旅行，來當我的專屬廚師？我保證會給你不輸給任何地方的待遇。」

「不可能。」

這個問題他問過好幾次，所以我的回答也變得很敷衍。每次校長都會陷入消沉，只有今天他笑著直接放棄。

「……我活了這麼久，這五年真的是很有意義、很愉快的時間。研究也大有進展，看到許多新事物。真的很感謝你。」

「我才要謝謝您。雖然惹上一堆麻煩，這段時間我過得很充實。」

「呵呵……這句話聽起來有點帶刺，不過這也不能怪你。我必須跟你道歉兼道謝，你有沒有什麼要求？」

「您已經教了我很多魔法陣的技術，我並沒有特別——噢，可以的話，想請您教我使用『元素之力』的訣竅。」

「是可以，但無色的你不太可能學得會喔？」

「我想說將來可能會用到。假如我以後遇見跟您一樣的『三屬性』就能給他建議，或是用魔法陣重現看看不也挺有趣的嗎？」

「……原來如此。凡事都要挑戰的意思……既然如此，我也來幫忙。不是以老師的身分，是以朋友的身分……」

報告完所有事項也聊完天後，校長緩緩起身。

「那麼辛苦你了。不好意思，我等等要去教其他老師無詠唱的辦法，失陪了。」

「您才是。工作變多很累人吧。」

「確實如此，不過我現在過得很充實。」

和講什麼都會被否定的過去不同，現在校長說的話多少會被接受，能夠實際體會到自己正在向前邁進。

這樣下去，數年後畢業的學生素質想必會大幅上升。

我們一起離開校長室，在中途的走廊道別前，校長對我說了一句話。

「下次報告時麻煩帶起司蛋糕給我。」

「自己去買啦！」

到頭來，這個人過了五年對蛋糕的執著仍舊沒有改變。

※　※　※

之後我繼續指導學生，雖然有受到挫折的人，也有不想繼續訓練，因而選擇拔腿就逃的人，最後有五十名學生留下來了。

不曉得是不是他們比我想像中有天分，有八成的人用初級魔法可以完全不用念咒，也有幾個人可以不念咒使用中級魔法。

以這麼短的期間來說算挺優秀的吧。尤其無詠唱的部分都是多虧艾米莉亞和莉絲的努力，因此我好好慰勞了她們一番。

以體力為主的學生素質也大幅提高，跟一般學生拉開明顯的差距。其中當然也有因此得意忘形的人，這種時候就由我和雷烏斯教訓對方，讓他面對現實。

具體方式是跟我或雷烏斯打模擬戰，痛揍那人一頓，讓他知道他的實力只不過是臨陣磨槍練出來的。學生裡很多任性、愛撒嬌的人，再加上教學期間又短，我會走斯巴達路線也是無可奈何。

看到我如此嚴厲，某位學生來跟我抱怨我偏袒我的徒弟。

可是即使他們平常會跟我撒嬌，訓練時倒是從來沒有這樣過，所以我不需要對他們如此嚴格。他們反而會主動提高訓練難度，有時候我還得避免他們做過頭。

我讓覺得我偏心的人看看我跟雷烏斯的模擬戰，他們就再也沒抱怨過。

看到在學生心中是全校最強劍士的雷烏斯被我打趴在地上，這也是理所當然。

畢業前一天……我把所有人叫到訓練場，留下最後一段話給他們。

「各位全都堅持到了現在。我們明天就要畢業，你們要好好活用至今學到的知識，不要讓之前的訓練白費。」

「「「是！」」」

學生們排得整整齊齊，大聲回應，實在很像哪裡來的軍隊。比起散漫當然是整齊比較好，但我可不記得有要他們這樣做。

犯人……八成是艾米莉亞。

每次上課她都會講述我有多厲害，不知為何我還看過她教導學生如何服侍人。結果……這個宛如軍隊的狀況是怎樣。我明明沒教過這種事，我的徒弟真是可怕又可靠的孩子。

有一部分的學生眼眶含淚，我對他們那麼嚴格，他們竟然還會依依不捨。這種時候最會讓人感受到當老師的滿足感。

照理說現在是很感人的場面，我卻還有一件事要叮嚀他們。

「最後我要告訴你們，我之前說過很多次了，為自己的力量驕傲自滿的人，通常不會有好下場。你們跟其他學生比起來確實比較強，不過一山還有一山高，相信你們也深深體會到了吧？」

學生們拚命點頭……點到我擔心他們的頭會不會掉下來，大概是因為雷烏斯在我旁邊對他們施壓吧。

「從今天起我就不能再指導你們了，不過只要你們聽從我的囑咐，一定能變得更強。你們獲得的力量是屬於自己的，所以我不會管你們要如何使用，也不會叫你們不要拿它做壞事。」

聽見這句話，學生們的交頭接耳聲越來越大。

在人命不值錢的世界裡，有時候為求生存無論如何都得狠下心來。叫他們把力量用在行使正義上，害他們命喪黃泉的話就沒意義了。

「只不過……要是我知道你們濫用自己的力量……我會讓你們後悔活在這個世界上。做事前給我想清楚。」

「「「嗚!?是、是的……」」」

我釋放要把他們殺死的殺氣，近半數的人雖然嚇得腿軟，還是乖乖回答。

剛開始訓練時，我一釋放殺氣就會有人昏倒，或是飛奔而逃，誰都不敢應聲，他們真的成長了。

最後我把他們一個個叫到前面，給予簡單的建議和鼓勵，然後就解散了。

除了迷上艾米莉亞的女學生想強吻她，遭到回擊外，沒有發生什麼問題。那位女學生被艾米莉亞用關節技制伏，表情卻一臉陶醉，希望是我的錯覺。

雖然不知道你們之後會走上什麼樣的路，希望你們能活得不愧對自己。

回到鑽石莊的我們，把庫存的食材全部拿出來，開了場小派對。

不知為何莉菲爾公主也來了，現在在莉絲旁邊和睦地跟她一起享用烤牛肉。以她的身分應該很忙才對啊……這位公主還是老樣子。

我默默感到無奈，雷烏斯嚼著蒲燒加歐拉蛇，喃喃說道：

「咕嘟……我們終於也要畢業了嗎？欸大哥，畢業後要先去找諾艾兒姊和迪哥對吧？」

「那當然。因為諾艾兒在信裡催過好幾次，叫我們一畢業就馬上過去。不先去找她的話，那傢伙會鬧彆扭喔。」

我和他們通過好幾次信，每次諾艾兒都會在最後寫上「我等大家來」。

諾艾兒跟迪的孩子也平安出生，現在四歲左右，他們好像非常疼愛他。可是我問到小孩的性別跟名字，那兩個人都只會打馬虎眼，似乎是想讓我直接見見孩子。

「看信裡給人的感覺，姊姊好像沒什麼變呢。迪先生的信上寫說姊姊明明是有小孩的母親，卻還是跟以前一樣。」

「那就是諾艾兒的特色囉。她沒變我倒是鬆了口氣。」

因為他們倆對我而言是很重要的人。

儘管還要一段時間才能見面，我很期待與他們重逢。莉絲也聽艾米莉亞提過他們，所以她好像滿想見那兩個人的。

派對持續了一段時間，料理剩沒多少的時候，莉菲爾公主看著我，深深嘆了口氣。

「唉……莉絲和你們真的要離開了。這裡待起來很舒適，我衷心感到遺憾……」

「姊姊，這裡是學校宿舍，不是王族的祕密基地唷。」

「呵呵，我知道啦。無論待起來多舒適，你們不在就沒意義了。是說你們畢業後，這間鑽石莊會怎麼樣呀？」

「好像會變成空屋。學校的宿舍房間很夠，這裡交通又不方便。」

「好可惜喔，雖然我也不是不能理解……」

我們已經把鑽石莊打掃得乾乾淨淨，用來燒洗澡水和代替空調的魔法陣也清掉了。

藏有我做的道具及武器的地下室整個毀掉，旅行需要的行李則放在賈爾岡商會。

等我帶著行囊，跟離開小時候住的宅邸時一樣離開鑽石莊後，它做為宿舍的工作就結束了吧。

住了五年，被我改裝成自己喜歡的模樣的……鑽石莊。

儘管是跟學校借的屋子，這裡對我來說跟自己家一樣，要離開還是會感傷。

「總有一天，我們找到地方定居，要自己蓋房子的時候，我想把設備弄得更好。」

在那之前艾米莉亞和雷烏斯要陪我一起過居無定所的生活，對他們真不好意思。」

「您無須在意。因為我跟雷烏斯的歸處，就是天狼星少爺身邊。」

「大哥不用管這些，只要命令我們跟著你就好了。」

「……是嗎？有你們這樣的徒弟，我很高興。」

「能成為您的弟子、您的隨從，我們也很幸福。莉絲當然也是，對不對？」

「咦!?嗯、嗯。我也……很高興能跟天狼星前輩在一起。」

「好！莉絲，說得好！」

莉絲羞得面紅耳赤，卻沒有否認，莉菲爾公主奸笑著凝視她。

熱鬧的派對持續到晚上，在鑽石莊度過的最後一晚落下帷幕。

《終章》

畢業典禮當天……我們這些在學校念了五年書的學生，聚集在學校講堂裡。

這個世界的畢業典禮不是多盛大的儀式。

簡單地說，就是頒獎給五年來表現優秀的學生和校長致詞，然後就結束了。

超過一百人的畢業生後面有一塊區域，許多人坐在那裡，似乎是給來參觀畢業典禮的學弟妹與家屬坐的。順便補充一下，在校生可以自由參加，去年大約有五十人，今天卻擠滿一堆學生。

有我們教的學生、迷戀艾米莉亞的學弟妹、人稱聖女的莉絲和炎之王子馬克的親衛隊，以及雷烏斯的小弟們。

這麼多在校生來參加畢業典禮好像是第一次，很多老師都嚇了一跳。

擔任司儀的老師用「風響」廣播，為畢業典禮揭開序幕。

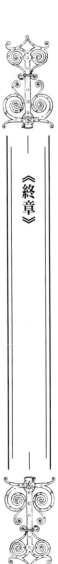

『那麼，開始舉行畢業典禮。我先朗讀獲獎名單，請被叫到的學生到臺上來。』

要頒發的獎項很多，從各屬性的優秀學生到武器部門、魔法陣部門等等，種類五花八門。

得獎學生好像可以拿到學校給的特殊斗篷，被叫到的學生自豪地走到臺上，我的弟子們當然也名列其中。

艾米莉亞是風魔法部門。

莉絲是水魔法部門。

雷烏斯是武器部門。

馬克是火魔法部門。

順帶一提……我沒有被叫到。

被魔法陣部門叫到的可能性也不是沒有，不過仔細一想，我雖然有學到知識，卻沒留下任何成果。

話雖如此，我本來就對這種事沒興趣，所以不會覺得不甘心。至於斗篷，我已經收到更厲害的了。

我看著弟子們站在臺上，接過斗篷的樣子，為他們感到驕傲，這時……

『接著是特別增設的無屬性部門，天狼星‧提切爾。』

……什麼？

我當場愣住，講堂內響起如雷的掌聲，我幾乎是被人強迫走到臺上。

連得獎的馬克和弟子們都在拍手，害我有點不好意思，上臺走到校長面前。

「這可是只有今年有的特殊部門喔。總之恭喜你，天狼星。」

「……謝謝您。」

只有今年有的特例，再怎麼說這也太偏心了吧？

我邊想邊瞪著校長，他一臉事不關己的樣子當作沒看到，壓低聲音對我說：

「我身為校長，無法容忍不頒獎給你就讓你畢業。這是我給你的謝禮。」

校長露出燦爛笑容，遞給我跟艾米莉亞他們一樣的斗篷，以及跟校長對決的英勇奮戰獎——價值數十枚金幣的巨大魔石。

我覺得他這樣會讓部分貴族相當不滿。

不過我馬上就要離開艾琉席恩，所以與我無關。

『頒獎典禮到此結束，接著請校長跟大家說幾句話。請各位安靜……』

叫獲獎學生下臺後，留在臺上的校長開始最後的演講。

首先是重新確認入學典禮時他跟我們說過的話，然後是鼓勵學生，演講內容會根據情況有所不同，似乎只有今年特別不一樣。

「這次我特別新增了無屬性部門。就算是平民，可能性是每個人都擁有的東西。請各位千萬不要忘記。」

我留下來的事物雖然只有那麼一點，應該能確實地改變這所學校吧。

「我再說一次。人類的可能性和魔法一樣，是無限大的。」

從今天開始，我將真正踏入外面的世界。

弟子們都成長茁壯，旅行的準備也做得差不多了，沒有任何問題。

離開艾琉席恩後就去找諾艾兒他們——不，在那之前得先去幫媽媽掃墓。

要讓她看看我們平安長大的模樣。

「各位……恭喜你們畢業！」

就這樣……我們從學校畢業了。

番外篇《某挑戰者與盜賊的故事》

……我認為活著是件難事。

父母在我還小的時候過世了，在孤兒院長大的我於十五歲成為冒險者，離開孤兒院。

我並不是討厭待在孤兒院，而是因為知道管理孤兒院的修女媽媽在為錢所困。

所以我才去當冒險者，想賺錢給修女媽媽，然而光憑達成委託的報酬，就算把打倒魔獸得到的素材都賣掉，供我一個人生活就是極限。

要說我的貢獻，就是少了我一個，孤兒院可以少花一個人的餐費吧。

我就這樣拚命生存，不知不覺也過了五年。

不久前還被人騙到身無分文，搞得我自暴自棄，加入以這一帶為據點的盜賊團「狼牙」。

我加入盜賊團才兩天而已，所以什麼都沒偷，也沒襲擊任何人……不過真想笑自己落魄到這個地步。

「小子，你幹麼？怎麼突然笑起來？」

「沒事……別在意。」

我的工作是監視經過這條街道的商人。

發現看似富有的商人就砍斷附近的樹阻擋他，回基地報告。因此我一直盯著這條路，卻沒看到商人出現，還撿到一個奇怪的老爺爺。

今天早上，我照上頭的命令到這裡監視，看到一個壯得莫名其妙的老爺爺倒在路邊。他似乎是餓昏的，所以我把身上的攜行糧食和狩獵附近魔物得來的食材簡單調理過，讓他填飽肚子。

身為盜賊照理說應該要扒光他，但我知道肚子餓有多痛苦，忍不住救了他。我這人真不適合當盜賊。

吃完飯後老爺爺馬上就恢復精神了，說要陪我監視，以報答我的恩情。

於是我便和背著異常大把的劍、體格異常強壯的老爺爺一起繼續監視。

「沒人經過啊。小子，你不無聊嗎？」

「這就是我的工作。如果你覺得無聊，可以去其他地方啊。」

「你給了老夫食物。老夫必須回報這一飯之恩。」

被人叫「小子」感覺雖然不太好，反抗他的話我絕對贏不了這個爺爺，所以我決定隨便讓他叫。他能輕輕鬆鬆背起這麼大的鐵塊，我怎麼可能打得贏。

到了下午還是沒半個商人經過，連旅人都沒有。但我也沒有其他事要做，便繼續監視，坐在旁邊的爺爺則開始保養他的劍，打發時間。他好像非常無聊，保養完劍後開口跟我聊天。

「對了，儘管不及老夫之前吃過的料理，你小子做的飯也挺美味的。動作又俐落，乾脆別當盜賊，去當廚師如何？」

「……因為我很窮，大部分的時間都是在外面找食材。」

「這樣啊。真可惜，虧你廚藝這麼好。」

其實……我以前確實想當廚師，而不是冒險者或盜賊。

所以我努力學會做菜，夢想總有一天要開一家自己的店……我是什麼時候認清現實，放棄夢想的呢？

想當廚師，可是沒有錢。

就算想開店，雇人、廚具、食材……都需要錢。

光是過活就累得半死的我，是要怎麼當廚師？你又不明白我的處境，少在那邊自說自話。

我雖然這麼想，卻沒有說出口，只是瞪著老爺爺，這時他忽然狠狠朝我瞪過來。糟糕，難道我不小心脫口而出了？

「小子……好像來了。」

老爺爺望向街道，可是……我什麼都看不見啊？

「爺爺，不要亂講話。」

「看這個速度應該差不多了吧？瞧，就在那。」

我望向他指的地方，遠方確實有疑似馬車的影子。

是說……這個老爺爺是怎麼發現的啊？距離超遠的耶。

連視力好的我都是經他提醒才注意到，他的態度卻非常肯定。

「欸，爺爺，難道你早就知道有馬車會經過？」

「怎麼可能。當然是因為老夫感覺到氣息啊。都當上冒險者了，有這種能力也是當然的吧？」

不，絕對不是。

以前我跟中級和上級冒險者一起工作過，從來沒遇過能感應到那麼遠的氣息的人。

我在心中吐槽，老爺爺站到一棵大樹前，回頭對我說：

「接著要砍斷這棵樹擋住路對吧？」

「嗯、嗯……對啊。我這邊有斧頭，用它砍斷樹擋住。那棵樹有點太粗，大概砍不──」

我從行李中拿出斧頭，聽見一聲巨響，爺爺面前的那棵樹倒下來了。

旁邊是拿著大劍的爺爺。

「不堪一擊。」

用我的斧頭至少要花半天砍的大樹，這個爺爺瞬間就砍斷了。

「爺爺……你究竟是什麼人？」

「老夫只是旅行中的老頭。別這麼驚訝，你總有一天也辦得到。」

「最好是啦！」

「奇怪，連那小子都辦得到啊……」

爺爺不曉得在碎碎念什麼，我到底撿了什麼東西回來？

該不會撿到了一個不得了的存在吧？我不禁開始後悔。

「總之都準備好了。小子，你愣在那幹麼？」

「喔、喔……可是我要等他們靠近一點，確定對方有哪些人再說。」

因為上頭交代如果有一眼就看得出實力堅強的冒險者或護衛，閃遠點比較好。

我等了一會兒，終於看得見那輛馬車時，發現一件事。

「哦，看來是你在等的商人。那就趕快——嗯？怎麼了，小子？」

「那是……不會錯的。」

馬車外有兩名疑似護衛的男人，看起來很強，我注意的卻是坐在駕駛座上的男人。看那肥胖的肚子，一臉貪財的模樣……我認識這個人。

那傢伙來過我們的孤兒院好幾次。

他常常來孤兒院，想要領走無家可歸的我和其他孩子，修女媽媽卻從來沒答應過。

光聽這樣會覺得他是個好人，但我事後得知那傢伙其實是奴隸商人。修女媽媽知道這件事，可是無論有多缺錢，她都沒有把我們賣掉，一直拒絕那個人。

過了一段時間，孤兒院發生火災，我的妹妹死於其中。在那之後奴隸商人不僅沒有再出現，還從城裡消失了，因此我確信犯人就是那名商人。

居然在這種地方遇到他……這也算某種緣分吧。

雖然我墮落到去當盜賊了，對於要去攻擊人還是會猶豫不決……不過如果是那傢伙，我應該不會猶豫。

「小子，是你認識的人嗎？」

「沒有直接見過面，但我知道他是誰。那傢伙是奴隸商人，是燒掉我家的惡棍。」

「唔……老夫不太清楚狀況，總之那人並非善類對吧？」

「第一次的工作目標是那傢伙真的太好了。這樣我就能下定決心踏上這條路。」

託爺爺的福，前面的路無法通行，那群人大概會被堵在這邊。護衛好像也不多，趕快回基地報告吧——我才剛這麼想，旁邊的爺爺就堂堂正正走到路中央。

「你在幹麼啊！我要回去叫同伴來，不要多管閒事喔！」

「把那些人身上值錢的東西搶走就行了對吧？他們說不定會在你回去叫人的時候逃掉，直接幹掉他們不就得了？」

「旁邊還有護衛，我們只有兩個人，怎麼可能打得贏！好了啦，你快點回來！」

「那種程度不成問題。而且對方好像也注意到這邊了。」

我躲在樹後面叫他回來，可惜太遲了。走在馬車旁邊的護衛看到擋住路的大樹，以及抱著胳膊站在路中間的老爺爺，因而警戒起來。

「爺爺，你擋在路中間幹麼？滾開啦，很礙事耶。」

「還是他也被擋住了？嘿，老爺爺，你知道那棵樹從什麼時候就在的嗎？」

「剛剛啊。因為是老夫砍倒的。」

「「啥？」」

……喂，爺爺。他們怎麼看都沒在懷疑你，你幹麼主動承認啦！

拜你所賜，又有三個護衛從馬車裡走出來，你再怎麼強也無法彌補這個人數差距吧。我在煩惱該不該挺身而出，但就算多我一個，我們還是寡不敵眾。雖然很可憐，只能當成他自作自受，放棄他了。

「喂喂喂，現在是怎樣？」

「沒啦，那個老爺爺說是他把路堵住的。我在煩惱該怎麼辦。」

「……確實挺讓人傷腦筋的。喂，爺爺，你到底想做什麼？」

「老夫不是爺爺，只是個旅人。因此，把你們身上值錢的東西統統留下即可。」

我完全搞不懂前後句有何關聯。

而且你說自己是旅人，做的事和說的話卻散發滿滿的盜賊味。

滿身肌肉的老爺爺叫自己拿出錢，對方的反應有點不知所措，可是坐在駕駛座的商人目光依然冷淡，命令護衛：

「不用管這種腦袋有病的老頭。既然他擋路，就給我幹掉他。」

「收到。爺爺，不要怪我們啊，這是雇主的命令。」

「要怪就怪你為什麼要做這種蠢事吧。」

「快點放馬過來，你們的武器是裝飾品嗎？一群白痴！」

老爺爺拔出背上的大劍，對護衛們用力一揮，捲起一陣風，把周圍的樹木吹得用力搖晃。看到他的氣勢，護衛們緊張了起來，只有一開始就在馬車外的兩人毫不畏懼，把武器對著爺爺。

「這傢伙應該不好對付。」

「是啊，不過別以為你打得贏我們兄弟倆喔？」

那對兄弟穿著及裝備都一樣。長得也很像，應該是雙胞胎吧。他們同時呈Z字形衝出來，害人一時之間不知道該攻擊哪一個。

其中一人高高跳到空中，另一人則從旁邊攻擊。

如果是我一定會不曉得該怎麼辦，來不及反應，就這樣被他們殺掉，老爺爺卻……

「動作不錯，不過天底下有哪個蠢蛋會貿然朝敵人跑過來的！」

可怕的是，爺爺在打飛對手的同時跳起來，在空中揮下大劍。停在空中無法閃避的男人反射性用劍防禦，卻被爺爺連劍一起劈成兩半。

剩下的男人怒吼著攻擊爺爺，爺爺把剛剛揮下的劍橫向一砍，另一個男人也被從旁一分為二。

喂喂喂……這個老爺爺究竟是什麼人!?

那把大劍看起來那麼重，他揮起來卻彷彿跟羽毛一樣輕耶？

我到底撿到什麼東西了！

「怎麼啦？下一個快過來！」

爺爺異樣的強度，把剩下三名護衛嚇得要死。

「……喂、喂，你上啦。」

「不要！跟那種人打，有幾條命都不夠！」

「搞什麼鬼啊!?這種怪物為什麼會出現在這裡！」

「怎麼？不來的話就由老夫進攻囉。」

「「我們投降！」」

不愧是冒險者，決定下得很快，三人立刻扔掉武器，下跪投降。

爺爺一副覺得無趣的樣子，把劍扛在肩上解除戰鬥狀態，對三名護衛倒豎拇指。

「既然你們選擇投降，老夫就不會取你們性命。不過，你們記得老夫一開始說的話吧？」

「這、這個……是要我們留下值錢的東西……嗎？」

「正是。所以把東西留下。衣服老夫允許你們穿著。」

「那個，我們也要過生活……」

「與老夫無關。誰叫你們要當這種人的護衛。能保住小命就不錯了。」

……這個老爺爺是不是比我更適合當盜賊？

之後，老爺爺繼續下達蠻不講理的命令。

「不只武器，防具也要！全都拿出來！」

「嗚!?」

「跳一下！從你口袋傳出的聲音是什麼？老夫不是叫你們不准藏嗎！」

「對、對不起！」

「老夫聽說有冒險者會為了以防萬一，把錢縫在衣服內側……」

「我馬上拿出來，請您饒了我吧！」

爺爺……真的想把這群人扒光。

雖然他似乎不會殺掉他們，光看態度的話，這人是不是比盜賊還惡劣啊？

把護衛們身上的東西統統搶走後，老爺爺便放他們逃掉，留下來的只有那名奴隸商人。就算想逃，由於爺爺一直狠狠瞪著那邊，馬嚇到不敢跑，沒有戰鬥能力的商人自己也動彈不得。

「嗯，就這點錢啊，比老夫預料中的還要少。小子，這樣就行了嗎？」

「……我倒是所有事都超出我的預料。」

我看著在算搶到多少錢的爺爺，從樹後面走出來。

我不想被人覺得是他的同夥，所以剛才一直沒有出來，但我有事要問這個商人。

「你、你們到底是？」

「老夫不是說了嗎？只是個旅人。」

「哪有旅人像你這樣的！到底是誰指使你們的！」

「沒人指使老夫。硬要說的話，怪經過這裡的你運氣差吧。」

「爺爺，我有話想跟這傢伙說，可以麻煩你安靜點嗎？」

「嗯。」

爺爺沒有再多說什麼，退到後面，大概是感覺到我散發出的嚴肅氣息吧。

我有點感謝他，用劍指著怕得不敢動的商人，叫他從馬車上下來，對他提問：

「欸，你以前是不是有去孤兒院領養小孩？」

「你、你在說什麼？我才沒去過什麼孤兒院！」

「是嗎？我可是很有把握的，要是你敢說謊，後面的爺爺可不會坐視不管喔？」

我們明明沒有事前商量過，爺爺卻剛好在這時揮起他的劍。背後掀起一陣風，害我也有點害怕，不過我要好好利用這個機會。

「如何？我是盜賊，所以要不要殺你對我來說根本無所謂。只要你乖乖回答我就只搶走馬車，留你一條小命。」

「喔喔！果然還砍不夠啊！噢，正好有個適合砍的東西！」

「嗚!?我、我去過孤兒院！我把領養來的小孩賣去當奴隸了！」

爺爺開始砍他自己砍斷的樹，真的沒問題嗎？可是看到他砍樹跟切紙一樣輕鬆，商人一下就招供了。

「那我再問你一個問題。大概五年前，你是不是有在某間孤兒院放火？」

「這、這個……」

「喝啊啊啊啊啊——！」

「是、是的！我放火燒了那裡！有個自以為是的女人一直拒絕我，我想報復她——」

商人話只講到一半。理由很簡單，因為我砍下了這傢伙的腦袋。

當了五年的冒險者，自然會殺過幾個人。然而那是因為遭到他人的攻擊，為了活下去的必要行為。我不會主動殺人，但這傢伙例外。

這傢伙放的火害大家生活越來越艱困，弟弟和妹妹們過得很苦，更重要的是，我的親妹妹因此喪命。

雖說是巧合，本來已經放棄尋仇的我……終於報了仇。

我把滾到腳邊的頭顱踢到一旁，收起劍，自然而然流下眼淚。

我就這樣哭了一段時間，在我恢復平靜前，爺爺只是默默把被他切成一段一段的樹木移到旁邊。

「……謝啦，爺爺。」

「幹麼？老夫只是模仿了盜賊會幹的事。」

「就算這樣，我還是要跟你道謝。託你的福，我成功把仇報了，謝謝你。」

「無須在意。因為你請老夫吃了一頓飯。」

「這樣啊，嗯。幸好我有幫你。」

好了，陰沉的話題就到此為止，之後該怎麼辦？從護衛那邊搶到錢，還得到一整輛馬車。以盜賊的工作來說，這個成果已經好過頭了。

可是……剛才我腦中只想著報仇，忘記這傢伙是奴隸商人。

馬車載的理所當然是……

「……果然。」

「都是女人和小孩啊。」

馬車裡有個巨大的籠子，裡面關著三名奴隸。全都是女性獸人，脖子上戴著支配項圈，驚恐地看著突然出現的我和爺爺。

「那個……你們到底是？不是那些護衛對吧……？」

「呃……我們是……」

三人中看起來最為年長的兔族獸人開口詢問。在我煩惱該如何應對時，爺爺先回答了。

「是路過的旅人和盜賊。這輛馬車的主人跟護衛都被趕走了。」

「盜賊!?」

「啊啊，爺爺你不要說話啦！」

聽到「盜賊」兩個字，她們嚇得更厲害了，因此我舉起雙手表示自己什麼都不會做，不停安撫她們。三名奴隸總算冷靜下來時，我被爺爺拖到馬車外面。

「你打算怎麼處理那些奴隸？要帶回你們的根據地嗎？」

「噢，這個嘛……」

雖然多少會有討厭獸人的人，盜賊基本上隨時都缺女人。

所以假如把她們帶回去，我說不定會得到上頭的賞識，不用再像今天一樣做監視街道的工作。地位提升的話分到的錢也會變多，應該可以送點錢給修女媽媽吧。

然而……她們的眼神跟我在孤兒院的弟弟妹妹一模一樣。

是把痛苦全都忍下來，拚命向他人求救的眼神……

「就算放走她們，她們也會過得很辛苦吧，項圈也還戴在脖子上。」

「是啊。所以我……」

「好，大夥兒乾杯啦！」

在那之後，我們帶著搶來的東西回到據點。

其他人好像也搶到商人了，今天成果豐碩，大家便在基地召開宴會。

「新人也挺行的嘛！竟然沒回來叫我們就搶到東西。」

「沒有啦……運氣好而已。」

「不過真可惜。要是那個商人不是剛送完貨，你應該也能得到頭子的稱讚吧。」

沒錯……結果我把她們放走了。

我從被我殺掉的商人身上搜出項圈鑰匙，解放了那些孩子。

然後把搶來的錢硬塞一半給她們，與她們道別。

其實我想送她們到附近的城市……但現在的我是盜賊。

我能做的只有給她們一個機會，之後就得靠她們自己的力量活下去。

我帶著少掉一半的財物回到基地，隨便掰了個謊言，說我遇到的是送完貨的商人。

老大雖然覺得很可惜，我畢竟賺了點錢回來，因此他沒有責備我，而是誇了我幾句，允許我參加宴會。

我現在沒心情喝酒，便專注在吃東西上，發現有個角落異常熱鬧。

「喔喔——！爺爺好豪邁啊！」

「這種跟水一樣的酒，來多少老夫都喝得下！呼哈哈哈！」

「那這個怎麼樣？這可是從商人那邊搶來的跟火一樣烈的酒喔？」

「讓老夫嘗嘗。嗯……普普通通！」

不知為何，連爺爺都跟過來了。

我還以為他肯定會跟那些女孩一起走，爺爺卻說他還沒回報完我的恩情，就這樣跟我一起回到據點。

我跟上頭報告這個爺爺幫我搬運搶來的東西，很強所以派得上用場，大家意外地一下就接納他了。

爺爺理所當然似的參加宴會，跟其他人處得很好，害我滿腦子問號。

而且他剛才喝的是別稱「殺人酒」的酒，喝一口就會昏倒。還不是倒進杯子，而是直接對嘴喝。

「哈哈哈！你帶來的這個爺爺真有趣。他真的揮得動那把劍嗎？」

「嗯，跟揮樹枝一樣輕鬆。我從來沒看過這麼強的老爺爺。」

「嗯……可是總覺得有哪裡怪怪的。是說那個爺爺安全嗎？雖然頭子答應了，要是他鬧起來會很慘喔。」

「我認為沒問題。」

儘管我跟他只有半天的交情，我知道那個爺爺不會無緣無故拿劍砍人。他常常做危險的事，不過都是因為想向我報恩，到頭來也只有殺死攻擊我們的人。只要不要跟他敵對，爺爺應該不會主動動手。

「喂——頭子！我回來啦！」

「喔，真慢。發生了什麼事嗎？」

「沒啦，我回來時發現了好東西。你看。」

比較晚回來的盜賊秀出今天的收穫給大家看，然而……

「雖然有點髒，我抓到三個挺優的女人！今天可以爽一發囉！」

那是……我放走的女孩。

她們跟我道別時明明面帶笑容，現在卻又恢復成關在籠裡時的眼神。

「喂、喂，新來的！」

我下意識衝出去，揍飛抓住她們的男人。

然後擋在目瞪口呆的三人前面，與把我當可疑人物看的盜賊們對峙。

「喂……你什麼意思？」

「這、這個……其實她們是我的妹妹，希望大家不要動她們……吧？」

啊啊，我到底在做什麼！

我明明是為了讓事情不要變成這樣才欺騙大家，偷偷放走她們……為什麼一下就被抓到了啦！

明明可以對她們見死不救，明明不用挺身而出，身體卻不受控制！

「看來……在享樂前要先處刑囉。」

「小子們，來點餘興節目！」

近五十名盜賊在老大的命令下，同時騷動起來。

所有人拿起武器，慢慢逼近我們。躲在我背後的三人抓住我的衣服，手在瑟瑟發抖。

我很想救妳們，可是我一個人絕對對付不了這麼多人。

想逃也沒地方逃……我死定了。

「嗯……雖然有點早，該老夫出場了吧。」

悠哉的聲音傳入耳中的瞬間……盜賊們紛紛飛向空中。

近十名盜賊從空中落下，面帶笑容的爺爺則一副剛把劍揮下來的樣子。他把腳邊的斗篷扔給我，將附近的盜賊砍成兩半，對我吶喊：

「小子！用它遮住那幾個小姑娘的眼睛！然後拚上性命保護她們！」

我沒想太多，照爺爺說的用斗篷遮住她們的眼睛。三位少女本來有點抗拒，我緊緊抱住她們後就沒事了。

「哈哈哈！太脆弱了！路邊的樹都還比較耐砍！」

「這傢伙是什——呃啊！」

「救、救命——嗚！」

爺爺每揮一次劍就會有人被砍飛，手腳四散。在我安撫她們的短暫時間內，盜賊的人數已經少掉一半。

「快逃啊！快點逃離那個怪物——！」

「一個都別想逃！喝啊！」

他吶喊著揮下大劍，使出莫名其妙的衝擊波，把盜賊們一同轟進後面的牆壁裡。我第一次看到人類呈水平方向飛出去。

「你這傢伙！竟然把這種怪物帶進來！」

看這情況我什麼都不用做，事情就會結束，這時一名盜賊朝我衝了過來。

我立刻拿起劍……那人卻在講完這句話的下一刻被一分為二，後面站著揮下劍的爺爺。

「老夫不是說過……一個都別想逃嗎！」

咦……這句話明明不是對我說的，為什麼我抖得這麼厲害？

雖然我沒有往後看，我感覺得到身後的三人也被爺爺的殺氣嚇得發抖。

「來，下一個！哈哈哈！」

「「「救命啊——————！」」」

過沒多久……地獄般的戰鬥落下帷幕。

我們離開染成一片血紅的房間，移動到另一個房間。

「到這裡就沒問題了。我要拿掉斗篷囉。」

「好、好的……麻煩您了。」

爺爺叫我遮住她們的眼睛，是因為不想讓她們看到眼前的慘狀。這麼做確實是對的，剛才的畫面連我這個男人都覺得恐怖。

我還以為爺爺是個怪物，原來他也有顆會為女性著想的纖細的心啊。

「呵呵呵……這樣她們就不會怕老夫了吧。老夫真是做了正確的抉擇。」

……為什麼我覺得我誤會他了。

總之我拿掉斗篷，為了讓她們放下心來，笑著對她們說：

「盜賊全死光了，這次真的可以放心囉。」

「真的很感謝您救了我們兩次。」

「謝謝你，大哥哥！」

「謝謝您！」

三人得知自己得救，哭著抱住我。我是很高興沒錯……但救了她們的人是爺爺。她們該謝的人不是我。

「那個，救了妳們的人不是我，是後面那個老爺爺喔。我……什麼都做不了。」

「怎麼會。您明明是盜賊卻放走我們，還挺身保護又被人抓住的我們。這可不是每個人都做得到的。」

「大哥哥很可靠喔。」

「因為大哥哥也在，我們才能得救。」

上次被人感謝，是什麼時候的事了？

離開修女媽媽，努力活下去的我，幾乎沒有被人誇獎或感謝過。她們純粹的謝意……真的讓我很高興。

「爺爺。謝謝您救了——嗚!?」

「謝謝你，爺——喵啊啊啊!?」

「爺爺好強——哇啊啊啊!?」

她們回頭想跟爺爺道謝，卻瞬間嚇得尖叫，躲到我背後。爺爺灰心喪志的模樣，讓人不禁懷疑他真的是把盜賊團全滅的人嗎？

「為……為什麼!?她們沒看見老夫砍人的樣子……照理說應該要對老夫說『爺爺，謝謝你』啊！」

「不，看看你身上啦。」

滿身是血，還黏著盜賊的指甲和肉屑。

連比較習慣這種事的我都覺得可怕。

「呃啊啊啊啊——！老夫想被孫女叫爺爺！艾米莉亞——！」

孫女……那個艾米莉亞是爺爺的孫女嗎？

之後我們把基地裡值錢的東西搜刮一空，坐馬車來到附近的城市。

我們把東西賣掉，爺爺還去冒險者公會回報他毀了一個盜賊團。由於沒有證據，他似乎跟公會職員起了些爭執，不過會長在途中跑出來，逼職員承認他的功績。

隔天，我幫三位少女買齊了日用品。

畢竟她們已經不是奴隸，而是普通的女孩子。她們以前想必過得很辛苦，所以我想至少讓她們過正常人的生活。

順帶一提，錢全是爺爺出的。他說「反正都是從那些護衛身上搶來的，別在意」，我也沒多的錢可以花，便接受他的好意了。

「這麼多東西……謝謝您。」

「不用客氣啦，這都是爺爺給我們自由使用的錢。比起這個，妳們之後打算怎麼辦？」

盜賊團全滅，不再是盜賊的我，決定回故鄉去。

這起事件應該能讓我賺到一些錢，因此我下定決心回故鄉開餐廳。然後這次一定要用開店賺來的錢資助修女媽媽。

「關於這件事，我們想報答您的恩情。所以，可以把我們也帶回您的故鄉嗎？」

「妳說什麼？」

「我也是！我想幫上大哥哥的忙！」

「您昨天說過想開餐廳對吧？開店需要人手，我們可以幫忙處理雜務。」

「這樣好嗎？妳們已經自由囉？」

「就是因為恢復了自由之身，我們才決定跟隨您。不可以嗎？」

「……隨便妳們。到時我會盡情使喚妳們，給我做好覺悟。」

她們說得沒錯，人手是必要的，更重要的是我無法放著她們不管。

就這樣道別的話，她們很可能又會被抓去當奴隸，我便決定收留她們。

「「「謝謝您。」」」

我覺得有點難為情，默默向前走去，這時爺爺從冒險者公會出來了。強壯的身軀背著一把劍，隔著一段距離也能一眼認出。

順帶一提，我們賣了一堆東西，再加上盜賊的賞金，金額算起來挺複雜的，因此我們現在才要分錢。話雖如此，那些錢幾乎都是爺爺大鬧一場賺來的，我大概沒有決定權吧。我要收留這三個人，要是爺爺願意多分我一點就好了。

「喏，這是你們的份。」

「嗯，不好意思──咦!?」

我望向爺爺隨手扔過來的袋子，裡面裝了好幾十枚金幣。

爺爺手中卻只有兩枚金幣。

「哈哈哈！幸虧那些傢伙囤積了一堆東西，賺了不少啊。」

「……你拿的不是白金幣吧？」

「你在說什麼啊？看，閃亮亮的金幣。你們分到那點小錢就夠了吧？」

這個老爺爺說謊說得面色不改。

他大概是想避免有人盯上我們的錢才這麼說，不過這人到底在想什麼啊？怎麼看他分到的錢都太少了。

三名少女也從旁邊探頭一看，嚇得捂住嘴巴。

「為什麼……為什麼要對我這麼好？我幾乎什麼都沒做喔？」

「你不是要收留這三個小姑娘嗎？那就需要錢不是？」

「我跟你說過嗎？不對，就算這樣，我未免拿太多了吧。」

「老夫覺得你會幹這種事，猜錯了嗎？總之要錢老夫自己賺得到，你無須擔憂。雖然也會有找不到盜賊，像昨天那樣餓得昏倒的時候。」

……這樣不行吧。

爺爺笑著跟我說，他餓昏前想抓魔物來吃，可是肚子餓害他心情不好，把魔物嚇得拚死逃命，害他一直抓不到東西吃。

這個爺爺真的每天都照本能生活耶……

「順便告訴你，要是你沒有放走她們，而是想把她們帶回基地，老夫可能會連你一起砍了。」

「啥!?」

好、好險！

原來我其實也差點被殺。沒有遵循欲望行動，真的太好了。

「好了，別再聊那些麻煩事。吃完這頓飯老夫就要離開，錢由老夫來付，你們別客氣，盡量吃。」

「你要走了啊？」

「嗯。老夫是為了變強才踏上旅途。這附近也沒強者了，老夫打算去其他地方找找。」

「是嗎。真的受你很大的幫助。對了，我還不知道爺爺你的名字耶，可以在最後告訴我嗎？」

其實我昨晚就發現了。

帶著一把巨劍，不只盜賊，萬物都能一刀兩斷，擁有無法測量的力量——我只想得到一個人。

剛劍萊奧爾……這個老爺爺肯定是那名傳說中的男人。

「老夫名叫一騎當千。只是個為了贏過某位男人，想要變強的挑戰者。」

世上還有比傳說更強的人嗎!?

不……這事與我無關。再問下去太不識相了，既然他刻意隱瞞真實姓名，我唯一能做的就是配合他。

「知道了。真的謝謝你，當千先生。我絕對不會忘記你的恩情。」

「哈哈哈！別客氣。比起這個，快點吃飯吧。喂——把這家店所有的菜都送上來！」

連點餐都如此闊氣，傳說中的男人真的很豪邁。

當千先生吃完店裡的菜，準備付錢，然而……

「總、總共三枚金幣……」

「錢不夠。小子，借老夫錢！」

「…………請。」

現在我知道了，傳說中的男人是個大白痴。

番外篇《畢業派對》

畢業典禮平安落幕的當晚……我們來到艾琉席恩城，參加城裡的畢業派對。

每年都有的畢業派對，本來都是在校內舉行，而不是艾琉席恩城內，不過今年的學生為解決革命事件貢獻良多，再加上校長的推薦，才會破例選在城裡舉辦。

好像也是想用「表現好就會被招待到城裡」來讓學生更有幹勁。

除此之外好像還有很多理由……但我總覺得單純只是因為莉絲的父親卡帝亞斯想為女兒開派對。

對那個笨爸爸和笨姊姊來說，隨便掰個理由應該不難。

於是，超過百名的畢業生聚集在會場，各自享受派對。

順帶一提，畢業派對是自助吧形式，料理的種類及分量異常豐富。肯定也是為莉絲準備的。

既然是城裡的派對，照理說應該要穿禮服或燕尾服之類的正式服裝，不過這次是特例，穿制服好像也無所謂。

有辦法弄到正裝的人穿來也沒關係，因此有四成的學生穿著正裝。屬於剩下六成的制服派的我，現在在會場一角邊吃菜邊觀察四周。

「咕嘟……好厲害喔大哥。竟然有辦法準備這麼多菜，不愧是莉絲姊的──不對，不愧是國王陛下。」

「平常他沒什麼時間照顧莉絲，想趁這次好好招待她吧。」

和我一樣身穿制服的雷烏斯，端著堆成小山的料理走到我旁邊。

呃……我知道這裡的東西隨我們吃，可是你未免拿太多了吧？

感覺稍微歪向一邊就會垮掉，雷烏斯卻鎮定地端著盤子走動，我看了都覺得不安。艾莉娜的隨從教育在奇怪的地方派上用場。

「天狼星少爺。」

「噢，艾米莉亞也準備好──」

我回頭望向聲音傳來的地方，艾米莉亞穿著華麗禮服站在我身後。

「天狼星少爺，您覺得怎麼樣？」

「嗯……很漂亮喔，艾米莉亞。我都看呆了。」

「呵呵呵……謝謝您的讚美。」

把及腰的銀髮盤在腦後，身穿淡綠色禮服的艾米莉亞真的很美，非常引人注目。然而艾米莉亞似乎完全沒在注意其他人，聽見我的稱讚高興地搖著尾巴。她對我露出的笑容也變得比平常更加耀眼，不曉得是不是我的錯覺。

得感謝莉菲爾公主幫她準備這麼高級的禮服。

既然艾米莉亞穿著禮服……

「呼……久等了。姊姊和賽妮亞太講究了，所以拖到一些時間。」

晚了一會兒登場的莉絲當然也跟她一樣。

和之前在婚前儀式上穿的是不同件，淡紅色禮服與莉絲的藍髮很搭，如公主般美麗。事實上她的確是公主啦。

「莉絲也很漂亮。我懂莉菲爾公主為何這麼講究了。」

「嘻嘻嘻，謝謝。」

莉絲靦腆笑著，我感覺到其他人的視線越來越集中。

仔細一想，人稱全校最強劍士的雷烏斯也在，我又因為跟校長的對決變有名了，大家會注意這裡也是理所當然。

「噢，天狼星，原來你在這。」

外加連校長都過來了，我們這邊顯得特別熱鬧。不過校長引人注目，說不定是因為他手上的盤子裡放著一個大蛋糕。

「哎呀……夢想終於實現了。幸好我有鼓起勇氣拜託你。」

那塊蛋糕看起來有一整個，是放在會場一角的多層巨大蛋糕的最上層吧。

那個蛋糕表面上是出自於賈爾岡商會的甜點師之手，其實是我做的。

知道畢業典禮結束後城裡要開派對時，校長突然跑來找我，說這可能是最後一次機會，想要吃我做的蛋糕。

他好像聽說了我在莉絲的婚前儀式上做過結婚蛋糕，之前就想吃吃看。

巨大蛋糕已經委託在生產蛋糕方面步上軌道的賈爾岡商會製作，沒必要由我去做，可是……

『我就是想吃你做的！』

校長低頭懇求我的氣勢，搞得我差點以為他是要跟我求婚，我只好勉為其難答應。

做蛋糕本身並不難。我趁賈爾岡商會的甜點師在城裡的廚房做蛋糕時跑進去，請他們幫忙。

在人家做事時插手通常會被討厭，但我提供了蛋糕食譜和各式各樣的技術，在賈爾岡商會異常受歡迎。聽說還有員工以為我是賈爾岡商會的地下老闆。

就這樣，我做的巨大蛋糕占據會場的一個角落，由甜點師切給學生享用。

「……看起來好好吃。」

「雖然量挺多的，想吃的話還是快點去比較好喔。」

由於巨大蛋糕看起來相當有氣勢，排隊的學生很多，可能一下就會被拿光。

貼心的雷烏斯跑去幫我們拿蛋糕的時候……會場的門打開，國王卡帝亞斯和莉菲爾公主走了進來。

我以為他們是來找校長的，校長卻沉迷於蛋糕之中，看來並非如此。

「嗯……妳就是莉菲爾看上的男人嗎？確實很年輕。」

「是的。我認為他總有一天會成為艾琉席恩不可或缺的人才。」

他們倆好像是想在正式場合把我介紹給國王。也就是為畢業考時莉菲爾公主說過的話做保證。

和平常不同，表現得跟王族一樣的兩人，讓會場安靜得——

「啊，幫我切大塊一點啦。這麼小塊我會被莉絲姊罵的。」

不，只有不受拘束的某人的聲音在會場內響起。

我們用幾句安全的臺詞結束這段應酬後，卡帝亞斯接著望向莉絲……

「……嗚。」

……他哭了。

穿禮服的莉絲他早就在婚前儀式上看過，但當時他們的心境都很複雜。看到變得如此美麗的莉絲，卡帝亞斯想必非常感動。

「一想到這孩子總有一天會嫁給這個男人……」

……不。似乎只是笨爸爸病發作。

「爸爸，我知道那孩子很漂亮，不過我們還有事要做耶。」

「嗯……說得對。」

他們講話小聲，隨從們又不著痕跡地擋在卡帝亞斯旁邊，所以附近的學生好像沒注意到卡帝亞斯的變化。

恢復成國王模式的卡帝亞斯，用傳遍整個會場的音量說：

「看來吵到各位了。我只是來見這個男人一面，沒有打擾各位的意思。」

卡帝亞斯拍了下手，大量傭人及手拿樂器的樂團便從門外走進，設置好小型舞會的會場。

「來吧，難得的派對，別管我，各位盡情享受吧。」

要不管他實在有難度，不過音樂一奏響，在城裡工作的貴族開始跳舞炒熱氣氛後，學生們也逐漸習慣，兩兩一組跳起舞來。

眾人的注意力終於從我們身上移開時，卡帝亞斯緩緩向莉絲伸出手。

「小姐就是傳聞中的青之聖女……對吧？」

「是、是的！是我沒錯。」

「呵呵，跟小時候的莉菲爾一樣可愛。怎麼樣？不介意的話要不要跟我跳一支舞？其實教女兒跳舞是我的夢想，但莉菲爾不知不覺變得比我還會跳舞。如果妳願意代替她讓我教，我會很高興的。」

「咦!?」

突如其來的邀請令莉絲不知所措，但她最後還是點點頭，握住卡帝亞斯的手。

這就對了……莉絲再過幾天就要離開艾琉席恩，短期內見不到家人。家人為妳準備了這麼豪華的派對，應該幫他們實現願望才對。

在卡帝亞斯的帶領下，莉絲走進有數名學生在跳舞的舞池中。

他們身高差距不小，跳起舞來有點不自在，然而對相視而笑的這對父女來說，這只不過是微不足道的小事。希望莉絲趁現在多多享受與家人共度的時間。

我轉身面向溫柔地看著兩人的艾米莉亞，慢慢行了一禮，對她伸出手。

「艾米莉亞。要不要跟我跳舞？」

「可以嗎!?」

「嗯，我想跟妳跳。來，過來這邊。」

「是！」

艾米莉亞露出滿面笑容牽起我的手，我們也加入到舞池之中。

跳舞是可以，但我跟艾米莉亞都只有從媽媽那兒學到一些，舞技沒有好到可以秀給別人看。

因此我模仿其他學生的動作，本來想一面領導艾米莉亞，一面習慣……

「……艾米莉亞，妳挺厲害的嘛。」

「天狼星少爺的動作就交給我吧。因為……我一直都在看著您。」

如她所說，艾米莉亞彷彿可以預測我的動作，順利地跟上我。準確度逐漸提升，速度也越來越快。

樂曲演奏到後半部時，我們的動作已經不再僵硬。該說是心靈相通嗎？我有如跟艾米莉亞合而為一，跳起舞來非常愉快。

艾米莉亞看起來也很開心的樣子，帶著陶醉的笑容凝視我。

「啊啊……好幸福。這樣我的夢想又實現一個了。」

「夢想是跟我跳舞嗎？」

「是的。我一直夢想能像這樣穿著漂亮的禮服，與天狼星少爺共舞。」

「實現一個的意思是，還有其他夢想？」

「那當然。我有很多想跟天狼星少爺一起實現的夢想！」

夢想多會很辛苦，不過也可以說生活會過得很充實。這抹笑容……真想永遠看下去。

「為了讓我們的夢想都能實現，之後也要繼續加油喔。」

「是！」

我們的動作變得整齊劃一，在眾人矚目下跳了一段時間。

我和艾米莉亞跳完舞時，莉絲的舞伴從卡帝亞斯換成了莉菲爾公主。在旁邊待命的賽妮亞說，卡帝亞斯還有政務要處理，跳完一支舞就離開會場了。

不只是國王，還跟下任女王跳過舞，總覺得莉絲之後會有麻煩。算了，她的姊姊和國王陛下應該會幫忙掰個讓其他人接受的理由。

和莉菲爾公主跳完舞的莉絲看到我旁邊沒人，納悶地歪過頭。

「咦？艾米莉亞跟雷烏斯呢？」

「在那。剛才有人找他們跳舞。」

想追艾米莉亞的男學生雖然很多，看到她跟我跳的那支舞好像就放棄了，因此艾米莉亞現在在跟我們班的女生跳舞。

應該注意的是雷烏斯。

「噢，抱歉。又差點踩到妳的腳。跳舞果然很難，跟劍術不一樣。」

「沒、沒關係，我沒事。那個……如果你不排斥，要不要我教你跳舞？」

「真的嗎？」

「嗯、嗯！還有……希望你明年也能跟我一起跳舞。」

「不行耶。明年我就不在艾琉席恩了。」

「啊嗚嗚……」

……看來失敗了。晚熟的孩子跟天然的雷烏斯合不來。

不對，說起來雷烏斯現在一心專注在練劍上，拚命試圖追上我，就算直接跟他告白，他八成也會拒絕。姊弟倆都難以攻陷。

艾米莉亞就算了，雷烏斯的春天什麼時候才會來臨？

「真是，雷烏斯一點都沒變。」

「那傢伙性情直率，總有一天會出現願意陪在他身邊的人吧。對了，妳之後還有要跟誰跳舞嗎？」

「咦？沒有呀……啊，難道……」

「就是這樣。妳願意跟我跳一支舞嗎？」

「嘿嘿嘿……我很樂意！」

莉絲靦腆一笑，我牽起她的手，再度走向舞池。

她的臉雖然很紅，動作倒挺順的，大概是跟父親與姊姊跳過，差不多習慣了吧，所以我邊跳舞邊問她：

「妳跟爸爸和姊姊跳過，覺得怎麼樣？」

「嗯……其實我處於忘我狀態，記不太清楚。因為跟爸爸跳時要拚命記住舞步，姊姊又很會跳，好不容易才跟得上她。可是……我非常開心。」

「開心……是嗎？只要妳希望，還可以再跟他們跳舞喔。」

跟離開和母親一起生活過的家，剛來到艾琉席恩的時候不一樣，現在的莉絲在城裡也過得下去。

莉絲明白我的意思，沉思了一會兒，接著馬上露出柔和笑容，筆直凝視著我。

「對呀。能吃到很多好吃的東西、穿漂亮的禮服、跟姊姊和爸爸在一起，確實很開心。可是……我還是比較想跟大家一起吃飯，所以我不會後悔。」

「……這樣啊。抱歉，問了失禮的問題。」

「不會呀，你是為我著想才這麼說的吧？有你這份心意我就很高興了，你別在意。那麼……以後也請你多多關照囉。」

「嗯，我也是。」

我們相視而笑，繼續在舞池中共舞。

聽說過了幾天……「不只學生，連國王和女王都被青之聖女迷住」的驚人傳聞，傳遍整個艾琉席恩。

那兩個人被莉絲迷得團團轉是事實，而且當時我們已經啟程了，所以不關我們的事。

後記

各位好，好久不見。我是ネコ。

儘管發生了很多事，第四集總算發售了。

向用插圖為本作增添光采的 Nardack 大人、協助本作出版的諸多人士，以及為我打氣、在背後推我一把的各位讀者，致上深深的謝意。

一直用這麼平凡的方式道謝真不好意思，但要是沒有大家的鼓勵，我一定沒辦法走到這麼遠……我是認真的。

好了，這次的後記只有一頁，就長話短說吧。

花了近三集的篇幅，天狼星他們終於在第四集畢業。只要我想寫，應該可以加入更多事件，可是學校篇再繼續拖下去會沒完沒了，我便決定讓它在這邊結束。

順帶一提，構思的時候我還想過一個類似女學生會長的角色，不過我完全無法決定要怎麼讓她跟劇情扯上關係，最後只好作廢。

雖然有點短，這次就寫到這裡了。

那麼各位，我們在下集出版時再見吧。

國家圖書館出版品預行編目資料

WORLD TEACHER異世界式教育特務 / ネコ光一作；
Runoka譯. -- 初版. -- 臺北市：
尖端, 2017.08- 冊； 公分
譯自：ワールド.ティーチャー：異世界式教育
エージェント
ISBN 978-957-10-6594-6(第1冊：平裝)
ISBN 978-957-10-6704-9(第2冊：平裝)
ISBN 978-957-10-7316-3(第3冊：平裝)
ISBN 978-957-10-7527-3(第4冊：平裝)
861.57 105004381

浮文字
WORLD TEACHER 異世界式教育特務 4
（原名：ワールド・ティーチャー・異世界式教育エージェント・4）

著者／ネコ光一　封面插畫／Nardack　譯者／Runoka
發行人／黃鎮隆　副總經理／陳君平
總編輯／洪琇菁　國際版權／黃令歡、李子琪
執行編輯／梁瓏　美術編輯／李政儀
文字校對／施亞蒨　企劃宣傳／邱小祐、劉宜蓉
出版／城邦文化事業股份有限公司 尖端出版
台北市中山區民生東路二段一四一號十樓
電話：(〇二)二五〇〇七六〇〇　傳真：(〇二)二五〇〇二六八三
E-mail：7novels@mail2.spp.com.tw
發行／英屬蓋曼群島商家庭傳媒股份有限公司城邦分公司 尖端出版
台北市中山區民生東路二段一四一號十樓
電話：（〇二）二五〇〇—七六〇〇（代表號）
傳真：（〇二）二五〇〇—一九七九
北部經銷／祥友圖書有限公司
電話：（〇二）八五一二—三八五一
傳真：（〇二）八五一二—四二五五
中彰投以北經銷／高見文化行銷股份有限公司
電話：〇八〇〇—〇五五—三六五
傳真：（〇四）二六六八—六二二〇
雲嘉經銷／智豐圖書股份有限公司 嘉義公司
電話：（〇五）二三三—三八五二
傳真：（〇五）二三三—三八六三
南部經銷／智豐圖書股份有限公司 高雄公司
電話：（〇七）三七三—〇〇七九
傳真：（〇七）三七三—〇〇八七
一代匯集／香港九龍旺角塘尾道六十四號龍駒企業大廈十樓B &D室
電話：（八五二）二七八三—八一〇二
傳真：（八五二）二七八二—一五二九
馬新經銷／城邦（馬新）出版集團Cite (M) Sdn. Bhd.
E-mail：cite@cite.com.my
大眾書局（新加坡）POPULAR（Singapore）
E-mail：feedback@popularworld.com
大眾書局（馬來西亞）POPULAR（Malaysia）
E-mail：popularmalaysia@popularworld.com
法律顧問／王子文律師 元禾法律事務所
台北市羅斯福路三段三十七號十五樓
二〇一七年八月一版一刷

版權所有・翻印必究
■本書若有破損、缺頁請寄回當地出版社更換■

© 2016 by Koichi Neko
First published in Japan in 2016 by OVERLAP, INC.
Complex Chinese translation rights reserved by Sharp Point Press, a division of Cite Publishing Limited.
Under the licence from OVERLAP, INC., Tokyo.
■中文版■

郵購注意事項：
1.填妥劃撥單資料：帳號：50003021戶名：英屬蓋曼群島商家庭傳媒(股)公司城邦分公司。2.通信欄內註明訂購書名與冊數。3.劃撥金額低於500元，請加附掛號郵資50元。如劃撥日起 10～14日，仍未收到書時，請洽劃撥組。劃撥專線TEL：(03)312-4212 ・ FAX：(03)322-4621。E-mail：marketing@spp.com.tw